目次

プロローグ

夜の闇は深かった。

冷たい風が、暗黒の深淵に流れ込んでくる。ビル影などない田舎町の郊外。田舎《いなか》の夜は早い。八時を過ぎると車すら走らなくなる。

暗い稜線《りょうせん》は、低い。平屋の建物しかないからだ。

どの窓にも明かりはなく、その夜は月明かりもなかった。全員がこんなにも早く寝静まっているのか？　あるいは、誰も住んでいないのか？

寒々とした、風の音だけしか聞こえない不毛の世界に、一点の灯《あかり》が見えた。一台のミニバイクが、幹線道路の交差点からやってきたのだ。制限速度を守って、ゆるゆると走っているのだろう、その光の点はなかなか大きくならなかった。

見通しの良い道路だった。闇の中には、信号の緑だけが浮かんでいた。

ミニバイクに乗った男は右手のアクセルを操作して、少しスピードを上げた。

ヘルメットをキチンと装着し、マスクまでしている男は、律儀《りちぎ》に信号を確認しながら、小さな交差点を越えた。

と、その一瞬。

行く手の闇夜を横切って、細い、一筋の線が、きらりと光るのを男は認めた。

次の瞬間。バイクは突然、透明な壁にぶつかったように前方につんのめり、道路に転倒したかと思うと、激しく横滑りしていた。

乗っていた男は、なぜかバイクとは逆方向に、ぐい、と引き戻されるように宙を舞った。そしてそのまま後頭部から、激しく道路に叩《たた》きつけられた。

それを見て、何者かが路地から飛び出してきた。

(た、助けてくれ……)

だが男の声はごぼごぼという音に遮《さえぎ》られて、言葉にならなかった。

路上に倒れた男の喉《のど》は、何かに斬られたようにぱっくりと口を開けていた。必死に息をしようとしているが、気管からひゅうひゅうと漏《も》れる空気の音と、ごぼごぼという血が混じって、声を掻き消している。

それでも男は、自分に駆け寄った何者かに助けを求めて、手を伸ばした。

だが、その何者かは、何もしようとはしなかった。ただ立ったまま男を見下ろし、助け起こすでもなく救急車を呼ぶでもなく、男の喉から夥《おびただ》しい血液が路上に流れ出る有り様をじっと傍観しているだけだった。

やがて、男の手から力が失われて、ぱたりと落ちた。ごぼごぼという音も消えうせ、辺りには再び、完全な静寂が戻ってきた。

道路には大量の血液が大きな血溜まりを作っていた。

その何者かは、男が絶命したのを確認すると、足早に闇の中に消えていった。


数十分後。

信号が発する緑の光しかなかった現場は、パトカーの赤色灯が発する光で真《ま》っ赤《か》に染まっていた。

最後に着いたパトカーから降り立ったT県警鳴海《なるみ》署の刑事・佐脇《さわき》は、不機嫌さを隠そうともしない。酒を飲んで寝入ったところを問答無用に駆り出されたのだ。

「佐脇さん。ご苦労様です！」

普段なら佐脇のデカい態度をネタにして冗談を言い合うところだが、事故現場のあまりにも異様な状況に、集まった警官たちは一様に言葉を失っていた。

「状況は？」

無精《ぶしょう》ひげに寝癖のついた乱れ髪、よれよれのワイシャツに歪《ゆが》んだネクタイ。煙草と女の香水が混じった匂いをこれでもか、と発散させている佐脇は、禁煙という言葉などこの世にあるものかとばかりに煙草に火を点《つ》けた。

現場にはすでに佐脇の部下の水野《みずの》が到着していて、死体の検分を始めていた。

現場で煙草吸うんですかと咎《とが》めるような水野の視線に、佐脇は携帯灰皿を出して見せた。

「一見するとミニバイクが自分で転んだ自損事故のようですが、違います」

まさに『首の皮一枚』で胴体に繋《つな》がっている状態の頭部。切断面からは頸動脈《けいどうみゃく》や静脈《じょうみゃく》、神経、そして気管と頸椎《けいつい》が飛び出していた。

「斧《おの》とかマサカリで一撃されたんでしょうか?」

「バイクに乗ってる男を、前からか? 赤信号で止まったところを襲ったってか?」

検死の妨害にならない程度に、佐脇は死体に触れ、呆《あき》れたように水野を眺めた。

「よく見ろ。信号は五十メートルも先だ。頭を使えバカ。これはおそらく、ピアノ線かテグスで切られたんだ」

ベテラン刑事の佐脇は、酒臭い息を吐きながら水野をどやしつけた。

「道の両側に電柱が立ってるだろ。ちょっと調べてみろ」

佐脇が言うとおり、片側一車線のありふれた道路の両脇には、電信柱が立っている。

体育会系の若手刑事・水野は、佐脇の命に素直に従い、鑑識課員に声をかけてから、懐中電灯で電柱を注意深く検分した。

やがて、長身でがっしりした体軀《たいく》を折り曲げて、電柱を舐《な》めるように注視していた水野の表情が引き締まり、こちらを向いた。

「佐脇さん。おっしゃるとおりです」

電柱の、地面から一メートル少しのところに、地面と平行して真横に走る、微《かす》かな痕跡《こんせき》が認められた。

「ピアノ線とは、いわゆる硬鋼線《こうこうせん》ですよね。特撮映画で怪獣や宇宙船を吊《つ》ってるアレ……」

いかにもオタク世代の物言いに、佐脇は口元を歪めた。

「そうだ。ピアノ線も釣り糸のテグスも、細くても極めて頑丈なのは知ってるだろ」

電柱にはテグスやピアノ線の残骸は残っていなかったが、ごく細い紐状《ひもじょう》のものが電柱に巻き付いていた痕跡は、たしかに残っていた。その位置は、ちょうどミニバイクに乗った男の首の高さに相当すると思われた。

「とすると、犯人が電柱の間にテグスかピアノ線を張って、被害者《ガイシャ》の首を撥《は》ねようとした、と」

手がかりがみつかって嬉しいのか、つい笑顔を見せた水野は佐脇にどやされた。

「馬鹿野郎。人が一人、死んでるんだ」

佐脇は考えながら、道路の反対側の電柱に移動した。

「愉快犯でないとしたら、犯人は、被害者の行動を詳しく調べて、この時間ここを通ることを知っていたのかも。で、待ち伏せしていて、緩めていたテグスかピアノ線を」

佐脇はロープをぐいと引っ張るような格好をしてみせた。実際には、両方の電柱にきつく巻き付けておかないと、バイクの勢いで持って行かれてしまうだろう。

「こう、一気に引っ張って、ガイシャが通りがかるタイミングに合わせて、ピンと張ったんだ。滑車みたいな器具を使ったのかもしれん」

固く張り詰めた硬鋼線なら、肉を断ち、骨も切れるだろう。

「だが、思ったよりバイクの速度が遅くて、完全には切断されなかった、と。暴走族みたいにかっ飛ばしてたら、完全に首チョンパだったんだろうが」

佐脇は、自分も不謹慎な言葉を使った。

「どっちにしても、凶器はその辺で売ってる市販品だ。入手経路を追うのが大変だが、ウチの優秀な鑑識の働きに期待しよう。そうすりゃすぐに犯人を検挙して一件落着だ」

そこへ制服警官が報告に来た。

「ガイシャの身元が判りました。所持していた免許証、ミニバイクのナンバーを照合したところ、ホトケは……」

次の言葉を発するのに勇気が要るように、その警官は唾《つば》を飲み込んだ。

「ウチの県警の、本部交通機動隊隊長の、湯西治雄《ゆにしはるお》警視です」

「ほう」

佐脇は、無表情で呟《つぶや》いた。

「すると、これは、警官殺しか」

その場にいた全員が、凍《こお》りついた。

第一章　一触即発

「だいぶ慣れてきたな」

佐脇は女の前に仁王立ちになり、股間をしゃぶらせていた。

「ほら、もっと舌全体で包みこむように舐《な》めろ」

佐脇の肉棒は、急速に膨張して首をもたげた。

「！」

先端がいきなり女の喉の奥に当たったので、懸命に舌を使っていた女はむせた。

「おい、もっと口をすぼめてサオ全体を吸え」

佐脇は女の髪を摑《つか》んで顔に腰をぐいと押し付けた。

まだ若い女の唇には、彼のマガマガしく反り返った欲棒が根元まで埋め込まれ、ぬぷり、ぬぷりと出入りしている。

女はフェラチオに慣れていないらしく、時折り、うぐっ、うぐっとえずく声を必死に堪《こら》えつつ奉仕しているが、そんな様子を佐脇は愉《たの》しんでいた。

「そんなことじゃお前、商売にならねえだろ。もっと美味《うま》そうに舐めてみせなきゃダメだ。女も素人《しろうと》臭さで売れるのは、せいぜいが半年までだぜ」

この女・歩美《あゆみ》は、同棲していた相手がとんでもないDV男で、ある時たまりかねて男を突き飛ばしたところ、タンスの角に頭をぶつけて重傷を負わせてしまった。傷害容疑で逮捕されたのだが、その取り調べをしたのが佐脇だった。経緯が経緯だし初犯でもあるし、普通なら正当防衛として罪に問えないケースだが、折悪《あ》しく、彼女が佐脇の「タイプ」だった。

佐脇は歩美に取引を持ちかけた。微罪《びざい》処分で「無罪放免」として済ます代わりに……という、佐脇がよく使う交換条件だが、女に選択の余地は無い。

「おれは、あんたみたいな女は嫌になるほど見ている。あんたの人生、おれが変えてやるよ。不起訴にする代わりに、あの男とは別れろ。何、生活出来ない？　心配するな。それもおれが世話する。手っ取り早いのは水商売だな」

というわけで歩美を、佐脇が懇意《こんい》にしている、言い換えれば癒着《ゆちゃく》しているということだが、その行きつけのピンサロに送り込み、借りてやった歩美のアパートにも当然のように入り浸《びた》っている。嫌と言えない歩美の性格の弱さにつけ込んでいるわけだが、佐脇はいっこうに気にしない。自分は女の苦境を救い自立を手助けしたのであって、普通の刑事ならそこまではしないアフターケアをしているのだという感覚だ。

それだけ、歩美は佐脇のストライク・ゾーンのど真ん中な女だった。

いや、佐脇のストライク・ゾーンは広くて、ほとんど「来る女は拒《こば》まず」なのだが、例によって歩美を覆《おお》っている「負のオーラ」に惹《ひ》かれたのだ。受刑者や未決囚の妻に目がない佐脇は、男運が悪くて不幸に流される『歯がゆい女』に苛立《いらだ》ちつつ、触手が動く。

歩美も、端整《たんせい》な顔立ちで身綺麗《みぎれい》でキチンとしているくせにどこかオドオドして、暗い目をしているところが気に入った。抱いてみるとMっ気があるとしか思えない従順ぶりで、強制フェラチオでも羞恥プレイでも受け入れるから、彼の嗜虐心《しぎゃくしん》はますます刺激された。

「とにかく今のお前は、客にウケなきゃならねえ。これは、いわゆるひとつの『教育的指導』ってヤツだ」

そう言いつつ佐脇は再び歩美の頭を抱えて腰を使い始めた。彼女の口の中で、剛棒が荒々しく前後に動き、腔中をなぞっていった。

「いいか。出すからな。全部飲み込めよ」

そう言った瞬間、彼の肉棒は歩美の中で膨れあがり、精を放った。

彼女は、吐き気を必死で抑える様子で、ゴクリと飲み込んだ。

ずぼりと音を立てて彼女の口から勃起したままのペニスを引き抜いた佐脇は、スリップ姿の歩美を押し倒すと、そのままのしかかった。

薄物の下には何も着けていない。それが佐脇の好みだ。透《す》けて見える乳首や秘毛や、尻たぶを眺めながら酒を飲み、抱き寄せてはじっくりと揉み撫《な》でいじる。そんなオヤジ趣味を思いっきり発揮するのが好きなのだ。しかも、ワケアリ女は拒むことが出来ない。

佐脇の指は、彼女の秘唇に伸びていき、じわじわと嬲《なぶ》った。

秘裂を抉《こ》じ開け、その敏感な肉芽を剝《む》き出しにさせたが、そこに指が触れただけで、歩美は逃げるように腰を振った。

佐脇はそんな彼女を押さえ込むと、おもむろに身体をずらし、女の股間に顔を埋めて、舌先で肉芽を音を立てて吸い始めた。

「あ。あああん……」

嫌がっていた彼女の口から、予期せぬ甘いため息が漏れた。そんな声を出してしまったことに、歩美自身も驚いている。

悪徳刑事の辞書にモラルという言葉は無い。佐脇はなおも舌での愛撫を続けつつ、手では脇腹や内腿をてろてろと撫でまくった。しかしメインは何と言っても舌だ。淫らな舌の巧みな動きが、歩美の固い蕾《つぼみ》を抉じ開けようとしていた。

豆粒のような肉芽が膨らんでくるにつれて、舌先で転がしてやるたびに、ひくひくと感電するような震えが歩美の全身に走るようになった。

「どうだ。気持ちいいんだろ」

佐脇は愛撫しながら訊いたが、歩美は言葉にならない呻《うめ》きを上げるだけだ。

「……お前、あの暴力男とずっと一緒にいて、いつか殺されてたほうが良かったのか？　ああいう男だから、お前の死体をどこか山の中に運んで置き去りにしたり深い穴を掘って埋めてたかもしれんな」

そんなことを言いつつ、佐脇は歩美の秘唇にまるで萎《な》えることを知らない男の先端をあてがった。一度射精しているのに、彼のモノは屹立したままだ。

指で押し広げた秘腔に、一気に押し入った。

「ひっ！」

狭い場所に肉棒を侵入させ、締めつけられる快感に、佐脇はほくそ笑んだ。

多少の抵抗はあったが、濡れたヴァギナはすんなりと男のモノを受け入れた。

「あ……あああん……」

夫ではない男に刺し貫かれる屈辱を露《あら》わにする歩美に、悪漢刑事《わるデカ》は、ほれほれと気勢を上げながら腰を使った。

たっぷり前戯をされて、歩美の女体は甘美な感覚が広がっていくのを止めようがない。

最初はおぞましかったものが、じわじわと甘く妖しい快美感に変わっていく様子が手に取るように判る。

そのまま抽送を続けるうちに、歩美の女芯は溢《あふ》れるほどに濡れてきた。淫猥で粘着質な音までが響きはじめた。

佐脇は腰を使い続けた。女相手に善人であろうとする気など、まったくない。むしろ鬼アクマ人でなしと罵《ののし》られた方がゾクゾクして、勃起の角度も一段と鋭くなる。

歩美の乳房をまさぐった。激しいピストン運動で、歩美の小振りな乳房はゆらゆらと揺れている。それを鷲づかみにした悪徳刑事は、興奮の赴《おもむ》くまま、小さな乳首を指の間に挟みこみ、ぐいぐいとしごいてやった。

素人女を、どんどんスレた蓮《はす》っ葉《ぱ》女に仕立て上げていくのが趣味の佐脇は、さほど男の数を知っているとも思えない歩美の全身が桃色に染まって、そのか細い腰が左右にくねり、すんなりした内腿がぶるぶると震えるのを見て、内心快哉《かいさい》を叫んだ。

と、にわかに自分でも思いがけず、腰の動きに拍車がかかった。蜜壷の中の剛直がびくびく蠢動した瞬間、佐脇はうっと呻いた。

「ま、続けて二発だ。悪くない」

佐脇はモノを引き抜くと、付着した愛液を拭い取って歩美の綺麗な下腹部に擦りつけた。

「そろそろ時間だろ。稼いでこい」

そういうと、彼女の尻をぴしゃりと叩《たた》いた。ぺらぺらのカーテンの外は、すでに夕陽に染まっていた。

「こんな時間に女をコマしてるのは、ヤクザくらいのもんだろうな」

いささかの自嘲を込めて呟いた佐脇は、煙草に火を点《つ》けた。

「お前、ヤクザとオマワリが違うところを知ってるか？」

ティッシュで後始末をしていた歩美は、きょとんとして首を横に振った。彼女にしてみれば、違いなど無いはずだ。人の弱みにつけ込んでくるところは同じだろう。

「ヤクザはお前から金を搾り取る。だが少なくともおれはお前からは金は抜かない。そのかわりにヤクザから上前を撥《は》ねる」

回り回って結局は同じことか、と佐脇はヤクザより下品に哄笑《こうしょう》した。


歩美の安アパートは、彼女が勤めるピンサロの寮で、店の至近距離にある。飲み屋や性風俗の店ばかりが集まったこの一帯、二条町《にじょうまち》は物騒で喧《やかま》しいから、一般人は住みたがらず、入居者のいない安アパートをピンサロが安く借り上げているのだ。

その帰り道。

安っぽい繁華街の裏通りにある公園が、妙に騒がしい。

ここは場所柄、夜になると無法地帯と化す。酔っぱらい同士の喧嘩《けんか》に、チンピラのカツアゲ、覚醒剤の売買、そしてレイプの温床だ。検挙数を上げたい時など、地元の交番は、この公園を最重要ポイントとしてマークしている。

そういう物騒な場所ではあるが、まだ宵《よい》の口だ。それなのに高校生くらいの若い男たちが、公園のトイレの前に集まって、ワイワイ騒いでいる。

深夜に高校生のガキどもが騒いでいれば即、補導ものだが、時間が微妙だ。放課後に、この辺にもあるファストフードで盛り上がったバカどもが場所を変えて、サルのようにキーキー騒いでいるだけかもしれない。ただ、その騒ぎ方に嫌な感じがあった。妙にヒステリックな、狂躁《きょうそう》的な雰囲気が渦巻いていたのだ。

男たちは公園にある薄汚い公衆トイレを取り囲んで、中に向かって盛んに囃《はや》し立て、時おり卑語をがなり立てている。

根が単純な野ザル以下の連中のすることだが、トイレの個室の中で、良からぬコトが行なわれているのではないか。

佐脇は黙ってずんずんと近づいた。捜査で出動しているのではなく、いわば勤務をサボって女のところにしけ込んでいたので、完全に手ぶらだが、彼にとっては全身が武器だ。

「ンだよ、オッサン」

年長者に叱《しか》られた経験がない大人をナメきった態度のバカどもは、事もあろうに佐脇にメンチを切ってきた。

普通、ガラの悪い粗暴な高校生にガン付けられれば、マトモな大人は関わりあいにならないよう、ひたすら目を伏せて方向を変える。しかし、佐脇はマトモな大人ではない。

そのままズンズンとバカどもに向かっていった。

「ンだよう」

佐脇に一番近い位置に立っていた若者が目を剝いた。

「オヤジに用はねえんだよ」

バカ高校生はイキガって佐脇の前に立ちふさがった。

その時。トイレの中から、若い女のすすり泣く声が微かに聞こえた。

「おい、お前ら、ここでなにをしてる？」

佐脇のドスを利かせた低音に立ち向かってきたバカは怯《ひる》んだが、ここで仲間に腰抜けぶりを披露《ひろう》するわけにはいかない。三白眼《さんぱくがん》で睨《にら》み上げ顔を歪めているところを見ると、虚勢を張って精一杯凄《すご》んでいるつもりなのだろう。

「だっからよぉ、オッサンには関係ねぇんだよ。すっこんでな」

「お前、高校生か？　それともチンピラか？　どっちにしても頭が弱いのは同じだな」

なんだとコラとその若い男は殴りかかってきたが、次の瞬間、鼻から血を噴《ふ》き出してひっくり返っていた。佐脇の拳《こぶし》が一閃《いっせん》し、顔の中央に命中して鼻を折ったのだ。

「な、なんだお前は」

「おれは鳴海署の佐脇ってもんだ。警官に向かってきたんだからお前ら全員、公務執行妨害に凶器準備集合罪だ。お前ら全員少年院に送ってやる」

バカな高校生がチンピラと違うところは、恐れを知らないことだ。強い相手と、きっちり戦ったことがない。経験不足を凶器で補えると思っている。

数人が一瞬にして佐脇に急所を蹴られ、腕を脱臼《だっきゅう》し、鳩尾《みぞおち》に膝《ひざ》蹴りや肘打ちを食らって呼吸困難になって倒れたが、残った三人がナイフを出して立ち向かってきた。

その連中の脇には、成り行きに驚いたのか棒立ちになったまま為《な》す術《すべ》もない耳にピアスをした金髪もいて、佐脇と一瞬目が合った。

だが、アドレナリンが沸騰している佐脇はナイフもピアスも、全部一緒くたにしてなぎ倒した。

不良といっても温室育ち。佐脇にとって未熟な高校生どもなど相手ではなかった。ドスの利いた目つきに声。オッサン臭くない俊敏な動きに、まったく無駄のない攻撃。

多少とも格闘技を経験している者はここで格が違うと悟って逃げ出し、一撃を食らった者もいつもの相手とは勝手が違うと判って逃げ出し、倒れていたヤツも必死に起きて仲間を見捨て、ほうほうの体で逃げ出した。

金髪ピアス野郎は、何か言いたそうに口を尖《とが》らしてしばらく佐脇を睨みつけていたが、仲間に引き摺られるようにして走り去った。

「お前らいずれ全員捕《つか》まえてやるからな。首を洗って待ってろ!」

佐脇は四方八方に逃げていくバカどもの背中に怒鳴ると、トイレの個室に向き直った。

「中にいるヤツ。仲間はみんな逃げたぜ。まあ、お前は一人だけイイコトしたみたいだから、パクられても文句はないよな」

「…………」

息を殺して身構えているのが、ドア越しに見えるようだ。

「てめえ……ここから離れろ。じゃないと、この女をぶっ殺す！」

男の追い詰められた悲鳴のような声と、若い女のすすり泣きが聞こえた。

佐脇は、中にいる男の要求をあっさり無視し、そのままドアを蹴破った。

がつんという音と同時に、ドアに頭をぶつけた男の呻きがした。

まず佐脇の目に飛び込んできたのは、スカートを捲《まく》りあげられて下着を足首まで下ろされ、下半身を剝き出しにされた女子高生の後ろ向きの姿だった。

「大丈夫か！」

少女は固まったまま頷《うなず》いた。

「とりあえず、あんたはここから出ろ」

佐脇は咄嗟《とっさ》にその少女の首根っこを摑んでトイレの外に放り出すと、再度ドアを中の男に思い切りぶつけてやった。ドア陰には彼女を犯そうとした犯人がいるのだ。

「ぎゃっ」

何度もぶつけるうちにドアは蝶番《ちょうつがい》が外れ、壊れてしまった。

ドアを退《ど》かすと、頭から血を流して、ずるずると汚い壁にもたれかかって崩れ落ちる犯人が見えた。

「お前は現行犯逮捕だ」

「やりすぎだろ……おれ、高校生だぜ」

犯人は額が割れていたが、佐脇は構わず、大きな音を立てて張り手を食らわした。

「馬鹿野郎。高校生なら公衆便所で女の子を犯してもいいってのか?」

男の髪を摑んで一発、トイレの壁に後頭部をぶつけてやると、犯人は黙った。

佐脇が犯人を捕まえて外に出てくると、被害者の女子高生は蒼《あお》い顔をして立っていた。

すでに着衣の乱れは自分で直している。

「君は大丈夫か?　やられちまってはいないんだな?」

佐脇はぶしつけに聞いてしまってから、狼狽《うろた》えた。

「あ、これは無神経な事を聞いた。申し訳ない」

黙って俯《うつむ》向いている少女にどう対応していいか判らないままに、無理して言葉を継いだ。

「他の連中は逃げたが、こいつが口を割るだろう。全員捕まえてやるから心配するな」

佐脇は自分の携帯電話で一一〇番した。

「おれだ。佐脇だ。二条町の例の公園で、公務執行妨害の高校生を確保。至急迎えを頼む」

警察に身柄を送るのにパトカーを寄越せと言ったのだ。

「あの……お願いがあるんですが」

電話を切った佐脇に、女子高生がおずおずと切り出した。

「これ、事件にしないでください。こういうのって、親告罪っていうんでしょう？　私が訴えなければそれで」

被害者が後難を恐れる、あるいは噂が広がって二次被害を受けるのを嫌って事件にしないことはよくある。一度訴えたのに後から取り下げられる事も佐脇は何度も経験していた。

この女子高生も、後のことを恐れているのだろう。しかし、この件は悪質だ。

「ほら。この女がそう言ってるんだから、チャラにしろよ。早く放せ」

調子に乗った犯人の男がヌケヌケと言い放つ、その図々しさにもムカついた。

「そうは行くか。お前がやったことはまず、公務執行妨害だ。他の連中は凶器準備集合罪だ。親告罪は関係ねぇ」

後ろ手に腕を捩《ね》じ上げられた若い男は、まだ何か言いたそうに口を開きかけた。

「うるせぇ。お前は署でゲロしろ」

佐脇の拳が男の口に炸裂《さくれつ》した。男は血とともに歯を何本か吐き出した。

サイレンを鳴らさず、赤色灯だけ点けたパトカーがやってきた。

その赤い光を目にした犯人は、狂ったように暴れ出して佐脇の手をふりほどき、捕まえ直そうとした悪漢刑事の腹に膝蹴りを入れた。

不覚だった。油断していた佐脇は、まともに食らって地面に膝をついた。

「カッコつけやがって、このヤクザデカが！」

顎《あご》に男の爪先《つまさき》が命中して、佐脇は一瞬、気を失いかけた。

しかし、パトカーから制服警官が降りてくると、男はそれ以上の攻撃はせず、そのまま単独で逃走した。

待て、と言われて待つはずもない相手に怒鳴った制服警官は、文字通り脱兎《だっと》の如《ごと》く逃げる若い男に追いつけなかった。

「止まらんと撃つぞ！」

警官は拳銃を抜いて威嚇《いかく》発砲しようとしたが、佐脇の「やめろ！　もういい！」の怒鳴り声に思いとどまった。

「馬鹿。裏通りとはいえここは二条町だ。どこの誰に流れ弾が当たるか判らねえ」

「ですが……佐脇さんは大丈夫ですか」

引き返してきた警官は、佐脇の怪我を心配した。

「緊急手配しますか」

パトカーに残って連絡を取っていた警官が運転席から出てきて訊いた。

佐脇は、震えて縮こまっている被害者の少女をちらっと見ると、首を横に振った。

「いや、いいよ。お前らもいい。無駄足踏ませて悪かった」

「こちら、保護しましょうか」

警官は少女を見て言ったが、佐脇はイヤいいから、と手をひらひらさせてパトカーと警官を帰してしまった。

「……どうする？　一応、あんたの被害については伏せて、おれに対する事件としてなら立件出来るんだが」

佐脇は蒼い顔をしたままの女子高生に声をかけた。

「本来なら、まずあんたは医者で診《み》て貰《もら》ったうえで、事情を話してもらわなきゃならないんだが……どうやら、そうしないほうがいいようだな」

少女は佐脇にぺこりと頭を下げた。

「私、服は脱がされましたけど……それ以上のことはなかったし」

佐脇は少女をじっと見据えた。

「本当に、それでいいのか？」

「はい。事件にはしないでください。これが知れたら、また……」

「また？」

オドオドと視線を彷徨《さまよ》わせる少女には、かなりの事情がありそうだ。

「おれは小児科は専門じゃないが……あ、いや、要するに普段はもっと荒っぽい連中ばかり相手にしてるんで……」

話を聞きたいが、どうにも場所が悪い。もうすっかり日も暮れて、周囲の飲み屋やフーゾク店も営業を開始している。

「この辺はろくな店がないしなあ……ファストフードだと、おれみたいなオヤジと話してると目立つし、ファミレスまで歩いてるとエンコーみたいに思われるかもしれないし」

いかにもそういうオヤジに見えてしまう己《おのれ》を、佐脇はちょっと恥じた。なんせ、相手が紺のブレザーの制服を着た女子高生なのだ。しかも青白い顔で、思い詰めたような硬い表情をしている。筋の悪いオヤジが若い子に因縁をつけ、カラダで払えとばかり脅していると見られかねない。考えがすぐそっちの方に行くのも問題アリかもしれないが。

「そうだ。すぐそこに、懇意にしている人のアパートがある。そこなら何の邪魔も入らないし、人目もない。もちろんおれは、こう見えても刑事だ。君になにか悪戯《いたずら》しようなんて魂胆は毛頭ない」

少女は弱々しく微笑《ほほえ》んだ。

「じゃあ……そのアパートで」

佐脇は先に立って、彼女を歩美のアパートに案内した。情事の痕跡はあるかもしれないが、この際、仕方がない。

いまどき珍しい、玄関で靴を脱いで入る下宿タイプのアパートの暗い廊下を、ぎしぎしいわせながら歩いていくと、ちょうど歩美が出勤するところだった。

「やあ。ちょっと部屋を使わせてくれるか」

佐脇の後ろには、俯向いて細い肩をふるわせている女子高生の姿があった。

「いやいや、違う。違うんだ。おれは未成年に興味はないから」

キツい疑いの目で睨んでくる歩美に佐脇は慌て、声を落として言い訳した。

「そう……じゃあ、鍵はかけて出てね」

疑い深そうにそう言い、それでも女子高生の肩を優しく叩くと、歩美は出て行った。

きれい好きの女だから、部屋の布団はすでに畳んで押し入れに仕舞われ、四畳半には折りたたみテーブルが出されていた。

佐脇は、勝手知ったる他人の家で、冷蔵庫からペットボトルのウーロン茶を出し、慣れた手つきで食器棚から適当にグラスを出して彼女の前に置いた。

「あの女の人は、ちょっとした知り合いで。それはそれとして、君の話を聞かせてくれないか」

佐脇は、改めて少女を見た。

現場では犯人の男たちをどうにかするのが先決だったし、その後も、被害者である彼女の処遇をどうするか考えていたので、彼女が顔立ちの整った、かわいそうなほど小柄で線の細い女子高生だという以上の観察はしていなかった。

まだ名前も聞いていない少女は、可愛いというより、美しい。色白な肌に、染色も脱色もしていない黒髪が鮮烈に映えている。繊細なラインを描く眉に大きくて潤んだ瞳、唇は小さく、鼻が小作りな顔立ちは、壊れやすい人形のようだ。

愛らしく微笑めば、その魅力は輝くだろうに、今の彼女はすっかり怯え、おどおどと、身の置き所もない感じだ。

「名前は……言わなければいけませんか?」

「出来ればね。だが、書類にはしない。こういう非公式な場所で、ただ君の話を聞きたいだけだから……まあ、言いたくなければ言わなくてもいい」

「平井和美《ひらいかずみ》と言います。でも、本当に事件にはしないでください」

すみませんと頭を下げた少女は、何かに迷うように視線をさまよわせた。

「あんなことをされた理由は、判ってるんです。でも……自分にはどうにも出来ない事だから」

佐脇は、心が折れかかっている少女・和美を見つめた。か細い声だが、きちんと話そうとしている。たぶん、本人はまったく悪くないのだろう。こういう場合、佐脇は第一印象を重んじる。

「おれは、見た目も中身も正真正銘のオヤジだからデリカシーなんてものはない。だから率直に聞くが、あれはいわゆるいじめってやつか？　集まってたのは全員、君と同い年ぐらいの連中だよな。同じ学校の生徒たちか？」

和美は俯向いて、消え入りそうな声で言った。

「同じ学校の人ばかりじゃないけど……私の携帯のプロフに悪口を書いた人たち」

プロフとは携帯サイトの、自己紹介ページのことだろう。

携帯を使ったネットいじめか、と佐脇は納得した。

中学生や高校生の間で、携帯メールで嫌がらせをしたり、悪口を広めたり、盗撮した画像を勝手に送信したりするいじめが広がりを見せていることは、最新情報に詳しいうず潮《しお》テレビの磯部《いそべ》ひかるから聞いていた。

和美は、その辺の女子高生とは一線を画すほどの美形だ。周囲からねたまれ、やっかみを受けるという、それだけの理由で、今は簡単にいじめのターゲットにされてしまう。

「それで、あの公園に呼び出された？」

少女は頷いた。

「何度も無視したり断ってたんですけど、それも限界って感じになってきて。行けば絶対何かされると思ったんですけど、このまま何もないままでは済まない気がして……」

覚悟の上で呼び出しに応じて公園に行った、という事か。

「だけど……それは無謀だろ。現に君はあんなふうなことになったわけだし。恩を着せるつもりはまったくないが、おれが偶然通りかからなかったら、君はかなりひどいことになっていたと思うぞ」

佐脇は言葉を選んだ。あの公園のトイレで輪姦されて、それだけでは済まず場所を変えてもっとひどいことに……という展開は容易に想像がつく。性欲に支配されたバカ高校生どもの考えといえば、無限の欲望を満足させることだけだ。その結果については想像が及ばない。輪姦仲間が三人もいれば、お互いに責任転嫁と虚勢の張り合いが生じて、事態は最悪の方向に転がるのだ。

「まあ、自分の判断が間違っていたと、今は判っていると思うけど」

そういうと、少女は肩を震わせて泣き始めた。ずっと気持ちが張っていて持ち堪《こた》えていたものが、ぷつんと切れてしまったのだろう。

「トイレの中に押し込まれてから、もう、怖《こわ》くて怖くて……」

泣きじゃくり始めた少女の肩を抱いてやるのがいいのか悪いのか、佐脇は躊躇《ちゅうちょ》した。

「……そこまでされるについては、何があったんだろうね？　差し支えない範囲で、教えてもらえないかな？」

相手は傷ついた少女だから、佐脇としてはいつもとまるで流儀が違う。ここで普段の地を出して、彼女を怯えさせるわけにはいかない。猫なで声は我ながら気持ち悪いが、他にどうしていいか、とりあえず見当もつかない。

「あの中には、君の学校の生徒もいるんだよな?」

彼女はこくりと頷いた。

「なら、無理して学校に行くことはない。休んだら負けと思うかもしれないが、意地を張ることはない。親は行けと言うだろうさ。事情を知らないからな。少しは知ってるのか?」

佐脇が少女の顔を覗《のぞ》き込むと、彼女は首を横に振った。

「まあしかし、連中は今ごろ死ぬほどビビッてると思うぞ。いつ警察に捕まるかって」

刑事はそこで言葉を切ると、和美をじっと見つめた。

「どうする? あそこにいた奴らの名前を言ってくれたら、今すぐにでも捕まえに行くぞ。ああいう連中は大人をナメてる。きつく叱ってやらないと」

和美は、言おうか言うまいか、激しく迷っていた。が、やがて、首を横に振った。

「……やっぱり、やめておきます。いろんな人に迷惑がかかるので……」

「おいおい。君自身のことはいいのか? 事情はよく判らないけど、周りのことばっかり考えて、自分を抑えてもいい事はないぞ。まず自分で自分を大事にしなきゃ」

しかし、彼女の考えは変わらないようで、最後には切なげな笑顔で「やっぱりいいです」と言った。

その笑顔が、無理をして作ったものだと痛いほど判ったが、佐脇は引き下がるしかない。

「遅くなっちまったな。なんならおれが、差し障りない程度に親御さんに説明してやろうか？　その、事件じゃなくて、遅くなったのが別に君のせいじゃないってことを」

彼女はそれも辞退して、深く頭を下げると部屋を出て、夕闇の街の中に消えていった。

＊

翌朝、佐脇が出勤すると、署内は慌ただしい空気に包まれていた。なんとも重苦しいものが署内に溢れ、佐脇とすれ違う者はみな、一様に目を伏せる。

佐脇は、またおれがなにか問題を起こしたのかと自分の行動を思い返して首を傾《かし》げたが、思い当たるフシはまったくない。このところ、女遊びとヤクザいじりは別にして、派手に目につくような言動はしていないし、第一、注目されるような事件も起きず、テレビ取材でうっかり発言をすることもなく、まったく平穏な日々を送っていたのだ。

「なんだ。ナニがあった」

刑事課に入ると、すでに課員は出払っていた。

「全員が駆り出されるようなでかいヤマでも勃発したのか？」

一人残っていたデスクの光田《みつだ》に声をかけると、この男は相変わらず、何か臭いものを嗅《か》いでしまったような顔で佐脇を見た。

「あんた、出勤前にニュースも見ないのか。また警官殺しなんだよ」

ぐずっと鼻を鳴らした光田は、県警本部が記者クラブに流した資料を見せた。

「ウチが判ってるのはこれと同じ。鳴海署管内じゃないのでウチは人を出すだけだが、この前の事件との関連で、合同捜査《チヨウバ》が立つかもしれん」

佐脇は光田の話を聞きながら資料を読んだ。

昨夜午後十時頃、T県警T東署交通機動隊所属の白バイ警官・後藤和良《ごとうかずよし》巡査部長三十七歳が飲食店を出て帰宅しようとしたところ、何者かに背中から刃物で刺された。直ちにT市民病院に救急搬送されたが死亡を確認。死因は心臓を一突きされていた事で、肉切り包丁のような長い刃物で背中から心臓めがけて数回刺されている。現場は、白バイ警官の住む官舎のすぐ近くで、ラーメン屋、居酒屋、焼鳥屋が三軒並んでいる。被害者は居酒屋から出てきて官舎に向かって歩いているところを、背後から襲われたらしい。

「白バイ警官、ねえ」

「普通、この前の、首チョンパの件との関連を考えるよな」

刑事課のテレビにもローカルニュースが映《うつ》って、前の事件のことを報じている。

「連続警察官殺人、ってことか?」

「実際、連続殺人だろ。またお前さんの彼女が面白おかしく報道するんじゃないのか」

光田はテレビに顎をしゃくった。うず潮テレビのリポーター、磯部ひかるを暗に皮肉っているのだ。

「いや、事がデカくなると東京から大物リポーターが飛んでくるから、逆に地元のリポーターは出番がないらしいぜ」

そう言った佐脇に、光田はひどく真剣な目で聞いた。

「なあ、そうなると思うか？　二度あることは三度あると思うか？　二件とも白バイ警官ってのは偶然か？　それとも、犯人は警察そのものに恨みがあるのか？」

光田は何かに怯えているのか、それとも面白がっているのだろうか。

「少なくとも……」

どうやら怯えているらしい光田に佐脇は言った。

「おれはともかく、お前は狙われないよ。恨みを買うほどの活躍してねえ」

そう言われた光田に、まずほっとした色が浮かび、ついで、腹を立てた。

「なんだその言い方は。オレだって日夜、市民のために粉骨砕身《ふんこつさいしん》、奮闘《ふんとう》努力」

「の甲斐《かい》もなく、か。寅さんかよお前は」

そんな軽口を叩いていると、刑事課長が入ってきた。県警の捜査一課一係長から転任してきた大久保《おおくぼ》だ。

前任者の君津《きみつ》は殉職したが、死後、悪事が露見して異例の当人死亡懲戒《ちようかい》免職となった。

多少のことには目を瞑《つむ》って二階級特進というのが通例の警察社会では、まことに異例の処罰だった。君津と縁者で濃密に絡んでいた署長も引責自殺し、それゆえ、鳴海署署長と鳴海署刑事課課長は忌《い》みポスト、と陰で呼ばれる存在になりつつあった。

新任の大久保は、半ば無理やりこのポストに就かされたせいか、終始事なかれの安全運転を続けている。

「県警はこれを白バイ警官連続殺人事件と判断し、合同特別捜査本部が設置されることになった。帳場はT東署に立つ。で、佐脇、お前、水野と一緒に行ってくれ。最初の事件の担当だしな」

地元の鳴海署で、地味に静かにヤクザをいたぶって暮らしたい佐脇には、特別捜査本部に出向して県警本部のバリバリ刑事と一緒に仕事をするのは、できれば避けたいところだ。

「そんな嫌そうな顔をするな、佐脇。ウチで今、出せる人間はお前しかいないんだ」

「余人を以って代え難し、と言っているようで、実際のところは厄介《やっかい》払いでしょう」

図星なのか面倒になったのか、大久保はそれに応えず、「すぐ行け」と命じた。

＊

「四月十日午後十一時頃、鳴海市西辺《にしべ》五丁目交差点で発生した本部交通機動隊隊長・湯西

治雄警視殺害事件と、本十五日、T市蔵本《くらもと》四丁目一五番地付近で発生したT東署交通機動隊隊員・後藤和良巡査部長殺害事件。この二つは、明らかに関連があると考える」

合同特別捜査本部の初会議で、本部長になったT東署署長・曽我部《そがべ》は声を張った。

「この二名は、死亡時の所属は違っているが、以前……三年前になるが、後藤巡査部長は本部交通機動隊所属で、湯西隊長の下にいた。この関連をどう見るか」

「県警交通機動隊で三年前というと……例の事件がありましたね」

県警捜査一課の刑事・桑畑《くわばた》がボールペンを回しながら言った。

ああ、と会議に出席した刑事たちにはすぐ判ったようだが、佐脇には判らない。

「なんのことだ？」

隣に座る水野に小声で聞いた。

「三年前だと、たぶん……白バイ警官の殉職事件だと思いますよ」

「なんだそれは？」

「ええとですね」

水野は、捜査会議を仕切る本部長や幹部の目を気にしつつ、小声で佐脇に説明した。

「自分が警察官になりたての時に起きた事件なのでよく覚えてるんです。県道を走行中の白バイが、乗り合いタクシーと正面衝突して、白バイに乗っていた交通機動隊員が殉職した件です。事故は乗り合いタクシーの運転手の前方不注意と速度オーバーということで、タクシー運転手が実刑判決を受けて……」

「よくある事故じゃねえか。それがどうした」

警官が交通事故に遭遇するのは珍しくない。白バイやパトカーで被疑者を追跡中に事故を起こしてしまうことも、ままある。

「問題は、当初白バイ側、すなわち、交通機動隊員の平井祐二《ゆうじ》警部に過失があったんじゃないかと報道されたことにあるんです。無理な追い越しをかけてタクシーに正面衝突したんだと。証言もありました。乗り合いタクシーの客が事故の一部始終を見ていたという事で。にもかかわらず警察はタクシー運転手に無理やり過失を負わせて有罪にしたんじゃないかと。何故なら、平井警部が殉職したことにしないと、年金と見舞金が下りないからではないかと」

「なんだと？　そんな下衆《げす》の勘ぐりが放送されたってのか」

佐脇は思わず吠えた。

「おい、そこ。私語は慎め」

本部長の横に陣取ったナンバー2、T県警刑事部長の藤森《ふじもり》が佐脇を指さした。

「イヤ、今、自分がよく知らなかった白バイ警官平井警部殉職事件について、同僚から説明を聞いていたんです」

佐脇は立ち上がって言い訳した。彼の顔は県警でも知られているので、またアイツか、と言う囁《ささや》きがあちこちで起きた。だが、平井警部の名が出た途端、藤森刑事部長の表情が変わった。

「平井の件は一切、関係が無い。一応参考までに言っておくが、三年前の殉職事故の際、今回被害に遭《あ》った湯西警視は交通機動隊隊長で、同じく後藤巡査部長も平井警部の同僚で、事故現場に偶然、居合わせていた。そういう関連はあるが、この件はすでに刑事民事ともに判決も確定していて、終わったことだ。ただし、今回の連続殺人事件の犯人が、どう考えているかは判らないがな」

　藤森刑事部長は背景説明をした。

「とにかく、現時点では、すべての可能性を排除せず、捜査に当たって欲しい。警察に対する不満分子の、いわば劇場型犯行かもしれない。警察を悪に仕立てて社会不安を増幅しようという、何らかの勢力の工作という可能性だってある。現時点では、あらゆる可能性を排除するな」

　刑事部と公安部は仲が悪いが、警察に敵対する犯罪となると、どうやら同じような考え方になるらしい。

「……あまり使いたくない言葉だが、警察の威信もかかっている。易々《やすやす》と警官が殺されるなどということは、あってはならない。警察への挑戦ということは、決して許してはならないのだ」

藤森は語気を強めた。この言葉に、佐脇を含めて、誰一人異論はない。

「一応だが、県警交通機動隊の関係者には、身辺に気をつけて行動するように連絡をしている。第三の事件が起きる可能性も否定出来ない。慎重かつ機敏にやってくれ。以上だ」

東署の講堂で行なわれた第一回の全体会議は解散した。

「なんだかこの件は、裏にゴチャゴチャといろいろありそうだな」

佐脇は捜査員に配られた基本的捜査資料をペラペラめくりながら、水野に命じた。

「お前が知ってることを含めて、何でもいいから資料を集めろ。おれが知らないことが多すぎる」

そう言いつつ、佐脇は、資料のある箇所に目を留めた。それは、たった今話題に上った、三年前の白バイ警官殉職事件に関する部分だった。

亡くなった平井警部の名字と住所に、引っかかるものがあったのだ。

「平井……鳴海市岩瀬《いわせ》町……」

「その住所がどうかしましたか？」

水野に問われて、どうしてこの地名に引っかかるのか、考えてみた。しかし、答えが出てこない。

「殉職した平井さんの遺族は、『加害者』のタクシー会社から一億円の慰謝料を取ってるんです。それで乗り合いタクシー会社は倒産してます。その上、警察共済からの見舞金と……退職金も満額貰ってますね」

東署の食堂で、資料を眺めながら水野が言った。

「なんだお前。ヤッカミか？」

佐脇は年下の、見た目も悪くはない、若い部下をからかった。

佐脇自身は、金にうるさくはない。汚い金をせしめるが、ぱっと使ってしまう。蓄財してお大尽《だいじん》になろうという気持ちは毛頭ない。それ故か、金のことでトラブルを起こす手合いが好きではない。金の件でグチャグチャ言う奴も好きではない。

「佐脇さんが金銭的に潔癖《けっぺき》なのはよく判ってます……え？　潔癖？　ちょっと違うな」

水野は、自分が言ったことに噴き出した。

「佐脇さんは金に潔癖じゃないですよね。本当に潔癖なら、ヤクザから金を強請《ゆす》り取るなんてこと、しませんもんね」

「そうだよ。おれは金に汚い。カッコつけて、金に興味はない、みたいなスカした振りはしねえよ。だがな、必要以上にカネにねちねち執着《しゅうちゃく》する奴は、好かん」

「それは、僕が平井さんの遺族のことを持ち出したことについて言ってるんですか？」

まあそうだ、と佐脇は認めた。

「遺族なんだから、貰ったカネは正当なものだろ」

「でも、その金額に対して、警察の身びいきとか、そういう観点からの批判があったのも、事実なんですよね」

「世の中ってのはそうしたもんだろ。事故に遭って保険金を受け取っても賠償金を受け取っても、やっかむ奴はやっかんで陰口をたたく……」

そう言った佐脇は、さっきから引っかかっていた住所と、『やっかみ』が、突然、結びついた。

「おい、この平井警部の遺族についての資料はあるか?」

配付された資料にはそこまでの記載はなかったので、二人は県警本部に出向いて、人事資料を漁《あさ》った。

「ありましたよ、佐脇さん。平井警部には、娘さんがいますね。和美さん。平成三年七月生まれということは、ええと、今年、十七歳ですか」

平井和美。

そうか、と佐脇は先ほどの引っかかりの解答を得て、すっきりした。

「水野。お前、パソコンとか詳しいよな? 検索とか出来るか?」

ええそんなの簡単ですよ、と水野は請け合った。

捜査本部に戻ってパソコンで検索すると、驚いた事に『平井警部白バイ事故疑惑』に関するネット記事が山ほど出てきた。どれもが、実は落ち度は白バイ側にあったのでは、という疑惑を指摘するものばかりだったが、中には、取れるカネはすべて取ろうとする遺族の強欲さを執拗《しつよう》に言い立てる、ねたみそねみとしか思えない書き込みもあった。

「ひでえなこれは……」

公園で救った少女が平井警部の遺児だったのだろうと、佐脇は確信した。

名前や住所だけではなく、ネットでいろいろと書かれているという点が符合する。

「あの子は、自分じゃどうにも出来ない事を理由にいじめられてるというのか！」

あの少女が直面している状況の理不尽さに佐脇は怒りを感じた。和美を襲った連中は、ネットに書かれているある事ない事を盾《たて》に取り、あの子を好き放題にいたぶっているのだろう。そんな事を許しておけるだろうか。

「あの、平井警部の遺族の件で、何か気になる事でも？」

水野に問われて、佐脇は我に返った。

「ああ、たしかにちょっと気になる事がある」

確認したい事が出来たのでしばらく外出する、と水野に言い置いて佐脇は東署の捜査本部を出た。平井和美に会って、これまでの経緯をきちんと聞いておきたかったのだ。

「あ、佐脇さん！」

しかし彼は署の玄関で捕まってしまった。相手は旧知のリポーター、磯部ひかるだ。カメラを構えたクルーと一緒になって突撃してきたのだ。

「佐脇さん、捜査本部に入られたんですよね。この連続殺人事件、やはり警察への恨《うら》みや怒りといったものが根底にあるんでしょうか？」

磯部ひかるはコケティッシュな笑みを浮かべ、大きな胸をぷるんぷるんと震わせつつ、マイクを佐脇に突き出した。

「いきなりかよ。こういう突撃取材は受けないことにしてるんだ。マネージャーを通せ」

佐脇はマイクを払い除けつつ、ひかるの耳元に囁《ささや》いた。

「で、コメントを出す交換条件は？　またやらせろよ」

「……いいわよ。あとで電話してね」

そういうことならと、佐脇はにこやかな表情を作って、カメラに相対した。

「佐脇さん、今回の連続殺人は、犯人からのなんらかのメッセージだとお考えですか？」

磯部ひかるが改めてマイクを向けてくる。

が、佐脇がそれに答えようとしたとき、カメラの脇にいた見知らぬ男が口を出してきた。

「今回の連続殺人事件は、そもそもが警察の身内可愛さが原因の、白バイ警官殉職でっち上げ事件に端を発していると考えられますが、それについて如何《いかが》思われますか？」

「なんだお前」

カメラの後ろにいたので、カメラ助手か何かの下っ端だろうと思っていた男が突然、一人前の顔をして質問してきたのに佐脇は面食らった。

額の広い、前髪を七三に分けた、鷲鼻《わしばな》で目つきの鋭い男だ。

「お前、記者か?」

「うず潮新聞社会部、剣持《けんもち》です」

剣持と名乗った男は、カメラの前に出てきた。水野と同じくらいの年格好。ガタイのいい身体をスーツに包み、油をつけた横分けの髪がイカツイ顔にまるで似合わない。トシの割に現場にまだ馴染んでいない新人という感じがした。

うず潮新聞はうず潮テレビの親会社で、この県のマスコミを事実上、独占している。この県は京阪神の大都市に近いので地元マーケットが小さく、ローカルな新聞やテレビは一社しか経営が成り立たないのだ。戦時中に群小新聞が統合されて以来、ずっと独占状態が続いている。

そして地元の新聞とテレビ局は資本的にも人的にも密接な関係にある。これは日本全国、どの地方に行っても同じだ。特に報道部門はほぼ一体で動いているから、この県のマスコミは「うず潮グループ」の支配下にあると言っても過言ではない。ＮＨＫや県外マスコミの影響力は殆《ほとん》どないのだ。

この県でうず潮新聞の記者といえばエリートだ。そしてこの剣持という男は、自分がエリートであるという傲慢《ごうまん》さを隠そうともしていない。

佐脇は瞬間的に剣持に反感を抱いた。

ひかるなら、彼女がまだ女子大生だった頃からの付き合いだし、巨乳だし、現場で揉まれているだけあって、機嫌をとったり押したり引いたりといったインタビュアーとしてのテクニックを会得している。テレビでは好感度が高くないと、すぐに視聴者からお叱りが来るのだ。

しかしこの剣持という男は、地元独占の新聞記者というプライドゆえか、自分の質問を性急にぶつけるだけの、上から目線の硬直した姿勢で、まったく可愛げがない。

磯部ひかるにならともかく、何の義理があって、こんな不愉快な男に答えなくてはならないのか。

佐脇は磯部ひかるに目配せした。なんだこいつは？　おれはこいつを無視するぞ、という意味だ。

だが剣持は空気をまったく読むことなく、なおも突っ込んできた。

「佐脇巡査長。逃げずに答えてください！」

佐脇はキレた。

「うるせえ。質問するのはお前の自由だが、こっちにも答えない自由ってものがある。コメントを取りたければ、この姉ちゃんにコツを聞け。お前は修行して出直せ」

だが剣持は打たれ強いのか、それとも鈍感なのか、引き下がる様子もない。

「そうですか。答えないのは、答えにくい質問だからですね、佐脇巡査長！」

「お前、おれの上司か？　そういうふうに肩書きで人を気安く呼ぶな」

「答えてください。今回の警察官連続殺人事件のキッカケになっていると思われる、三年前の白バイ警官殉職事件ですが、それについて佐脇さんのご見解をお聞かせ願います」

佐脇は、しばらくカメラを睨みつけて黙って突っ立っていたが、何も言わずにその場を離れようとした。

「ちょっと。逃げるつもりですか、佐脇巡査長！」

信じられないことに剣持は佐脇の腕を摑んだ。

「おいてめえ。公務執行妨害で逮捕されたいか？　おれは今から捜査に出かけるところだ。それを邪魔する気か？」

剣持のうしろで、磯部ひかるは困った顔をしている。

「あの、佐脇さん……」

ひかるは佐脇に近づくと、「彼、東京支社から現場に復帰したばかりで……」と耳打ちした。

「ンなこと知るか。おれが新人クンの面倒を見てやる義理はねえ。新人を育てるのはお前たちだろ」

気分を害した佐脇が、その場を離れようとするのだが、剣持はなおも、纏《まと》わりつくように佐脇の進行を妨害してくる。

「だから三年前の事件の事を訊いてるんです。あの事件では、自らの過失で事故死した白バイ警官に年金や退職金、見舞金などを支給するために、まったく無実の民間人を罪人に仕立て上げたんじゃないんですか。まずそれについて伺《うかが》いたい。これは警察内部の身びいきじゃないんですか?」

佐脇の脳裏に、公園で怯えていた平井和美の蒼い顔がちらついた。

遺族が受け取って当然の金に対する、ねたみそねみやっかみなどという下品な理由で、あの子を悲しませているのは、こいつらか。

激しくムカついた佐脇は思わず腕を振り上げて、剣持を殴り飛ばそうとした。それはさすがに辛《から》くも思いとどまったが、彼の顔は、怒りでどす黒くなっていた。

「じゃ、こっちも聞くが、お前らは遺族にカネがいったことを問題にしてるのか?」

その鋭い眼光を浴びて、剣持も一歩後退した。

「いいか。やっかみであれこれ言うヤツは、人間のクズだ!」

吐き捨てるように言った佐脇のその顔は、テレビカメラにしっかり、アップで捉えられていた。

第二章　死刑宣告

T東署に設置された捜査本部に詰めることになった佐脇だが、だからといってこれまで抱えていた事件の後処理を誰かがやってくれるわけではない。

鳴海署に戻って一時間ほど書類仕事をした後、デスクの光田をさんざん揶揄《からか》ううちに、昼になった。

佐脇は、昼飯は署の近くにある行きつけの「ラーメンがばちょ」と決めている。ここは店名はふざけているが、昔ながらの由緒《ゆいしょ》ある白湯《パイタン》スープを使った伝統的レシピを守る真面目な店で、県下のラーメン好きの間でも、ちょっとは名の知れた店だ。

ここ数年のマスコミが作り上げたラーメンブームで、地元民の佐脇すら知らなかった超ローカルな店が「ご当地ラーメン」として派手に紹介され、東京から来た味音痴のタレントや、ラーメンを商売道具にしているラーメン評論家が面白おかしく褒《ほ》めそやした結果、T県のラーメン地図は完全に狂ってしまった。味付けの濃過ぎる豚バラ肉と生卵を上に載せ、スープは甘ったるいすき焼きのツユも同然という、唾棄《だき》すべき下品なラーメンが猖《しょう》獗《けつ》を極めているのだ。佐脇が愛する昔ながらの、パンチはないが上品な地元ラーメンは駆逐され、勢力地図は完全に塗り替えられてしまった。その憤懣《ふんまん》もあって、佐脇は固執《こしつ》するように、昔ながらの味を守る「ラーメンがばちょ」に通い続けている。

冬でも湯気で暑いので入り口は開けっ放し、コの字のカウンターがあるだけの、全部で十五席ほどの店で、昼時は行列が出来るので、開店直後の十一時三十分に、すっと入るのが常連たるもの。

ヨッと声をかけて暖簾《のれん》をくぐる。向かって右サイドのコーナーが、佐脇の定席だ。

「いつもの全部入り」

「あいよ」

スツールに腰掛けながら注文する。店主と交わす言葉はそれだけだ。店主は無口なうえ、忙しいので客と喋っている暇《ひま》がない。佐脇にしても食うのが忙しいので、同じく店主と話している暇はない。

「あ、えと、同じものを」

佐脇の隣《となり》のコーナーに九十度の角度で座った若い男が、場慣れしていない様子で注文した。

佐脇はカウンターに置かれた水を一口含んで、まだ新しいスポーツ新聞を広げて阪神タイガースの記事を読みながら隣の男を観察した。これは警察官としては条件反射のようなものだ。彼とていちいち一般人を全員チェックするわけではないし、公安警察みたいな真似をする気はないが、男のラーメンの注文の仕方に、引っかかるものを感じたのだ。『全部入り』は、すべてのトッピングを入れる裏メニューで、店に貼ってあるメニューにはない。常連のみぞ知る符牒《ふちょう》みたいなものだから、この店に初めてきた様子のこの男が知っているはずがない。

その若い男は金髪で、白い作業服を着ているが、しっくり似合っていない。耳にはちゃらちゃらしたピアスをしているから、おそらく派遣かアルバイトで工事の真似事をしているのだろう。

瞬《また》くうちに席は埋まってしまったが、若い男は九十度の角度から、ちらちらと佐脇に視線を送ってくる。

どこかで会ったはずだが思い出せないまま、若い男の目つきが、だんだんと鋭くなってきた。佐脇のことを、まるで監視でもしているかのようにじっと観察する視線の強さが、どうにも気になる。

佐脇はこれまでにもいくつかの事件を通じて、一般市民にもいくらか顔が売れている。だから顔を見て笑われたりヒソヒソ話のネタにされたりすることはザラなのだが、こうもあからさまにまじまじと見つめられる経験は、初めてだった。

しかしこのまま観察というか、見物されている状態では落ち着いてラーメンを食えない。他の場所なら「ちょっと外に出ろ」と言うところだが、愛するこの店でコトを荒立てたくない。とはいえ、さすがに不作法な視線に腹が立ってきた。

おいお前、と声をかけようとしたときに、「全部入り、お待ち」と、双方に同じラーメンが出来上がった。

白くて上品な白湯スープに中太麵。上には控えめなチャーシューと豚角煮、ナルトと海《の》苔《り》、そして味付け玉子に、どっさりと入った青ネギ。特別なものは何もないが、豚角煮は「全部入り」にしかトッピングされないスペシャルなものだ。

これを前にすると、腹立ちも収まってしまう。とにかく、ラーメンだ。

佐脇は猛然と食い始めた。ほとんどガツガツ食う状態で、ふと隣の若い男を見やった。

少年と言っていい年齢のその男は、戸惑った様子で丼の中を箸《はし》で探っている。この店が初めてというより、こういう店でラーメンを食う習慣が乏《とぼ》しい様子だ。しかも、ラーメン好きなら麵が伸びる前に、スープが冷える前に一気に食おうとするのに、気乗りがしない様子で麵を箸に引っかけてゆっくりと食べ始めた。

ラーメンの名店たるこの店に来て、なんたる不敬なその態度。こいつは、ひょっとしてラーメンではなくこのおれがお目当てなのかと佐脇は思ったが、相手が何者なのかよく判らない。会ったことはあるようなのだが、どこの誰なのか記憶がない。

不作法なバカに関わり合ってるヒマはない。佐脇はラーメンに集中していたが、湯気の向こうから自分を観察する少年が見えるのはやっぱり気になる。

「お客さん、もう終わり？　だったらお勘定。外で待ってる人もいるんでね」

カウンターの中の店主も不快なのか、珍しく声をかけた。

少年はそう言われると、申し訳のように麵を一筋、二筋啜《すす》った。そうしながらも、視線は佐脇から離さない。

次第に腹が立ってきて抑えられなくなった佐脇は、丼を持ち上げて中身を一気に吸り込み、勢いよく立ち上がって千円札を放り出すようにカウンターに置いて店を出た。

そのまま歩いて、署とは反対方向の小公園に向かった。煙草を吸うためだ。それと、例の若い男が何か仕掛けてくるか様子を見るためでもあった。

案《あん》の定《じょう》、若い男は佐脇に続いて店を出てくると、まったく悪びれる様子もなく佐脇の後からついてきた。

佐脇が振り返るのと、少年が話しかけてきたのは同時だった。

「あの……間違ってたら申し訳ないっす。おたく、テレビで『人間のクズ！』とか怒ってた人だよね？」

佐脇は一瞬、何のことか判らなかった。佐脇が「人間のクズ」だと思っている連中は県知事からヤクザチンピラ不良暴走族のたぐいまで多すぎて、特定が困難だ。

「三年前の白バイ事故で警察を叩《たた》いてるやつがクズって、あんたはそう言いましたよね」

ああ、そのことかと、佐脇は合点した。

「正確には警察を叩いてるやつがクズだと言ったわけじゃない。何の罪もない遺族が現にネットで叩かれているだろ？　あの白バイ警官の娘がネットでひどいいじめに遭っている。オレはそのことを言っている」

たとえばそれは携帯の裏サイトで仲間を募《つの》り、単なる金目当てで何の罪もない女性を襲って殺してしまった酷《ひど》い事件と似たりよったりだ、と佐脇は少年に説明した。

「とにかく携帯で誰かを中傷して、こいつには何をしてもいいんだという雰囲気を作り上げて、しかも実際にひどいことをするってのは、数をたのんだ卑怯《ひきょう》者であって、人間の風上にも置けない最低の奴らだ。オレが『人間のクズ』と呼ぶのは、そういう連中のことだ」

佐脇は、少年の目を見据えて、説明した。

カネを受け取った遺族、それも遺児への悪意に満ちた行為があることも知っているぞ、と匂わせた。これで少年がやましさを感じ、引き下がるだろうと思った。だが。

「けどそれって、あくまでも外から見ての話っすよね」

少年は、意外にも口を尖《とが》らせて反論してきた。

「プロフを荒らされたり、いろいろなこと書かれたり、実際にボコられたり〆《しめ》られたりするような奴は、やっぱそういうことをされる理由ってものがあるんじゃないっすか？」

「それは、どういう意味だ？」

この少年には佐脇を揶揄う、あるいは喧嘩をふっかけようとするつもりはなく、あくまで積年の持論を開陳しているのだ、とここで気がついた。

「だから言うじゃないっすか。火のないところに煙は立たないとか叩けばホコリがとか。要するにそういうことっすよ」

「お前は、襲われた女子高生……いや女性にも落ち度があったと言うのか」

「落ち度とかって、本人になくても、周りにあったりするじゃないっすか。親とか」

少年には、冗談を言っている雰囲気はない。逆上するでもなく、淡々と自分なりの思うところを述べているようなのが、佐脇には逆に不気味に映《うつ》った。

「じゃあ訊くが、たとえばお前が何も悪いことをしていなくても、お前の親が殺人とか強盗をしでかした場合、お前がケータイの裏サイトでメチャクチャ書かれたり、あげく実際に袋だたきに遭っても仕方がないと、お前は思うのか？」

話が長くなりそうだったので、佐脇は煙草に火を点《つ》けて、一服吸った。

「親のせいなら自分の腕の一本や二本折られても諦めるしかないと、病院のベッドでお前は本当にそう思えるか？　何もしていない女子高生がレイプされても仕方ないとお前は言ってるんだから、そう思うんだよな？」

佐脇が畳みかけると、若い男はしばらく考え込んだ。

「……まあ、仮におれの親が、そういう悪どいことしたとして、それもなんか会社ぐるみっていうか組織ぐるみっていうか、マジ汚いやり方で、自分と自分の家族だけは守ろうとして、そのとばっちりで何もしてない、真面目に生きてただけの人たちがすげえ不幸になっているとか、そういうことだったら、おれが腕を折られるぐらい仕方ないと思うっすよ」

意味が取りにくい言い回しで、若い男は口を尖らせて答えた。頭が悪いなりに一生懸命考えているのは伝わってくる。

「そうかそうか。親がズルをしていたら子供の自分も制裁を甘んじて受けるってか。お前はキリスト様か仏様みたいなやつなんだな」

佐脇はつい、皮肉混じりの口調になった。しかし相手はそういう挑発には不感症のようで、まったくの無反応だった。

「あのな、お前。そういう不公平や悪どいことは世の中に山とあるんだが」

佐脇は攻め口を変えてみた。

「それを正すために司法ってもんがあるんだ。そういう罪を逃れて自分だけ得をしようという連中は、警察が捕まえて裁判所が罰する。どんなに悪どい奴であれ、お前ら一般人が勝手に裁くなんてことは許されんのだ。それは私的制裁、つまりリンチだからな」

日本が法治国家である以上、などと言いながら、佐脇は自分の口から出る言葉が何とも空疎に響くのが嫌になってきた。

佐脇自身、法に基づく正義がこの県で適正に遂行されているなどという、そんな建前をまったく信じてはいない。悪どい連中が罪を逃れて笑っている事例は、警察で仕事をしてきた短くはない年月、数えきれないほど見てきている。

話す当人が信じていないのだから、聞いている若い男が納得しないのは無理もない。

「けど一般人が勝手にリンチするなってのはサツの考えっしょ。おれらからするとサツもマスコミも信用ならないんだよね。どっちも、自分らに都合の悪いことは隠すじゃないか」

邪魔になる人間は全力で潰しにかかるよね、と若い男はいっそう口を尖らせ三白眼で睨みあげるように佐脇を見た。

その目には強い不信が宿り、はっきりと憎しみが籠《こも》っていた。

「現に、力のあるやつらに潰されてる人たちがいるじゃないすか。でもおれらには力がないから、ネットとかケータイとか使うしかない。そうでしょ？　あんたはテレビに出て卑怯とか人間のクズとか偉そうに言うけど、ゴミみたいな人間にだって心はあるんすよ」

力の無い自分たちにも心があるから、悪どいことは傍観出来ない。警察とマスコミが何もしないのなら、自分たちでやるしかない。そういう事がなければ悪いやつらがますますのさばるだけだ、と少年は言いたいのだろう。

「おい。お前、もしかして、二条町の公園で女子高生を襲った奴の中に」

お前もいただろうと佐脇が言いかけると、少年は踵《きびす》を返して素早く背を向けた。

「おい！」

佐脇が大きな声を出すと、少年は走り出して、そのまま一気に加速した。

追うつもりはなかった刑事は、煙草を一本吸い終わると、さっき掻き込むようにして食わされ、まるで食った気がしないラーメンを、改めて食い直すかどうか、思案した。

＊

「参ったね。こんなものが来ちまった」

T東署の廊下で、佐脇は水野に手紙を見せていた。

B5判の紙に「死刑宣告」の大きな文字が躍っている。新聞か何かの活字を切り貼りして拡大コピーしたものだ。

「これは、脅迫じゃないですか」

一瞥《いちべつ》して驚いた水野は、周囲を気にして声を低くした。

「上には見せたんですよね」

「バカ。ただの悪戯《いたずら》だろ」

そう言った佐脇は、ニヤリと笑った。

「と思うなら、どうしておれに見せるんだって今、思ったろ」

顔に書いてある、と佐脇は笑ってみせた。

「死刑宣告の四文字しか書いていない。久々におれがテレビに出たんで、ファンレター代わりだろ」

がははと笑う佐脇を、制服警官が怪訝《けげん》な表情で見て通り過ぎる。

佐脇はこの東署に設けられた特別捜査本部に詰めているが、鳴海署にいる時と同様、自由に動いている。そんな上司に、水野は黙って付き合っている。

「一応、ライターで炙《あぶ》ってみたが、炙り出しの文字は出てこなかった。ここの鑑識の工藤《くどう》が知り合いだから、頼んで紫外線を当ててもらったが、隠し文字は浮かばなかった」

「なんだ。やることはやってるんじゃないですか」

「当然だろ。おれだって殺されたくはない」

屈折《くっせつ》した中年男に水野は何か言おうとしたが、気が利いた言葉が浮かばない。

「けど、どうしろって言うんだ？　どうにも出来ねえだろ。あの四文字だけで、具体的な事は何も書いてないんだから、悪戯だと思うしかないだろ」

「しかし、それでいいんですか？　このまま放置して佐脇さんが襲われたら……」

「このクソ忙しいときに、デンパな脅迫状までいちいち調べてるヒマはねえよ。まあこれも、一種の有名税じゃねえか？」

『死刑宣告』という言葉に反応して捜査本部に対応を求めるのは、佐脇としては避けたいところだ。東署の連中に口ほどにもない臆病《おくびょう》者と思われるのも業腹《ごうはら》だし、そもそも一連の事件に関連して自分が狙《ねら》われているという実感が今ひとつ乏しい。不気味ではあるが、こういう事件には付き物の『ノイズ』だと自分を納得させる事にしたのだ。

署内は禁煙になったので、煙草を指に挟んだまま、佐脇は外に出た。

連続殺人の本筋は、果たしておれに向いているのか？

佐脇は煙草を吸いながら考えた。

叩けばホコリの出るカラダではある。捕まえた犯人に恨まれているだろうし、行き過ぎた捜査や追及を相当やって来たという『自負』もある。『自負』というのもおかしな話だが、それが自分のやり方だと信じているから、そういう恨みつらみを買うのも勲章みたいなものだ。

「ま、粛々《しゅくしゅく》とやるしかねえな。おれには似合わない言葉だが」

二件の警官殺しの捜査は、遅々として進んでいない。佐脇は一件目の事件の担当だが、凶器に使われたのはいわゆるピアノ線であることが判明したことくらいが収穫《たやす》だ。工業用の直径1・1ミリのものが犯行に使われ、それはホームセンターや通販で容易《たやす》く手に入る。

殺害の方法も、現場の状況から佐脇が推測した方法でほぼ間違いない。現場には犯人らしき足跡は残っているが、そこまで乗ってきた車などが長時間駐車していた形跡はなく、あるいは共犯者が送迎した可能性もある。道路には複数のタイヤ痕《こん》があるが、昼間はそこそこ通行量のある道だから、車両の特定はなかなか困難だ。

判ったのはその程度で、現段階での捜査では見るべき成果を挙げていない。

もう一件の刺殺事件についても、犯人の目撃情報はなく、凶器と想定される包丁は発見されていないし、犯人の足跡も途中で消えている。これも共犯者が送迎したのだろう。こちらも同様の理由で車両の洗い出しは難しい。

二件の共通点は、夜間の犯行ということだ。だがそれは有力な判断材料にはなり得ない。

ラーメン屋で出会ったあの少年の存在は、心に多少引っかかった。だがそれも、佐脇がテレビで喋ったことが原因なのかもしれず、『死刑宣告』とまったく同じだ。目立つ人間に反感を持つ、ああいう手合いは山ほどいる。田舎には有名人が少ないから少しでも突出した真似をすれば即、嫌がらせの対象になるということだ。

夜になった。

刑事の仕事は、足で稼ぐ。捜査本部での所轄の刑事の役目は、とにかく聞き込みだ。佐脇も目撃者や凶器の入手ルート、現場付近を通行した車両の特定に全力をあげているが、めぼしい成果は今日も皆無だった。

一日中、鳴海市を回った後は、成果がなくても報告のためにT東署に出向かなければならない。

報告が終わってからT市で飲むと、バスで帰るのが辛《つら》い。

佐脇と水野は同じ鳴海に住む東署の鑑識係・工藤を誘って、鳴海市に戻って飲むことにした。真面目で職務に忠実な工藤は佐脇とまるでタイプが違うが、年格好が同じで野球好きのサッカー嫌いなところで話が合い、鳴海署の鑑識係だったこともあって仲がいい。

鑑識の部屋に工藤を訪ねると、大柄な男が椅子に座っていた。それは、うず潮新聞の剣持だった。彼は佐脇を一瞥しても何も言わず、そのまま黙って座っている。

「あいつ、何の用があってここに居座ってるんだ?」

自分のデスクで書類を書いている工藤に訊いた。

ゴマ塩頭に銀縁メガネの実直そうな風情の工藤は、鑑識と言われなければ信用金庫の出納《すいとう》係のように見える。

「いや別にどうということは……このところ毎日顔を出してるよ。部屋まで勝手に入って来られるのは本当はマズいんだけど、まあうず潮サンだからいいか、と」

「よかないだろ」

佐脇は剣持に向かっていくと、いきなり肩を摑んで立ち上がらせた。

「なんですか。乱暴な」

佐脇は自分の鼻が剣持の鼻に触れるほど顔を近づけて、言った。

「これからここの工藤と重要な打ち合わせがあるんでな。部外者は出てくれ。それと、勝手に入ってくるのはやめろ。今後も続くようならお宅の上の方にハナシを通すぞ」

睨《にら》みつけると、うず潮新聞のエリート記者はひどく屈折した笑みを浮かべて部屋から出て行った。

「重要な打ち合わせって？」

「これから飲みに行く段取りを決める会議だ」

佐脇は工藤にそう言うと、ニヤニヤした。

「おれの縄張りの二条町に、いい店があって美味《うま》いフグを食わせる。どうだ？」

勘定は心配するなと言うように、佐脇は自分の胸を叩いた。

水野を含む三人は二条町に繰り出して、佐脇の案内でフグ料理屋に入った。

「ここの板長は以前にフグで客を殺して免許を取り上げられたんだが、腕は確かだ。美味いだろ」

佐脇はフグちりに舌鼓《したつづみ》をうちながら上機嫌だ。

「でも、それって無免許ってことでは」

「だから脅《おど》して安くさせられるんじゃねえか。あいつも懲《こ》りて、以来慎重にやってるから人死には出してない。だいいち、フグで死ぬならそろそろ痺《しび》れが来てるはずだぞ」

心配顔の工藤に、佐脇は大丈夫だからと太鼓判を押した。

「こんないい腕を腐らせるのは惜《お》しい、お前もそう思わないか？　免許なんて紙切れだろ。まあ、そんな紙切れでも値打ちはあるから、弱みにつけ込めるんだがな」

これが佐脇流の共存共栄で、不法を見逃すかわりに見返りを寄越せという古典的手口だ。賄賂《わいろ》や袖の下はひたすらシンプルに、現物供与が一番、というのが彼の信条だ。大金を、しかも判らないようにせしめようとするから悪質になり、バレた時には大ごとになってしまうのだ。汚いカネはその都度、つましく受け取るのが諸方に迷惑もかけず、最善だ。

『非合法』フグのフルコースを食い、最後は雑炊《ぞうすい》で締めて、一同は大満足だ。

「たまには息抜きしなきゃな。本部の辛気くさい連中の面《ツラ》ァ見てても、英気なんか養われねえよ」

まあねえと工藤も笑って応じた。

「どうする？　この後、イッパツやってくか？」

「いや……時節柄、そういうのはやめといた方がいいんじゃないか」

工藤は、捜査が進まない警察に批判的な報道を気にしている。

「そう？　イイコのいる店知ってるんですがね。一応、その方面にも顔は利くし」

「そうか、それなら……いや、やっぱりやめとくよ。すぐそこが家だし」

ちょっとその気になりかけた工藤だが、水野が横に首を振って合図しているのをチラ見して、思いとどまった。

「水野。お前も相変わらず堅《かた》いな。さしずめエリートコースを狙ってるんだろうが、悪い事は言わねえ。やめとけ。田舎警察で面白おかしくやってる方がストレスも溜まらないし、長生きするぜ」

相変わらずだな、と工藤は笑って流した。

「まあ、明日もあるし、私はここで失礼するよ。ご馳走になっていいのかな」

「いいってことよ。どうせ今夜は店の奢《おご》りだ。な？」

佐脇の言葉に無免許板長は苦笑いして頭を下げた。

脱いでいたスーツを着直していた工藤は、妙な顔をしてポケットから清涼飲料のアルミ缶を取り出した。

「これが最近、毎日、机に置いてあるんだよ。で、またかと思ってポケットに入れてきてしまった。なんだか、気味悪くてな」

この地方でしか売られていない地域限定のローカルドリンク『ダリオ』だった。

地元の小さな工場で細々と作られている、ラムネを下品にしたような味の炭酸飲料で、一時はメーカー品に押されて倒産寸前だったのだが近年は独特のえぐい味がマニアの心をくすぐるのか、妙な人気を呼んでいる。

「私はお茶しか飲まないから、誰かが気を利かして置いたとは考えられないし」

「コーラとかウーロン茶ならまだしも、『ダリオ』ですからねえ」

水野は、変態しか飲まないとまで言い切った。

「なにかの嫌がらせですかね」

「そりゃ君、『ダリオ』に失敬だろう。東京からわざわざ買いに来る奴もいる、知る人ぞ知る、絶滅危惧種にして地方限定の希少価値飲料なんだぞ」

「……気味悪いと思うのは考えすぎなのかな」

工藤は苦笑した。

二軒目に行く佐脇とそれに無理矢理付き合わされる水野は、『割烹《かっぽう》二条』という看板の前で工藤と別れた。

「佐脇さん。もうだいぶ飲んだし、明日もあるんですから、ほどほどにしておきましょう」

酒が強くない水野は、やんわりとたしなめた。

「休肝日を作らないと、佐脇さんも長生き出来ませんよ」

「何言ってる。おれはお前より長生きしてやるよ。あそこの店がいいんだ。ケツのデカイ姉ちゃんを触りながら飲もう。タダ酒ほど美味いものはこの世にはねえってな」

佐脇は悪徳刑事の本性丸出しで隠そうともしない。派手なネオンのお触りパブに、水野も仕方なくついて行こうとした、その時。

背後で悲鳴があがった。尋常ではない、断末魔のような絶叫だった。

咄嗟《とっさ》に振り返った佐脇と水野は、瞬時に悲鳴の聞こえた方向に向かって走り出していた。

勝手知ったる二条町。佐脇にとってこの界隈は、目を瞑《つむ》っていても自在に動ける縄張りだ。そんな上司に連れ回されている水野にも、自然と脳内マップが出来上がっていた。

「おい」

阿吽《あうん》の呼吸で、佐脇と水野は二手に分かれた。悲鳴の様子では、どうやら誰かが暴漢に襲われたらしい。即座に姿をくらますつもりなら、路地の多いこの街の区画を利用して逃げる算段だろう。分かれて追う方がリツがいい。二人の刑事は何も言わず即座に動いた。

先に被害者に到達したのは佐脇だった。

「大丈夫かっ！」

路上に倒れていたのは、なんと、さっき別れたばかりの工藤だった。

「さ、刺された……」

工藤は息も絶え絶えに、それでもある方向を指で示そうとしたが、力が抜けた腕は、あらぬ方向を指さしてぽとりと落ちた。

工藤の脇腹からは大量の血液が溢《あふ》れ出し、ネオンを映す血溜まりを作りつつある。耳を澄ませると、有線放送の演歌の向こうに、かすかに遠ざかっていく足音が聞こえた。

「水野っ!」

部下は近くの路地から飛び出してきた。

「こっちには誰もいません……えっ……工藤さん!?」

水野は、血を流して倒れているのが工藤だと判って、目を剥いた。

「ホシはあっちに逃げた。ここは頼む。大至急、救急車だ」

水野に後を任せて、佐脇は足音を頼りに犯人を追った。

狭い路地、クランクになった路地を、佐脇は聴覚をとぎすまし、ひたすら走った。

この界隈は、戦後すぐの闇市がそのまま改築されて、狭いところに小さな家作が密集している。安い飲み屋ばかりだから、店はどんどん細分化されて、街のつくりは絡み合うように複雑化する一方だ。消防署の勧告は出ているが、既にある建物を壊せとは言えない為、改善される気配はまったくない。

日本のカスバと呼ぶ人もいるほどの迷路を、しかし犯人は佐脇と同等、もしくは彼以上に熟知しているようだ。よそ者ならすぐに行き止まりの袋小路に入り込んでしまうのに、犯人は間違うことなく走り続けている。

「止まれっ！」

そう言って立ち止まる犯人は存在しないが、佐脇は叫んだ。

最初は靴音しか聞こえなかったものが、次第に距離が縮まったのか、角を曲がるときに犯人の姿が一瞬、見えるようになってきた。黒いコートなのか上着なのか、とにかく黒い服を着て、ズボンも黒い。頭には黒い目出し帽かマスクのような物を被っている。走る姿から判断するに、若い男ではないか。

「待てっ！　止まらんと、撃つぞ」

佐脇はホルスターからS＆W／M36を抜いた。本来なら武器庫に戻して退庁するのだが、今夜は面倒になってそのまま携行していたのだ。

彼はリボルバーを構えたが、ここでは危なくて発砲は出来ない。

それを見越したかのように、犯人は安定したペースで走り続けている。

追いつけない佐脇は、近くのゴミ箱にあった空き缶を投げたが、当たらない。

さすがに二条町のカスバも無限に広がってはいない。

迷路のような細い路地がいきなり途切れ、普通の道路に出た。港に向かう県道だが、バイパスが出来てからは、夜の通行量は激減し、交通警官の取り締まりがきついので繁華街に近いのに路上駐車すら殆どない、途端に寂しい街の顔になった。

が。一台だけ路駐していた車があった。それは黒いワンボックスカーで、ドアを開け放した状態で停まっている。配達途上の、何かの宅配業者の車に見えなくもない。しかも、車はエンジンが掛かりっぱなしだ。

だが犯人の男は、そのドアを開けっ放しの車に飛び込んだ。次いでアクセルが一杯に踏み込まれる音ときしむタイヤの音がして、車は飛び出すように走り出した。

エンジンはかけっ放しのドアも開けっ放し。乗り逃げされても仕方がない状態で車を放置していたのは、盗まれないと確信した犯人の読みが当たったのか。

ともかく、犯人が運転するワンボックスカーは走り去ろうとした。

佐脇は、腰を落としてM36を構えた。

寂しいとはいっても近くは繁華街だから、人通りがなくはない。

「退け、しゃがめ！　伏せろ！　死ぬぞ！」

佐脇は叫んで、トリガーを引いた。

夜の街を閃光が照らし、銃声が轟《とどろ》いた。

まばらな通行人が悲鳴を上げてしゃがみ込み道路に這いつくばった。

タイヤを狙《ねら》ったのだが、当たらない。佐脇は躊躇《ちゅうちょ》なく、銃口を上げてボディに向けた。

パーンパーンパーンパーンと乾いた銃声が響いた。

ワンボックスカーの後部に命中した気配はあったが、火を噴くこともなく、横転することもなく、まるで何事もなかったかのように、車は走り去ってしまった。

佐脇は携帯電話を取り出すと緊急配備を要請した。

「車のナンバー？　ビニールシートで覆われてた。黒のトヨタライトエース。県道二三四号線は一斉検問。それに接続する道路もとにかく全部封鎖してくれ。そいつが連続殺人の犯人だ」

通話を切ると、次に水野の携帯を呼び出した。呼び出し音が鳴っている間に、救急車が県道に姿を現し、佐脇が走ってきた二条町の路地に入っていった。

あの状態では、工藤はもうダメかもしれない。出血多量で、失血死か。

佐脇はもと来た道を戻りながら、ショックのあまりか冷静になった頭で考えていた。

しかし、どうして工藤が狙われた？　アイツは鑑識だぞ。刑事が恨まれて狙われるのなら判らないでもない。しかし、鑑識が狙われるとは……。

もしや、自分と人違いで襲われたのか？

佐脇が救急車のところに戻ってくると、工藤は今しも搬送されるところだった。

流れ出した血でズボンやシャツを染めた水野が力なく立っていて、佐脇を出迎えた。

水野は黙ったまま、首を横に振った。

「心肺停止状態で」

佐脇は水野に歩み寄ろうとした時、転がっていた空き瓶を蹴飛ばした。

ガラスが路面に当たる音を響かせて転がっていく瓶は、『ダリオ』だった。

工藤のポケットから落ちたものかと一瞬思ったが、彼が東署から持ってきたのはアルミ缶のダリオだった。

なぜ、ダリオが？

佐脇は首を捻りながら、水野とともに走り去る救急車を無言で見送った。

＊

T東署刑事課鑑識係の工藤良三《りようぞう》警部は、鋭利な刃物で脇腹を数回刺されて脾臓・肝臓を損傷し、収容先の鳴海市民病院で死亡が確認された。

逃走した犯人の車は検問に引っかからなかった。封鎖と検問を開始する前にすり抜けてしまったのだろう。該当車の捜索もすぐに始めたが、成果はない。ライトエースの所有者の検索を近県にまで広げてやっているが、台数が多いので、ローラー作戦の結果が出るのにも時間が掛かるだろう。

以上のような事実が翌日の記者会見で、特別捜査本部長を兼任する県警本部長から発表されたが、地元のうず潮テレビのニュースはどういうわけか、これを一切報じなかった。

マスコミが警察官連続殺人事件に興味を失って、新たな三件目の殺人を無視した、というわけではない。うず潮テレビが属するネットワーク以外の全国ニュースでは詳細に報じられている。それなのに、もっとも時間をかけて詳細を報道して然《しか》るべき、地元のうず潮テレビが、まったく触れもしないのだ。

その日の夜も深夜も、そして翌朝も、まるで記者会見自体が存在しなかったかのような完璧な黙殺ぶりに、佐脇は激しい違和感を覚えつつ、出勤した。

何かと理由をつけて遅刻するのが常の佐脇だが、昼前にT東署に行くと、浮かない顔の磯部ひかるが局の車に乗って帰るところに出くわした。

「おい」

呼び止めると、ひかるはバツの悪そうな表情で降りてきた。

「どういうことだ？　どうしてお前の局は工藤殺しを報道しない？　地元の大事件だろ。連続殺人の三件目っていう大ニュースじゃねえか」

「ええ。それはそうなんですけど……」

ひかるの表情も冴《さ》えない。何事にも体当たりの、いつもの弾むような元気さが、今日はまったく感じられなくて、全身から倦怠感のようなものが発散されている。

「私だって報道したいんですよ。でも……。こういうことはこれが初めてじゃないし……

前にも、何度かありましたよね？　佐脇さんだって覚えているでしょう」

たしかに、ひかるに言われるまでもなく、こういうことはこれまでに何度もあった。

「あの時の、佐脇さんの部下だった、石井《いしい》さんが殺された事件だって……」

地元の若者が集うクラブでの薬の密売を追っていた石井が、これから関係者の一人に会いに行くという言葉を最後に連絡が取れなくなり、近くの山奥のダムに浮いた。県警は強引に『自殺』として処理し、部下の死に納得できなかった佐脇独自の捜査はありとあらゆる形で妨害を受けた。県警の顔色を窺《うかが》うマスコミも同じく、自殺としか報道しなかった。

だがその陰には、県選出の大物政治家の子弟であり、グレて地元暴走族の一員になっていた少年が絡んでいたのだった。

「おいおい今回も政治家絡みかよ」

ひかるの表情はすぐれず、そうだともそうでないとも言わない。

「そんなはずは無いよな？　今の知事は一応身辺だけは綺麗にしてるし、悪いことが出来る器でもない。ウチの県から出てる議員も小物ばかりだ。あの和久井健太郎《わくいけんたろう》とは違ってな」

政治家の運転手や秘書が殺されるのならともかく、警官殺し、それも交通警官と鑑識が殺される事件のバックに巨悪があるとは、にわかには考えにくい。

「誰の意向かは判らないけれど、何かがあるってことは確かです」

「はっきり言えよ。お前の取材を番組で取り上げないのはプロデューサーの判断だろ。だけど普通に考えて、こんなデカいネタを捨てるってのは、もっと『上』の意向が働いてるってか。それは誰だ。お前の局は所帯が小さいんだ。ちょっと考えればすぐ判るだろうが。要するに報道部長とか制作編成局長だろ。その上なら専務とか社長だ」

「……そういうことになるんでしょうけど」

ひかるは視線を逸《そ》らせた。

「でも、私としては、何も言えないんです。判るでしょう？　契約リポーターだから、何かあればすぐにクビだし。それに、局長とか専務とかのレベルの判断なら、我々シモジモの者はそれに従うしかないですよ。局というか、社としての方針なんだから」

「それじゃあ、ブログに書けばいいじゃねえか。『ひかるの日記』とかいって」

「それを言うなら、佐脇さんこそ『ワルデカ日記』を書けばいいじゃないですか」

「おれみたいな腐ったオヤジのブログなんか誰も見ねえよ。それにおれは、調書とか検案書とか、仕事の作文をするだけでゲップが出そうだ。家に帰ってまで書きたくねえ。お前がちょこちょこっとブログ書いて、デカパイ画像とか添えとけば人気沸騰間違いねえだろ」

「胸目当てに来られても、まともに読んでもらえないでしょ！」

佐脇とやり合ううちに、青白かったひかるの頬に赤みが差してきた。

「まあ、現場も不自然で理不尽なものを感じてますから……いろいろやり方はあると思います。ちょっと考えてみます。それはそれとして、佐脇さん、ちょっと時間ありますか」

「おれ、今出勤してきたんだが」

ちょっと待ってろ、と特別捜査本部に顔を出した佐脇は、すぐに引き返してきた。

「これから外回りという名目の自由行動だ。お前に付き合うよ」


ひかるの車の助手席に乗り込んだ佐脇は、三件の殺人の背景を考えてみた。

犠牲になったのは、白バイ警官とその上司、そして鑑識……。

原因があるとすれば、過去に起きた県警がらみの不祥事、疑惑といったところか。

佐脇が思い当たるのは、以前に水野が指摘した、あの一件だ。

乗り合いタクシーと白バイが正面衝突した事故。状況的には白バイの無理な追い越しが原因とも見られたが、乗り合いタクシー運転手の全面的過失とされて、控訴審で運転手の実刑が確定して、収監された。

さらに、これに類した事件として、少し前の事になるが、T県警脇山《わきやま》署管内での、やはり白バイ絡みのものがある。高校生の乗ったバイクが白バイに追跡されて停止、だが停止を予測できなかった白バイがそこに激突。高校生は頭を打って植物状態になったが、高校生の一方的な過失とされてしまった。白バイが必要以上に執拗な追跡をしていたという証言もあったが、警察は「改造車の疑いがある」「飲酒運転の疑いもある」「正当な捜査行為だった」などと記者会見で発表して幕引きを計った。

いずれの件も警察に過失はないということで、すべての処理は終わっている。

終わった事になってはいるが……。

どちらの事件・事故に関しても佐脇は無関係だが、乗り合いタクシーの件については、白バイ側、及びその遺族を庇《かば》う発言を、テレビ取材に答える形でしてしまった。

その結果が、例の『死刑宣告』であり、そのとばっちりというか巻き添え、もしくは自分と間違えられて鑑識の工藤が殺されたのだとしたら？　自分は無関係と澄《す》ましてはいられなくなる……。

「どうかしました、佐脇さん？　着きましたよ」

考え事をしているうちに、ひかるの車はファミレスの前に停まっていた。

「馬鹿かお前。内々の話を誰が聞いてるか判らない店でしようってのか。お前は密談ってものをしたことがないのか？」

「でも今はお昼ですよ。そんな料亭みたいな店はまだ開いてません」

「馬鹿。お前の会社の近くにある『仏蘭西亭《ふらんす》』に行け」

佐脇は、煉瓦《れんが》造り風の瀟洒《しょうしゃ》なビルを行き先に指定した。

うず潮テレビ本社近くの高級レストラン「仏蘭西亭」は、ランチタイムが始まっていた。ここはランチタイムでも高級すぎて、気軽に食べに来る客はいないし、個室風の仕切りがあって客のプライバシーに配慮されているから、密談にはもってこいなのだ。

その分、値段は高く、昼間なのに薄暗い店内にほとんど客の姿はない。

「こんなにお客がいなくて、よくやってけますよね」

「やっていけるのは、暴利を貪《むさぼ》ってるからだ。心配するな。おれがまともにカネを払うわけがない」

この店は地元の暴力団・鳴龍会《めいりゆう》がよく利用しており、店の運転資金もかなり出している。暴力団排斥《はいせき》の風潮の中、県や市、マスコミも接待に利用する県内有数の高級フレンチとしては致命的なのだが、その辺を鳴龍会と昵懇《じっこん》の佐脇の裁量で、有耶無耶《うやむや》にしているのだ。

支配人自らシャンパンを注ぐような下へも置かない扱いで、ランチとは思えないフルコースが運ばれてきた。

「……こういうこと続けてると、いつかまとめてツケが回ってきますよ」

悪事の共犯者にされた気がするのか、ひかるは居心地悪そうに言った。

「構うもんか。なんせここは輸入の安い肉を、松坂《まっさか》牛とか称して客に食わせて高いカネ取ってるんだ。まあ、それだけシェフの腕が驚異的にいいんだが」

そう言いながらひかるを眺めて、いつもとはなんだか様子が違うと思った。

その理由はすぐに判った。

彼女は、普段の趣味からは考えられないブラウスを着ている。色が甘いピンクでフリルがどっさり、しかも喉元までボタンをとめるデザインで、ご丁寧なことに首回りをこれ見よがしにリボンが飾り立てている。スレンダー系美女ならともかく、丸顔で巨乳、首も長いとは言えないひかるには、まったく似合っていない。せっかくのグラマーが、もっさりした、田舎くさい芋《いも》ねえちゃんに成り下がっている。

自分の女としての武器を熟知しているひかるは、常に自慢の巨乳を際立たせるボディコン系のトップスがトレードマークなのに、何故封印しているのか。

佐脇の怪訝な表情の意味が、ひかるにはすぐに判ったようだ。

「この服、似合ってませんよね、やっぱり」

「それも、相談したいことに関係があるんだろ」

はい、とひかるは素直に応じた。

「たとえばの話、私が結婚するかも、って言ったらどう思います？」

冗談かと思ったが、ひかるの目は真剣だった。

「結婚？　お前が？　それは、結構なことなんじゃないのか」

相手がおれでなければな、と佐脇は口にした。

「もちろん、佐脇さんじゃないですよ。相手がどんな男か聞かないんですか？　それと、私が結婚に向いてると思います?」

別に佐脇の気を惹《ひ》こうとして聞いているのではなく、どうやらひかるは真面目に悩んでいるらしい。

「いきなり貯金通帳を見せてくるんです。なんと八桁《けた》の残高があって……心が動かないといえば嘘になるし、それに結婚した後も、私が仕事を続けてもいいって言うんです。むしろ私をサポートして、もっと大きな仕事が出来るようにしてくれると」

それが出来る立場と経歴の人間からプロポーズされている、とひかるは佐脇に言った。

「いい話じゃねえか。で、なにを悩んでいる?」

「悩んでるって判ります? やっぱり」

「悩んでるから話を聞いて貰いたいんだろ?」

ひかるはため息をつき、全然似合っていないピンクのブラウスを引っ張った。

「たとえばこの服。その人からのプレゼントなんです。絶対こういうのが似合うからって」

たしかに、そいつが誰だかは知らないが、ひかるのことを判っているとは言い難い。

「条件はいいんですよ。私なんかには勿体ないくらい。東大出てるエリートだし、高収入で背も高いです。そんな人がなぜ私なんかにプロポーズするんだろう」

いまどき流行《はや》らない三高というやつか。

「ただ単に、女の場数を踏んでないんだろ。もしかして童貞くんだったりしてな」

「童貞なのかは別にして、そう思うでしょう？　私のこと、いろいろ褒めてくれるんですけど……君は本当は純粋なひとなんだ、とか可愛いとか、君は自分の真価が判ってないとか、なんだか、とても自分のこととは思えなくて」

「面白《おもしれ》えじゃねえか」

佐脇が思わず噴き出すと、ひかるは怒った。

「真剣に相談してるのに……笑うなんてひどい」

「いや、すまん。だがなお前さん。このへんで結婚してみるのもいいかもしれないぞ。人間としての幅が出るかもしれんし、仕事も続けていいんだろう？　駄目だったら別れりゃ済むことだ」

ひかるはため息をついた。テーブルの上の舌平目のムニエルは冷めてしまった。

「エリートの奥さんになるのと引き換えに、毎日、自分じゃない女のふりを続けるんですか……」

駄目だ私には出来ない、とひかるは一人で言って首を横に振った。

「やっぱり、断ることにします。佐脇さんに話してよかったみたい」

最初から答えが決まっていたということか。

「あのなあ、結婚は気が進まなくても、付きあうぐらいはしてみたらどうだ？　仕事で利用出来そうな相手なんだろ？　男を利用してのし上がるのをためらうほど、お前さんが良心的で潔癖だとは思えないんだが」

　わざと下品に赤ワインを啜《すす》る佐脇に、ひかるは笑みを浮かべた。

「それは、佐脇さんとは持ちつ持たれつでこれまでやってきたし、プライベートも仕事も、ケジメなんかないじゃないかと言われれば、そうかもしれないですけど」

　そう言ってため息をついてみせた。

「私にだって選ぶ権利はあるっていうか……たとえば特ダネを流してくれるから、それだけの理由で佐脇さんと寝てるって思います？　もっとプライドを持ったほうがいいですよ」

「そりゃオスとして光栄なことだな」

　それじゃあ今夜辺り……と誘おうとした時、聞き覚えのある大声が降ってきた。

「なんだ。ひかるさん、こんなところに居たんですか……あっ、ボクの選んだ服、着てくれてるんだね。思ったとおり、凄《すご》く似合うよ。キミの可愛らしさにぴったりだ。もっと買ってあげるから、これからはもう胸のあいた服とか、カラダの線が出る服とか、着る必要ないからね！」

　うず潮新聞の記者、剣持だった。

　すると……この薄気味悪い剣持が、ひかるにプロポーズした男なのか。

佐脇はニヤニヤしながら剣持を眺めた。

「今しがた前を通りがかったら、あなたが運転する車が駐車場に入っていくところだったので。記者のカンってやつですかね。しかしまあ、ここでランチなんて豪勢ですね」

剣持はちらりと佐脇を見たが、完全に無視してやった。

こいつ、嫉妬《しっと》してるのか、と佐脇はニヤニヤするのを隠そうとしなかった。

こんな頭でっかちの学歴だけのエリートには、とてもひかるのような女は扱えない。

だが、ひかるは困惑していた。

「あの、もう服はくださらなくて結構ですから……自分に似合うものは自分が一番判ります。それに、買っていただく理由もないし」

「遠慮なんてしなくていいんだよ。未来の奥さんに使うお金をケチるつもりなんかないし。それにキミは純粋で優しい人だから、周囲の期待に無意識に応えてしまうんですね。胸のあいたいやらしい服をキミが着るように、周囲が無理やり仕向けているんでしょう？　そういうのを性の商品化っていうんでしょう。キミはセクハラの、哀れな犠牲者なんですよ」

自分では気づいていないかもしれないけれど、その無垢《むく》なところがまたキミの美点なんだ、と力説する剣持に、ひかるは絶句した。

「私が？　セクハラの犠牲者？」

「ひゃーはっはっは！　こいつは傑作だ」

佐脇も我慢しきれず気がついたら膝《ひざ》を手で打って爆笑していた。

「いや、失礼。先日はご無礼しました。うず潮新聞の、エリート記者サン」

そこで初めて佐脇の存在に気がついたかのような表情を作った剣持は、ゆっくりと佐脇に顔を向け、しばらく品定めするように眺めた。どう料理してやろうかと思案するというよりも、どう寸鉄人を刺すような一言を決めてやろうかと考えている風だ。

「地方公務員の警察官が、こんな高級店でランチとは。さすが裏金リッチと定評のある刑事さんですね。しかも昼休みにお酒ですか。服務規程に完全に違反してますよね。もっとも本部長より大物の佐脇サンなら、服務規程なんか関係ないでしょうが」

「まあ、そういきり立つなよ。どうです、一緒に」

ひかると話し込んで、料理にはほとんど手がついていない。

「ここはおれの同級生がやってるんでね、刑事の給料でも払える金額にしてくれるんだ。これから肉が出てくるところだから、一緒にどうだい」

すかさず支配人がやってきて、シャンパングラスを追加して注いだ。

「ヴーヴ・クリコ。ドンペリより好きなんだ」

「なにか祝い事でもあったわけですか」

佐脇に乗せられて、つい一口飲んだ剣持は聞いた。

「いや別に。こういう店に来れば普通、注文するだろ。おれのフランスに渡米した経験からすると」

「……そういう低級なジョークは全然笑えませんね」

剣持はグラスを置いた。

「一杯飲んで共犯者にさせられるのは御免被《こうむ》ります。佐脇さん、アナタも特捜本部の一員なら、もっと本気で事件の捜査をしたらどうですか。もっと事件の本質を理解して」

「ほう。エリートさんのおっしゃる『事件の本質』とやらをじっくり伺《うかが》いたいものですな。ご高説を拝聴しましょう」

佐脇は両手を膝の上にのせてかしこまるポーズを取った。

そこまであからさまな態度を見せつけられて、さすがの剣持も揶揄《からか》われていることに気づかないわけがない。

「……結構。そちらがそういう気なら、こっちにはペンがあります」

「ペン？　いくらペンで書いてもインクで刷られなきゃ意味ないよな。こちらのお嬢さんはいくら取材しても全然、電波に乗せられないとお嘆《なげ》きだ。世間に訴えられなければ、マスコミはマスコミでございと威張ってられないだろ」

そう言われた剣持は、絶句した。顔色が変わっていた。言い返そうにも言葉が出ず、喉《のど》から悲鳴のような息が漏れた。

「……どうやら図星のようだな」

「マセた中学生が言うようなことを大の大人のアナタから聞かされて驚いただけですよ。まあ、こっちはこっちで頑張ってます。アナタもせいぜい頑張ってください」

失敬します、と剣持は席を立ち、そそくさと出て行った。

「あんたもせいぜい頑張ってください、か。どこかの小役人みたいな口調だな。東大出のエリートってのは、みんなああなのか？」

してやったりの佐脇は愉快そうに笑ったが、ひかるは困って浮かない顔になっている。

「ああ、悪かったな。お前さんのフィアンセにして親会社の記者様だもんな。おもちゃにして悪かった」

佐脇はムニエルを途中で下げさせ、焼きたての、偽装松坂牛のポワレを持ってこさせた。

分厚いフィレは火は通っているがしっかり赤身が残って、絶妙の火加減だ。ナイフがさくっと入って、柔らかなことこの上ない。

一口頬張った佐脇は破顔一笑した。

「うん。これは美味い。素性不明の肉とは思えない味だ。おれとしてはポワレとステーキがどう違うのかも全然判らねえんだが」

ひかるも気乗りしないまま肉にナイフを入れたが、一口食べると表情が変わった。

「たしかに美味しい。ま、彼のことは、出たとこ勝負ですね。怒ってたら怒ってたで、なんとかします」

「そうだよ。なんせ向こうはお前さんにほの字なんだぜ」

佐脇は妙に古い言い回しを使った。

「惚れた女に妙なことはしないだろう。まともな男なら、な」

二人は超高級ランチを心ゆくまで楽しんだ。

シャンパンの酔いを醒《さ》ましついでに、二条町カスバを丹念に歩き直し、近所の店を訪ねて詳しく聞き込みをしたが、まったく成果もなく、空振りに終わった。

工藤が襲われてからというもの、夜の行動には厳しい自粛《じしゅく》令が出ている。さすがの佐脇も、それを無視して飲み歩く気分にもならず、殊勝に九時頃まで残業して書類整理をし、東署の食堂で簡単に夕食を済ませると、おとなしく鳴海市にある自宅アパートに戻った。

シャワーを浴びて寝酒にビールを呷《あお》り、さっさと寝てしまおうと万年床に転がったとき。

電話が鳴った。突然鳴るのが電話とはいえ、夜十一時を回っての電話にいい知らせがあったためしがない。

「……もしもし」

受話器を取った佐脇の耳に、奇妙な声が響いた。

「今すぐ窓を開けて、外を見てみろ。面白いものが見物出来るぞ」

人工的に声を変えた、ヴォイス・チェンジャーが作り出した声だった。

「お前馬鹿か？　おれはもう寝るんだ。ガキの遊びに付き合ってるヒマはねえ」

佐脇は電話を叩《たた》き切ると、そのまま部屋の電気を消して布団に潜り込んだ。

と。

安物のカーテン越しに、ガラスの外に赤く揺れるものが見えた。

次の瞬間、火の玉がガチャンと窓ガラスを割って部屋の中に投げ込まれ、畳の上に転がったかと思うと、たちまち炎上して炎は一気に広がった。

火炎瓶が投げ込まれたのだ。

「うわーっ！」

佐脇は布団で叩いて火を消そうとしたが、その布団自体が燃え始めてしまった。

このボロアパートには他にも住人がいる。

「火事だっ！」

佐脇はドアを開けて外に叫んだ。築三十年以上経っているアパートで、火災報知器がつけられたという記憶はない。

咄嗟に火事だと叫びながら、廊下にある消火器を取ってなんとか消そうとしたが、火の勢いは消火器一つで消せる状態を超えていた。

佐脇は消火器を噴射しつつ携帯電話で一一九番通報したが、自分の部屋の消火は諦めた。

部屋を飛び出すと、隣《となり》のドアを叩き蹴飛ばして「逃げろ」と怒鳴った。

このアパートの住人は夜勤だったり市場勤務の早朝出勤者だったりして、今の時間、誰がいて誰がいないのかよく判らない。

廊下の突き当たりに火災報知器らしいボタンがあったので押すと、ジリジリジリと激しいベルが全館に響き渡った。

さすがにその音で在室だったものは出てきたが、猛烈な煙に燻《いぶ》される形になった。

「早く逃げるんだ！　全速力で走れ！」

佐脇の部屋は二階だが、火はすでに隣室に燃え移っていた。木造モルタルの安アパートだから、火の回りは猛烈に早い。

佐脇は消火を諦めて、とにかく住人を避難させようと片っ端からドアを蹴破った。

驚いたことに、これだけ大騒ぎになっているのに布団に包《くる》まって熟睡している男もいて、佐脇は首根っこを摑んで部屋から引き摺り出した。

とにかく、自分以外の人間を焼死させてはいけない。その一念だった。

燃え移った隣室は不在のようだった。が、階下に火が回るのも時間の問題だ。

佐脇は二階のドアをすべて蹴破って住人がいるかどうか確認すると、一階に駆け下りた。

遠くから消防車のサイレンが聞こえてきたが、火の勢いは増すばかりだ。

佐脇が鉄階段を駆け下りて一階に着いた瞬間、どさっという音の直後、ごおおおっと轟音を上げて炎が窓から吹き出した。一階の廊下に面した台所の小さな窓だ。

ガラスが割れて、炎が文字通り蛇の舌のようにヘラヘラと動き回っている。

ドアが開いて人間が転がり出た。全身が炎に包まれている。

佐脇は無我夢中でパジャマを脱いで火を叩き消そうとした。

近くには数人が立っているが、茫然自失の体で突っ立っているだけだ。

「バカヤロ！　水か消火器！　早くッ！」

佐脇の声に我に返った一人が消火器を持ってきて、燃える人影に向けて噴射した。

火は消えたが、かなりの火傷《やけど》と思われた。佐脇は自発呼吸をしているのを確認して、住人に防火用水から水を汲んでこさせて、全身に掛けた。とにかく冷やさねば。

「救急車はまだか！」

一分が何時間にも感じられた。

ようやく救急隊員の姿と担架が見えた時は、崩れ落ちそうなほど安堵した。

他の住人は辛くも避難して、なんとか無事なようだ。

「なんとか助かるみたいですよ」との言葉を残して救急車が行ってしまうと、佐脇はその場に座り込んでしまった。

消防車が何台も到着して、放水が始まっていたが、その頃には火はアパート全体に回って、手が付けられない状態になっていた。

懸命の消火活動にも拘《かかわ》らず、アパートは目の前でがらがらと崩れてしまった。

これは……放火だ。窓から飛び込んできたのは、間違いなく火炎瓶だった。そんなものが投げ込まれたのも、自分が住んでいたからに違いない。

呆然《ぼうぜん》として骨組みだけになっていくアパートを眺めている住人たちに、佐脇はなんと言って謝ったものかと思案した。しかし、言葉は何も出てこない。

「佐脇さん！」

水野の声に、彼ははっとした。

「火事だと聞いて、それも佐脇さんの住んでる方面だったから、もしやと思って……」

「ああ……これはちょっと参ったぞ」

さすがの佐脇も、大きなダメージを受けていた。

「おれ一人が焼け出されるんなら別に構わんのだが……」

夜中に火事に遭って、おそらくは全財産を灰にしてしまった、全然金持ちには見えない住人たちを見やって、佐脇は頭を抱えた。

「水野。どうしよう……」

「何を言ってるんですか！　悪いのは佐脇さんじゃないでしょう！　ここで弱気になってどうするんですか！」

水野は上司の背中を思い切り叩き、どやしつけるように言った。

「それは、そうだな」

萎《しお》れていた悪漢刑事《わるデカ》は立ち上がると、現場を指揮する消防隊長に歩み寄って身分を名乗り、火事に至る顚末《てんまつ》を説明した。

「火炎瓶による放火、ですね」

「おそらく、成果を確認しようと犯人は近くにいるんだろうが、火炎瓶を投げた人物を見たわけではないので……特定は出来ない」

佐脇は説明しながらも、周囲を注意深く観察した。

火事見物の野次馬の中に挙動不審な犯人が混じってはいないか、目を皿のようにして見た。職業柄、何気なくぼんやり眺めているようでいて、識別能力は研ぎ澄《す》まされている。だからこそ、傍目《はため》にはいい加減きわまりない勤務態度でもそれなりの成績を上げ、刑事として生き残って来れたのだ。

デジカメや携帯電話のカメラで火事を撮り、近所で起きたエキサイティングな出来事に興奮する無邪気な野次馬の中に犯人がいれば、必ず判る。目線の方向が違うし、火事に興奮し、火の恐ろしさに怯える一般人とは違うオーラを発散しているのが放火犯なのだ。しかも放火犯は、自分の仕出かした結果を確かめたくて、ほぼ間違いなく現場にやってくる。だから殆どの場合捕まるのだ。

だが……。

この現場には、それらしい人影はなかった。あるいは暗闇から息を潜めて、こちらを窺っているのだろうか？

もしくは放火して即逃走し、遠くから望遠鏡か何かを使って結果確認をしている？

火事場で不謹慎かもしれないと思いつつ、佐脇は煙草が吸いたくて堪らなくなり、近くにいた野次馬から貰《もら》い煙草をした。

アパートはようやく鎮火に向かっていた。時折、がらがらと瓦礫《がれき》と化した燃え残りが落下して、周囲に火の粉をまき散らす。

佐脇の、巻き添えにしてしまった住人への申し訳ない気持ちが、犯人への激しい怒りに転化するのに、さほど時間は掛からなかった。

＊

殉職した白バイ警官の娘、平井和美は、公園での輪姦未遂があってから、完全に不登校になっていた。助けてくれた刑事の「無理に行くことはない」という言葉に、それまで、耐えに耐えていた気持ちがぷつり、と切れてしまったようだ。

父親が健在だった頃は一応普通の家庭だったのが、今はすべてが変わってしまった。あの事故の少し前から始めていたケータイのプロフが父親の死後、突然荒らされたことが、すべての始まりだった。時期を同じくして学校でもまわりの見る目が冷たくなり、それが次第に明らかないじめへとエスカレートしていった。

ものを隠されたり、ひどい陰口や噂が携帯メールで出回るようになった。それまで友達だと思っていたクラスメートが誰一人、口をきいてくれなくなり、お昼を一緒に食べてくれる人がいなくなった。彼女が近づいていくと、わざとらしく離れていったり、聞こえよがしに悪口を言われたりした。

突然の周囲の豹変。和美は必死に、何事もなかったように振る舞い、あからさまに無視されても気にならない風を装っていたが、少女の神経は悲鳴を上げていた。

携帯のサイトは閉じた。だが、そんなことでは許してもらえなかった。

ある日、携帯に一通のメールが届いた。見覚えのないアドレスからのメールには、あるサイトのＵＲＬが書いてあり、『あなたとあなたの一家がどう思われているか、少しは気にかけたほうが良いですよ』というお為ごかし的な文章が添えられていた。

そして。そのサイトにアクセスした瞬間、携帯を持つ手が震え、指先がすっと冷たくなるのが判った。その冷気と震えは、やがて全身へと広がっていった。

『サイアクの白バイ警官平井とその一家』

サイトの名前からして悪い予感がしたが、携帯の小さな画面に表示された文字列が、彼女を打ちのめした。

『人の不幸の上に幸せを築きやがって』

『家を新築した金は警察の汚い金』

『白バイ親父が自爆して、その命が金に変わって、遺族はぬくぬく。一方白バイにぶつけられた運転手は何も悪くないのに犯罪者にされて、免許も取り上げられて、奥さんは心労で病死、一人娘は高校も中退だとよ』

ショックだった。そのサイトには彼女と彼女の一家に対する罵詈雑言《ばりぞうごん》や不当な中傷とともに、彼女が初めて知る事実が書き込まれていたからだ。

父が殉職し、二階級特進で退職金が交付され、警察共済からは見舞金、さらに裁判で過失が認められた相手方からの多額の慰謝料を、和美の母親が受け取ったことは知っていた。それに問題があるとは夢にも思わず、一家の大黒柱を失った自分の家族は被害者なのだと、ずっと今まで信じていた。だが、どうやら、そうではなかったらしい。

一行読むごとに彼女は深く傷つき、いたたまれなくなり、身の置き所のない思いにさいなまれた。それでも読むのを止められなかった。

匿名のコメントがたくさん並んでいるのを見るだけで、それは「暴力」のように感じられ、和美は実際に身体に痛みを感じた。

ネットでのいじめに晒《さら》されるのが初めての彼女には、実はあまり多くはない人数が繰り返し、多数を装って書き込んでいるかもしれない、と疑うことは出来なかった。

まれに、『そうは言うけど、父親だって事故りたくて事故ったわけじゃないだろうし、カネを受け取ったのは母親で、この子に罪はないんじゃない?』『みんな冷静になろうよ』などの意見が書き込まれることもあった。だがそういう彼女にとっての有り難いコメントは、たちまち『自演乙』『自爆警官の娘発見!』『カネを受け取ったのがやましくて自己弁護ですかぁ?』などの、いわれのない総攻撃を浴びて無数の誹謗《ひぼう》中傷に埋もれていった。

気がつくと彼女は画面を見ながら涙を流し、こぶしが赤くなるほど机を叩いていた。

彼女が感じていたのは、悲しみではなく怒りだった。

携帯サイトの世界では、このネットの中の空間では、どうやら彼女を非難する意見しか存在を許されないらしい。十あるコメントのうち、わずか一つでも、彼女の側に立ったコメントが書き込まれると、それは彼女自身が書いたと決めつけられてしまう。

この中でどこの誰と特定されている人間は彼女一人だけ。誹謗中傷や非難をまともに浴びて痛みを感じているのも彼女だけだった。その一方で、匿名の、どこの誰とも判らない顔の無い連中は、好き放題に人を傷つける言葉を書き連ね、どんな卑劣なことを書いても、自らを恥じることも、傷つくこともない。

あまりにも不公平だと思った。

自分は広場の真ん中に引き出され、四方八方から石や汚物を投げられているというのに、攻撃してくる相手はものかげにひそみ、正体を晒されることもない。

和美は必死の勇気を奮い起こし、実名で反論を書き込んだ。自分だって身を守ることが許されてもいいはずだと思ったのだ。ここまで悪《あ》し様に言われて黙っているべきではない。卑怯な自演ではなくきちんと名を名乗り、書けば聞く耳を持つ人もいるのではないか。

だが、彼女の希望は無惨に打ち砕かれた。

『皆さんが非難している平井和美は私です。今まで一度も書き込んだことはありません。これが初めてです』

正々堂々と名乗ったのに、彼女への攻撃はおさまるどころか、逆にヒートアップしてしまったのだ。こういう状況で本人を名乗って出ていくことは、サファリパークで見学バスから降りて外に出るのも同然の行為だということが、ネットの恐ろしさを知らない和美には、判っていなかった。

『本人か？　よくも偉そうに書き込めたもんだな』

『薄汚い自己弁護など聞きたくもない』

『言いたいことがあるならカネを返してから言え！』

『職を失って前科のついた徳永《とくなが》さんに土下座しろ！　話はそれからだ』

これ以上汚い言葉はないと思えるほどの激しい罵倒をされて、和美は呆然とした。

全員がいじめ、いや集団リンチの快感に酔っているので、和美がけなげに反論すればするほど、「燃料投下」した事になって、ますます炎上するのだ。

和美はパニックになった。生まれてから今日まで、こんなに言葉が通じない体験をしたことがなかったからだ。発した言葉がすべて虚しく吸い込まれるだけではない。それどころか、彼女を激しく打ちのめす飛礫《つぶて》となって返ってくるのだ。

そんな時。彼女に面と向かって弁明の機会を与えてはどうか、という意見が書き込まれた。いわゆる『オフ会』の提案だ。和美は不安を感じたが、これ以上ネットで虚しいやり取りを重ねるより、きちんと会って話が出来れば、という望みに縋《すが》る気持ちになった。

ネットだから、顔の見えない相手だからこそ、ひどい言葉をぶつけることにも抵抗がなくなる。でも、会って話せば、自分が書かれているようなモンスターではなく、ごくごく普通の人間であることが、きっと判ってもらえる……。

しかし……その結果は無残なものだった。集団暴行の未遂。たまたま来合わせた佐脇という刑事に窮地を救ってもらったが、恐ろしくなった彼女は訴えることも出来なかった。

世の中の人間すべてが自分を非難している……。

家族に頼ることもできなかった。和美にきょうだいはなく、母親も父親の死以来、外出がちだ。娘の窮状に気づくどころか、楽しそうに毎日を送っている。真面目で成績も良かった娘にトラブルが起きたとは、夢にも思っていない様子だ。夜も眠れなくて心療内科で薬を処方して貰っている事も知らない。

和美も、母親に事情を打ち明けて相談するのは辛《つら》すぎた。もともと、強い絆《きずな》で結びついた母娘ではなかったのだ。

和美は完全に孤立して、ひとりぼっちになっていた。

第三章　汚れた裁判

焼け出された佐脇は、捜査する側から一転、事件の被害者になってしまった。

「昨日はどうしたんだ」

東署の特別捜査本部に顔を出すと、特捜本部のナンバー2、T県警刑事部長の藤森が声を掛けてきた。

「昨日はあれから事情聴取で、近所のラブホに泊まりましたよ。もちろん一人で。今朝は事情聴取の第二弾に、それからずっと現場検証で」

「ご苦労様。今日は休むか?」

藤森は労をねぎらってくれた。日頃は佐脇を好く警官はいないも同然だが、こうなれば話も違う。警察に敵意が向けられて、同じ警官が攻撃対象になったのだ。佐脇はその犠牲者なのだから、扱いも変わってくる。

「休んだほうがいいんですかね? ひとつ聞いときたいんですが、刑事部長。こういう場合、私は捜査から外れるべきですか?」

佐脇が冗談を言っているのだと思ったナンバー2は、一瞬笑い飛ばそうとして、止めた。

「こいつはマジにならざるを得ないでしょう。命は助かったが、私は全財産を焼かれちまったんですよ。着替えのパンツもないんだ」

「とりあえず容疑者が特定されてないし、我々としては、君の存在は大きくて、必要欠くべからざるヒトだと思ってるんでねえ……」

昨夜までの藤森なら、口が裂けてもこんなことは言わなかったはずだ。なんせ佐脇は平気で遅刻はするし捜査はサボるし、酒臭い息で聞き込みに出る破戒刑事なのだ。

「まあ、取りあえずは、今のままやってくれ。な」

藤森は佐脇の肩をぽんと叩いた。それですべてが決すると思い込んでいる。キャリアの箔《はく》付け腰掛け人事ではなく、県警の叩き上げで刑事部長になった藤森だが、出世競争に勝ち残れた分、上層部の、なにごとも馴れ合い、深く考えることもなく、万事「空気」で決まる習慣に過剰適応してしまった感がある。

それじゃあまあお言葉に甘えて、と佐脇も意味不明なことを言いながら自分の席に着くと、デスクの電話が鳴った。

東京の入江《いりえ》からだった。現在の肩書きは『警察庁刑事局刑事企画課課長補佐』。中央の警察官僚で、どこから見ても掛け値なしのエリートだ。

そんなサラブレッドが一地方警察の、しかも出世街道にはおよそ縁のない佐脇に、なぜ電話をかけてくるか？　これには数年前にさかのぼる因縁がある。

佐脇は当時、部下の死をめぐって、地元選出の有力代議士・和久井がらみの犯罪を追っていた。その佐脇を潰すために、中央から送り込まれてきたのが入江だ。何のバックもない佐脇の命運も風前の灯火、と思われたが、佐脇は持てる裏人脈、寝た女のありったけ、そしていくつかの裏技を駆使して、代議士との死闘に辛勝した。和久井代議士は失脚し、機を見るに敏な入江は寸前に寝返り、自分のキャリアを守った。エリートのプライドはさぞかし傷ついたことだろうが、中央に返り咲けたのだから、まあ痛み分けと言えるだろう。

この一件以降、入江と佐脇は腐れ縁というべき、微妙な距離間の関係が続いている。

「おおこれは警察庁《サッチョウ》のエリート殿が、こんな田舎《いなか》警察に何の御用でしょう。とんとご無沙汰ですが、たまにはドサにも来てくださいよ」

「いやいや、その件につきましても考慮するにやぶさかではないのですが」

キャリアは無駄に婉曲な言葉を操《あやつ》るのが習い性となっているらしい。

「私も課長補佐になりましてね、貧乏暇なしってやつですよ。ところで佐脇さんは全部焼け出されたそうですね。暇がないだけではなく本当の貧乏になったとか？」

「なあに。焼け出されても、おれには警察共済と互助会と鳴龍会という強えぇ仲間がいるんでね。焼けたものはどうせガラクタだし」

「別れた奥さんの写真とか、あったんじゃないんですか」

入江は微妙な部分を突いてくる。誰にも話していない部分だ。

「なぜあんたがそれを知っている？　そういうのは、個人情報の違法利用ってやつじゃないですか？」

佐脇の周囲は、電話の相手が警察庁のエリートだと知ってか、皮肉の応酬が続く会話に全員が聞き耳を立て、かつビビっている雰囲気だ。

「ま、冗談はさておき、災難でしたね。ちょっと御見舞いを言おうとしてつい、言わでものことを、というか口が滑《すべ》ったようです」

「本心ってやつは、ついつい出てしまうって言いますからね」

「これは手厳しい。佐脇さんはともかく、私はあなたの友人のつもりです。心配だからこそ、こうして電話してるんですがね」

「それは千万かたじけない……とこちらも言っときましょう。ところで、こうなって初めて、警察の身びいきってやつを実感しましたよ。今まで警察は身内に甘いなんて、外の連中にどれだけ言われても、まったく実感がなかったんですがね」

佐脇は先ほどの、藤森とのやり取りを話した。

「なるほどね……藤森さんは地元生え抜きの叩き上げだから、じゃないですか？　私ならそんなことはしませんよ。地方で刑事部長を拝命していた時も、そんな考えは露ほどもなかったなあ」

「それはエリートとか叩き上げに関係なく、アナタの性格上の問題でしょう」

「ちょっと真面目な話をしましょう」

入江の声が変わった。

「さきほど、最高検から内々に情報がありましてね。仙台地検の芹沢正邦《せりざわまさくに》検事、福岡高裁の田原亨《たはらとおる》判事、富山地裁の竹中三郎《たけなかさぶろう》判事が死傷事故に遭ってる」

「で、それがなにか?」

入江は何が言いたいのか。短気な佐脇は先を促した。

「判《はん》じ物なら酒でも飲んだときにしてくれ」

「まあまあ。この三人、それぞれ勤務地も経歴も違うし、事故の状況も交通事故だったり自分の過失のようでもあったりするもんで、事件性ナシと判断されてたんですが、今になって思いがけない共通点が浮上した、と言ったらどうします? ちなみにこの三人、全員たまたま同時期に転勤してますが、その前任地がそれぞれT地検、K高裁、T地裁と。思い当たるフシはありませんか? 三人がその時期に担当した事件というと……」

K高裁は、T地裁を管轄する。佐脇は少し考え、なるほど、と思い当たった。

「白バイ正面衝突事故、ですな。例の。まあ、いろんな事件を担当していたんだろうが、このタイミングでご多忙な入江サンがわざわざ電話してきてくださったということは、そういう意味でしょう。しかしあの件は、白バイにぶつかった方が悪いという事で、裁判でも決着してる」

「佐脇さん。私としては、あの事件はおたくの県警と地検が、完全に間違った事をしてくれたと思っている。私の口から詳しいことは言えませんが、調べれば判ることです。おそらく同様に考えた何者かがその三人を……まあ、それ以上の事は言わないでおきますが」

入江は言葉を探すようにしばらく黙った。

「とにかく、おたくの県警と地検、地裁がグルになって、都合のいい判決を出して、高裁もそれを追認したという構図が明らかです。まあこれは私の見解だからアナタには押しつけはしないが」

要するに県警が『白バイ無罪』という見解を検察に押しつけ、裁判所もその言いなりになったのだろう、と入江は言いたいのだ。

地方検察庁と県警ということであれば、制度上は検察の方がエラいが、力関係で言えば、県警のほうが明らかに強い。原則三年で転勤する検察官と、ずっと地元に根を張って仕事している県警では、数の上でも捜査のノウハウでも、勝負にならない。

「県警を敵に回したりしたら検察は仕事になりませんからね。それは佐脇さんもよくご存知のはずです」

検察が県警に補充捜査を要求することはある。だがそれはもっと証拠を集めないと公判を維持できず起訴に持ち込めない、などのクレームであって、警察の立件そのものに検察が異を唱えることは皆無と言っていい。少なくとも、佐脇の知る限りでは、無い。

「県警と検察が暴走したとして、そこで歯止めになるべきは裁判所なんですが……日本では起訴、イコール有罪を意味しますからねえ。ご存知ですか、日本の裁判所の有罪率を？」

「まあ起訴に持ち込めれば十中八九、無罪ってことはないよな」

「それどころじゃありません。九九％ですよ、有罪率は。……まあ、取り締まる側の、我々にとっては有り難いことではありますがね。『警察と検察が立件・起訴したからには有罪だろう』との先入観が最初からあるし、検察から出された裁判資料が、そもそも最初から警察有利なんですから。刑事事件では、弁護側は立証関係において、圧倒的に不利ですからね。しかも警察が握ってる証拠を出さないことさえあるし」

「弁護側に有利な証拠があっても握りつぶすってか。いや、おれがやったことがあるとは言わないが」

ヤクザの女房や情婦に手をつけるのが趣味の佐脇としては、女の味次第では、パクったヤクザやチンピラが情状酌量されるような証拠を、わざと検察に出さないこともたしかにあった。

入江に改めて言われるまでもなく、警察と検察、そして検察と裁判所の阿吽《あうん》の呼吸というべきものは、厳然として存在する。実際に肌で知ってもいる。

「で、その都合三人の死傷事故……検事が一人と、判事が二人の事故の内容は？」

体制側にどっぷり浸《つ》かった入江さえ思わず体制批判を口走り、最高検も注目せざるを得なくなるような、一体何があったというのか。

「まず仙台地検の芹沢正邦検事ですが、これは車の自損事故で全治三ヵ月の重傷です。アクセルとブレーキを踏み間違えたとのことで、日曜日に買い物に出かけたショッピングセンターのビル型駐車場から車ごと転落。脊柱《せきちゅう》損傷で半身不随のようです。次に福岡高裁の田原亨判事、こちらは同窓会の二次会の帰りに駅の階段を踏み外したとして転落。脳挫《ざ》傷《しょう》になって現在リハビリ中。復職出来る見込みは現時点では絶望的。最後に、富山地裁の竹中三郎判事は……」

入江は言葉を切った。思わせぶりな演出ではなく、実際に深刻な事態らしいという気配が、電話の向こうから伝わってきた。

「最初の二件は事故だと思えますが、これは明らかに不審死です。官舎での一酸化炭素中毒死ですが、冬のことで、部屋には一応石油ストーブが置かれていました。不完全燃焼だろうということで決着して、警察は事故死として処理しました。しかし仮に一晩中、石油ストーブをつけていたとしても、部屋の広さなどを勘案すると、死には至らないとの見解もあるんです。ちなみに竹中判事は単身赴任で、当夜も一人で就寝していました」

「なるほど。その竹中判事がT地裁時代に第一審裁判長を務めたのが、例の白バイ事故。仙台地検の芹沢検事もT地検時代に同じ事件の第一審を担当し、さらにそこから高裁に上がった控訴審の、裁判長を務めた人間が、現在福岡高裁の田原判事と。で、その全員が不審な事故に遭ってると」

途中からメモを取りながら聞いていた佐脇は、三人の名前を確認した。

「そうです。彼らが裁判でどういう態度を取ったかは、調べればすぐ判ります」

「で、入江サンは、それを調べて私に勉強しろと言うんですな。そのココロは？」

だが入江はそれには答えず、ではそういうことで、と言葉を濁して電話を切った。

通話を終えて受話器を置くと、受話器が汗でじっとりと濡れているのが判った。

三人の法曹人に、三人の警官……。

背筋に冷たいものを感じた佐脇は、その悪寒《おかん》を振り落とすかのように、立ち上がって部屋を出ようとしたが、足を止めて水野に命じた。

「ああ、やっぱりお前に頼む方がいいや。お前が腹を立てていた例の白バイ事故な。あれの第一審と、控訴審の裁判記録を取ってきてくれ」

「は？」

いきなり予想外の事を命じられた水野だが、すぐに佐脇の意図を読み取ったようだ。

佐脇は再び受話器を取り上げて、鳴海署生活安全課の婦警・篠井由美子《しのいゆみこ》に連絡を取った。

判事が二人、検事が一人、あの事件に関わった、さらに三人が不慮の事故に遭ったという入江の話を聞いて、彼が気になったのは、自分を襲ったのは誰だろうということだ。

まず頭に浮かんだのはラーメン屋の外で話しかけてきた、というより佐脇に絡んできた金髪ピアス作業服姿の少年だ。その少年の人相風体について、篠井由美子に問い合わせてみたのだ。殉職した部下の元フィアンセで、今は水野と付き合っている篠井は、その特徴を聞くと、すぐに条件に該当する数人の氏名を挙げた。

「彼らはまあ、いわゆる『ヤンチャ』ですが、そんなに悪い事はしないですよ」

「レイプとかもしないのか？　じゃあナリだけ悪ぶってるイイコちゃんってワケかい？」

入江と喋っていた余波か、あるいは内心の動揺か、トゲのある言い方になっているのを自分でもマズいと思った。

「副本部長、これからちょっと出ますんで」

電話を切った佐脇は、特捜本部副本部長の藤森に断り、捜査本部を出ようとした。

「佐脇さん、一緒に行きましょうか？」

水野が席を立ちかけた。

「どうして？　お前、おれを護衛するつもりか？　いいからお前はお前の仕事をしてろ」

大丈夫ですか、本当に、と不安げな面持ちの水野を残して、佐脇は一人で出かけた。

篠井由美子に教わった名前から住所を割り出して次々に訪ねたが、一人目は全くの別人で、二人目は留守だった。また来ることにして、佐脇は三人目の住所に足を向けた。

そこは、鳴海市の中でも荒廃した一角にある、鉄骨二階建ての貧しげなアパートだった。

通路には、ゴミの袋や洗った様子もない出前の器、こわれた三輪車、汚れた洗濯機などが無秩序に置かれ、住人が生活を投げている様子が窺えた。

廊下に面した窓も埃にまみれ、汚れたガラス越しの窓枠に、洗剤や調味料の瓶が一緒くたに置かれている様子がぼんやり見える。

少年の住所は一階の端だ。その部屋は、周りより一段と荒廃して、廊下に半透明のゴミ袋が山積みになっている。コンビニ弁当の食べがらもアルミやスチールの缶も、全部一緒に詰めこまれているところを見ると、分別という考えはないらしい。ビールや焼酎の空き瓶も、酒屋の裏手かと思うほどぎっしり並んでいる。

やれやれアル中かよこの部屋の住人は、と佐脇が舌打ちしていると、中から怒鳴り声が響いた。

「てめえ昼間っから酒ばっかり食らいやがって……お前はおふくろでも何でもねえよ!」

物を投げる音。室内で何かが壊れる音。女の悲鳴。

「マサルっ！　何をするんだ！　ああ、ボトルが割れたっ……もったいないじゃないか！」

「隠してる酒全部出せやオラ……全部下水に流してやンよ。このクソババアが」

さらにガラスが割れる音、重いものが倒れるどすんという音が続いた。

「頼むから酒を捨てないで……ちょっとでも飲まないと身体が辛《つら》いんだよ」

女の哀願と泣き声と怒号がしたと思うと、ドアが開いて若い男が出てきた。

突っ立った金髪に、左耳のピアス。今日はTシャツにジーンズ姿だが、まぎれもなく、ラーメン屋でガンをつけ、公園で話したあの若い男だった。少年というには可愛げがなさ過ぎる。

「畜生《ちくしょう》っ！　マサル、カネ置いてきな。酒がいるんだよ。母さんを殺す気かい！」

「だからテメエなんかおふくろじゃねえ！」

部屋から出てきた女が追いすがり、若い男のTシャツの裾《すそ》を掴んだ。振り乱した髪には脂気《あぶらけ》がなく、白髪もかなり混じっている。肝臓をやられているのか、顔色はどす黒い。

若い男は情のひとかけらもない邪険な手つきで、今一度、女を思いきり突き飛ばした。

女というか老婆は壁に激突してそのまま廊下に倒れ伏し、号泣し始めた。

「この親不孝がっ！　おまえなんか産むんじゃなかった。高校まで出そうとしたのにッ」

そこで隣の部屋のドアが、がたんと開いた。

「あんたらいい加減にしな。毎日ロクでもない親子喧嘩を聞かされちゃたまんないよッ！」

ドアから顔を出して怒鳴りつけたのは、太った中年女だった。白髪でないのと顔色が普通なのを除けば、だらしない身なりも、劣化した容姿も、アル中の老婆といい勝負だ。

「てめえも黙ってろクソババア。ここが気に入らなけりゃもっと高級で、御上品なマンションにでも引っ越せ！　引っ越せるんならな！」

マサルという名前らしい若い男は口を尖《とが》らせて捨てぜりふを吐くと、後ろも見ずに歩み去った。その目は暗く、据わったように前を睨みつけている。こけた青白い頬に、唇を血の出るほどに引き結んでいる。

物陰から一部始終を見ていた佐脇は、黙ってマサルの後を追った。

十五分ほど歩いて、マサルは小さな戸建てが立ち並ぶ住宅街に入っていった。彼の住む地域より少しはマシだが、高級住宅地、いや中級とすら言えない街だ。

その中の四つ角の、『かどや』という、コンビニではなく、昔ながらの雑貨やお菓子、食料品を売るらしい店の前で、マサルは立ち止まった。

少し考えて店に入った彼は、何か包みを持って出てくると、また歩き出した。佐脇が後をつけていることには、まったく気づいていない様子だ。

マサルは、とある家の玄関を開けた。

狭くて小さいが、それなりに周囲は片づいて、掃除もなされている。裕福ではないが、きちんと生活しようという気持ちが住人にはあると感じさせる家だ。

道を挟んだ反対側からでも、玄関先で話す声は、結構よく聞こえた。

「あの……今日、おばさんの月命日だから……これ、お供えにと思って」

マサルが途中で買ったのは、菓子か何かだったらしい。

ろくでもない不良で、集団レイプのメンバーである疑いが濃厚、しかも自分をつけ狙ってアパートに放火した犯人ではないかと目星をつけていた佐脇は、大いに戸惑った。

「気を遣ってもらって済まないね、マサルくん」

礼を言っているのは中年の男の声だ。

「いいえ、おばさんには凄く世話になったっスから。おふくろが飯作ってくれない時に、何度もご飯食べさせてもらったり」

「お母さんは……相変わらずかい」

佐脇が玄関にそっと近づくと、空気に乗ってかすかに線香の匂いが漂ってきた。

生け垣の陰に隠れてさらに近づき、表札の文字を見てみる。

『徳永』

この名字に見覚えがあるような気がした。

この家はもしや……。

「あの、リエさんはまだ?」

「まだバイトから戻らなくて……あの子にもせっかく入った高校を中退させてしまって」

「悪いのはおじさんじゃなくって警察っス。サツが身内をかばっておじさんを悪者にしたからです。あいつら、こっちの話を全然聞こうともしないで……本当に、汚いっスよ」

マサルの声は低いが、深い憎しみが籠《こも》っている。

「あまり大声でそういうことを言うのはよした方がいい。……それにマサル君がうちのことを気づかってくれるのは有り難いが、君にも自分の人生があるんだから、そっちを大切にしてほしいよ」

「おれの人生なんてどうでもいいっス。頭悪いから高校もやめたし、この先どうせ大した職にもつけないっスよ。でも、リエ……いや、リエさんは頭いいし、頑張ってたのに、おじさんがあんなことになって、免許取り上げられたから高校やめなきゃならないなんて、あんまりじゃないスか」

おじさんは何も悪くないのに裁判になって免許まで取り上げられて仕事クビになって、逆にぶつかって自爆した方は全然悪くないことにされて、大金貰ってぬくぬく暮らしてるなんて、そんなの絶対おかしいっス、と話すうちに、次第に怒りを抑えられなくなるマサルの様子が、立ち聞きしている佐脇にもありありと判った。

「それで、おばさんまであんなことに」

免許を取り上げられた運転手の妻は、どうやら亡くなったらしい。

その時、こちらに向かって若い女二人が、話しながら歩いてくるのが佐脇の目に入った。

　刑事は何食わぬ顔で歩き出し、そのまま進んで、生け垣の角を曲がって身を隠した。

　若い女の一人は、二条町の公園で輪姦されそうになった平井和美……死んだ白バイ警官の娘だ。もう一人は？

　佐脇が気になって、生け垣のむこうに神経と聴覚を集中させていると、二人の若い女は徳永の家の敷地内に入った様子だ。

　その途端に、マサルの激高した声が響いた。

「和美、おまえ何しに来た？　おまえの馬鹿おやじが自爆したせいでこの家は滅茶苦茶《めちゃくちゃ》だ。この家をおまえの一家がぶっ壊したんじゃねえかよ。おまえんちはいいよな。警察ってバックがついてるから退職金も慰謝料も、見舞金も保険金も貰えたし、一生食うに困らないよな。そういうの、死に太りって言うのか？　おまえ、勝ち誇りに来たんだろ」

　感情が激するままに、マサルが和美をなじり始めたのだ。

「違う！　勝ち誇るなんて、そんなんじゃないの。私……ネットでいろいろ言われてることを読んで、せめて……リエに謝りたいと思って」

　和美の声は弱々しい。

「帰れよ。謝って済むことじゃねえよ」

「……マサル、やめて。和美が悪いわけじゃないから」

これはリエという子の声か。

「おまえもどこまで人がいいんだよ。そんなだからヤツらにいいようにされるんだ。悪いのはこいつの……和美のおやじで、和美は悪くないっていうけど、こいつの家のバックには警察がついてる……ってことは裁判所も味方だって、リエ、おまえにも判っただろ？　バックがついてれば何でもやり放題で、証拠だっていくらでも捏造《ねつぞう》できるし」

「マサルくん。頼むからそのへんで止めてくれ」

父親が割って入った。

「お願い。マサル、もう止めて」

リエもそう言ってマサルをいさめようとした。

和美はしゃくりあげながら「ごめんなさい……ごめんなさい」としか言わない。

「うぜえから泣くな！　ごめんで済むならマジ、警察いらねえよ。おまえは、自分が楽になりたいから謝りにきただけだろ？　馬鹿おやじが死んで、その死に太りで新築した家に帰れっつの。どうせおまえが今着てる服も、そのバッグも、おまえが通ってる高校の授業料も、出どころはサツの汚ねえ金だっつの」

マサルは自分の言葉でますますヒートアップしている。

だが、この場でただ一人の大人で、事態を収拾する立場にあるだろう元運転手・徳永の声は聞こえてこない。割って入るのを諦めたのか、これ以上関わりたくないのか、あるいは少年の言う通りだと思っているのか、それとも……割って入る元気もないのか。

佐脇は黙ってその場を離れた。警察の人間である自分が仲裁に入っても、火に油を注ぐ結果になるのは目に見えている。

歩きつつ、佐脇の胸には、なんともいえない、嫌な敗北感のようなものが広がっていた。

T東署の特捜本部に戻ると、分厚い資料とともに水野が待っていた。

「シラフですね。酒臭くはないですね」

「そうだよ。人を奈良漬《ならづけ》みたいに言うな」

佐脇の帰りを待っていた水野の顔は、ひどく真面目だった。厳粛《げんしゅく》とさえ見える。

「まず、報告です。湯西警視の首を切断したピアノ線ですが、中国・江蘇《こうそ》省で製造されたものを金属商社が輸入して、仙台を中心とした、東北地方で販売されたものではないかというところまで絞れました。この件は宮城県警に捜査協力をお願いしています」

「仙台、か……」

佐脇は頷《うなず》いて、分厚い資料をアゴで指した。

「これが、例の白バイ事件の裁判記録です。自分は新聞とテレビのニュースで知ってただけだったのですが、改めてきちんと記録を読んで、いたたまれない気持ちで一杯です」

重要なところには付箋を挟んでおきました、と言われて渡された記録を佐脇は預かって、東署の食堂に持っていった。

水野にダイジェストを聞くのではなく、とにかく自分の目で、実際には何があったのか、いや、事実がどう裁判でねじ曲げられたのか、それを知りたかった。

他所《よそ》は知らないが、鳴海署とこのT東署の食堂は、朝七時から夜の十時まで開いていて、警察官の腹を満たしてくれる。喫煙ＯＫで茶も飲み放題なので、長い資料や、込み入った調書を読む場所はここに決めている。

途中、カレーを食い、ラーメンを啜《すす》り、第一審と控訴審の全容を佐脇が摑んだときは、もう日が暮れていた。

想像どおり、いや想像以上にひどい、滅茶苦茶な裁判だ。

はっきり言って、裁判記録の大半が、白バイ側の過失を徹底的に隠蔽《いんぺい》する粉飾《ふんしょく》に費やされていた。

どうにも始末をつけることが出来ない感情が、鳩尾《みぞおち》のあたりにわだかまって、もの凄く不快だ。

やり場のない怒りのあまり、佐脇はデコラのテーブルに思いきり拳を打ちつけた。カレースプーンが金属音を立てて床に落ち、空のラーメン丼が五センチほど左に移動した。

食堂に残っていた警官たちがぎょっとしてこちらを凝視した。

「なんだ？　ストレスのたまったデカがそんなに珍しいかよ？」

佐脇が凄《すご》むと、八つ当たりされた全員が慌てて目を逸《そ》らせる。

ッたくどいつもこいつも。チキンどもめが。

吸い付けた煙草までが不味《まず》く感じられ、いらいらと揉み消しているところに、水野が顔を出した。

「どうです佐脇さん。どう思います、この裁判記録？」

「ひどいもんだ。おれもサツでいろいろとクソなものを見てきたが、こいつは極め付けだぜ」

警察は、白バイ警官である故・平井祐二警部に有利な証拠だけを、検察に上げていると言っていい。当然のこととして裁判も終始、検察側有利に展開している。

それに対して被告である乗り合いタクシー運転手……先刻、マサルに力無く応対していた徳永健一《けんいち》だが、彼は最後まで無罪を主張した。だが、それが裏目に出たようだ。

結局『改悛の情がない』と見なされての実刑判決。もちろん弁護士は即日控訴したが、その控訴審がまた、なぜか一切の証拠調べさえすること無しの即日結審で、控訴は棄却。

弁護側はさらに最高裁に上告したが、これも上告理由に当たらないとされて棄却され、原判決の懲役三年が確定してしまった。

「最初っから警察も検察も裁判所もグルの出来レースで結論が決まってるなら、一体、何のために裁判をするんですか？　三審制の意味ないじゃないですか！」

水野は、ひどく怒っている。いや、水野も、というべきか。入江ですら、この裁判の結果に怒っていたのだ。

「とにかく、この裁判はひどいですよ。弁護側からの証拠申請も証人申請もことごとく却下されていますし……仮にこの裁判にかかわった連中を……その、どうにかしたいと思ったヤツがいるとしたら、そいつの気持ちが判らないでもないです」

そう言った忠実な部下は、抱えていたノートパソコンを開くと、ある画像ファイルを再生した。

「これはネットに流れているもので、この裁判のあと、事故を起こした白バイ警官の上司である、ウチの交通部長が行なった記者会見の映像です」

うず潮テレビではない、別のネットワークのニュース画像だった。

見慣れた顔の県警本部交通部長・高砂義一《たかさごよしかず》が、記者を前に片手をパイプ椅子の後ろに回しての横柄にしか見えない態度で会見をしている。

「高砂交通部長は腰が悪いんで、長時間に及んだ会見の最後の方でこういう姿勢になった、と庇《かば》う声もありますが、ちょっと、この内容ではね……」

高砂交通部長はパソコンの液晶画面の中で、ふんぞり返った態度で言い放っている。

『我々の今回の捜査には何の問題もありません。一方が交通警官であるからと言って、なんら事実は左右されておりません。県警の捜査に一切、誤りはありません。我々は交通事故捜査のプロですよ。そのプロを摑まえて、間違ってないかどうかって、そりゃあんた、マスコミの思い上がりってもんじゃないのかね？』

画面に再生される交通部長は、どう見ても悪役だ。疲れた顔に慣れない会見での緊張も加わって、普段も美男子とは逆立ちしても言えないが、典型的な悪党面《づら》になっている。髪が薄くて広すぎる額は脂《あぶら》でテカテカ光り、目つきは悪く、下から睨み上げるような目線も恨めしげで挑発的だ。上唇を歪める話し方も不貞不貞《ふてぶて》しさを感じさせる。

「こんな悪代官顔でこんな事言っちゃ、叩いてくださいってお願いしてるようなもんだ。まあこの男、元々いけ好かねえヤツなんだが」

コネや情実で交通違反を揉み消してくれるという噂が絶えない高砂交通部長は、白バイ警官から出世して、白バイ隊を束ねている。

他所は知らないがT警察においては、交通機動隊は一家をなしていて結束が非常に堅い。『独立愚連隊』と陰で呼ばれるほど独立した気風は、悪く言えば『関東軍』というもう一つの渾名《あだな》が示すとおりに、ピラミッド状の県警組織の統制が利かない部分がある。

封建的な県警でも最近は四大出身者も増え、普通の役所的な空気が強くなっているのだが、白バイ隊はその限りではない。白バイ警官には暴走族上がりが多いという噂は絶えないしヤクザ的な厳しい上下関係が存在するため、同じ警察でも他の部署とは気風がかなり異なっているからでもある。

それを背景に、高砂義一は交通部に君臨し続けているという構図になっている。

この特殊な構造が、この一件を招いたのか？　過剰な身内贔屓《びいき》が、ここまで醜《みにく》く、強引な事故処理をさせてしまったのだろうか？　それとも、一家意識とは関係のない、警察組織に独特の構造ゆえの事なのだろうか……。

おそらく警察は、白バイ側に不利な材料は握り潰したのだろうし、当然ながら弁護側にも渡していないだろう。それは容易に想像がつく。

「殺された鑑識の工藤だがな……もしかして、この白バイ事故の鑑識も担当していたのか？　そうだとしたら、なんだか、出来すぎた話になるんだが」

「……出来すぎた話ですね。確かに。工藤さんは担当してます。鑑識主任でした」

しかし、と佐脇は思わず大きな声を出した。

「あの男は不正をするタイプじゃないんだがな」

水野は何か言いたそうな顔になったが、言葉を口にする代わりに、手を動かして膨大な資料から数枚の写真を探し出した。

「事故現場の実況見分写真です」

「うん。それは見たが？」

「よく見てください。写真の隅の方」

水野が指さしたところには、プルタブの開いた『ダリオ』のアルミ缶が写っていた。

「そういえば……工藤が殺られた現場にも、ダリオの瓶が転がってたな」

「この『ダリオ』が犯人による、なんらかのメッセージだとの可能性はありませんか？」

佐脇は何か言いかけたが、あたりを見渡して口を噤《つぐ》んだ。

「ちょっと出よう」

佐脇は水野の腕を取った。

「酒ですか？　自分はまだ仕事が」

「馬鹿野郎！」

佐脇は怒った。

「事件の当事者の徳永さんに、話を聞きに行くんだ！」

昼間、佐脇が外から張り込むような格好で覗《のぞ》いた徳永の家には、当人しかいなかった。

奥様の御霊前に線香を上げさせていただければと言って訪れた佐脇と水野を徳永は拒絶するでもなく、さりとて歓迎するでもなく、感情をなくしたように素っ気なく受け入れた。

二人の刑事は仏壇に向かって手を合わせ、後ろの徳永に向き合ったが、茶の一つも出ないので、歓迎されていないことははっきりと再確認した。

「これ、美味いと評判なので、娘さんにでも……」

新市街のショッピングセンターまで行って買ってきた洋菓子詰め合わせを差し出すと、徳永は「娘が出ておりまして、お茶も出せませんで」と一応、形式的に詫《わ》びた。

「いえ、お茶はいいんです。ちょっとお話を伺えればと」

「まだ何か話すんですか?」

徳永は投げやりに言った。

「出所してからしばらく、尾行がついてました。取材の人が出入りしてたんで、そういうのをチェックしてたようです。それも無くなってホッとしていたら、今日の昼、あんたが」

「ご存知でしたか」

覗いていたのがバレていたか。恐縮する佐脇に、徳永は表情のない顔を向けた。

「さんざんやられたんです。こっちも過敏さはすぐには抜けません」

「……そのことなんですが。我々は交通部の人間ではありませんで、最近、別の事件を担当しておりまして、その関連で徳永さんの事件を詳しく知ることとなりまして」

水野が微笑を浮かべて丁寧に切り出した。この男のフレンドリーな微笑みは、いつもならなかなか効くのだが、徳永の心の氷は溶かさなかった。

「いや、そうやってね、警察のいろんな人に根掘り葉掘りいろいろ聞かれましたよ。こっちを脅す人もいればあんたのようにセールスマンみたいに愛想よく丁寧な人もいた。でも、結局は誰ひとり、こっちの言うことをまともに聞いてはくれなかったんだ」

　水野も佐脇も頭を下げるしかない。

「それは、調書や裁判記録を読んで、よく判ります。私は警察の人間ですが、警察には自分で作ったストーリーに事実を無理矢理当てはめて一丁上がりにする極めて駄目な奴がおります。しかしこの事件に関しては、一方に警官が絡んでいるので、より悪質だと思います」

　佐脇の言葉にも反応せず、徳永はビー玉のような目を二人に向けるままだ。

「警察の人間だから、にわかに信用して貰えないだろうことは判ります。ただ、刑事課の人間としては、事件の書類を読んだだけでも腑に落ちないことが多すぎる。いや、もっとはっきり言いましょう。警察が無理矢理に事故のあり方を歪めて、徳永さんを罪に陥《おとしい》れた、そうとしか思えなくなったんです」

　徳永は、佐脇から目を逸らして煙草に火を点《つ》け、壁を見たり天井を仰いだりして、しばらくは二人を見ないで煙草を吹かし続けた。

「あんた方……また、なにか企んでるんですか？」

「え!?」

　予期しないことを言われて水野が目を丸くした。

「いえいえそんな、滅相もない」

慌てて水野が言うのを佐脇が止めた。

「徳永さん。あなたがそう思うのも当然です。警察に喋れば喋るほど事態は悪化して、あなたの言った事はことごとくねじ曲げられ、無視され、踏み躙《にじ》られたんでしょう。まったく当然です。ただ……」

佐脇はこの先を言おうかどうか迷った。この生気を失《な》くしたような徳永が、自分の事件に絡んだ県警・地検・地裁の関係者を抹殺しているとはまったく思えない。一連の殺人に関係しているとも思えないし、そういう事件が起きていることさえ知らないのではないか？

「少なくとも我々二人は、警察の姿勢が根本的に間違っていた、と思っています。県警が力関係で検察を動かし、裁判も勝った。そう思っています。だが、そもそも歪められた事実しか書かれていない書類を見るよりも、当事者である徳永さん、あなたにお話を伺うのが一番だと思ったんです。お腹立ちもご不審も、ごもっともです。ですが、少なくとも我々二人は、あなたの敵ではないことをご理解ください」

「……けど、あんた」

徳永は佐脇を見た。

「あんた、テレビでは今と違うことを言ってたんじゃないんですか？　いや、私が見たわけじゃなく、娘から聞いただけだが」

その言葉に、佐脇は平伏した。

「あの時は徳永さんの事件について、詳しいことを知りませんでした。聞かれるままに答えてしまって……」

「でも、そういう発言が後まで残るんです。自分が新聞沙汰の当事者になってみて初めて判ったんですが」

手をついて謝る佐脇の姿をしばらく眺めていた徳永は、煙草を消した。

「どうぞ頭を上げてください。あんたに謝られても、何ひとつ元に戻るわけじゃない」

その目は仏壇に向いていた。

「で、なにが聞きたいんですか？」

それでは、と佐脇は言葉を探した。

「まず、あの事故のことを最初から教えていただけませんか」

「同じことをイヤになるほど何度も言ったんですがね。あれは、午前十時頃です。鳴海市では、バスが不便なので乗り合いタクシーが認められてますが、特に旧市街の中心・二条町から隣街の綜合病院の間はお客も多いので定期便みたいになっています。で、私はいつものように県道三六号線を走っていたんです。もう少しで鳴海市を出る辺りの田舎道です。片側一車線の。でも、けっこう通行量もあって、近くにはファミレスとかもありますが」

徳永は二本目の煙草に火を点けたが、佐脇は吸いたいのを我慢した。

「そのへんは直線がしばらく続くところです。私は普通に走っていました。こっちの車線は空いていましたが、鳴海市に向かう反対車線はけっこうつかえていました。で、突然、白バイが追い越しをかけようとしたのか、対向車線の車列から飛び出してきたんです。私はブレーキを思い切り踏んで、ハンドルを左に切って避けようとしました。でも……」

「白バイが突進してきて、避けきれずにぶつかったんですね」

水野が口を出した。

「そうです。ほとんど出合い頭です。まったく突然のことでした。でもね、白バイも、無理な追い越しだな、と思ったら、ブレーキを掛けて元の車線に戻ればよかったんです。なのに、なんというか、センターラインの隙間を抜けようとしたのか、こっちに向かってくるばかりで」

だが警察の実況見分書では、白バイの対向車線を運転していた徳永が前方不注意により、ブレーキを踏むなどの回避行動をまったく取らなかったと決めつけ、裁判でもこの実況見分書が全面採用されている。

「結局かなりのスピードでぶつかって来られたんで、白バイに乗っていたお巡りさんはふっ飛びましたよ。私も慌ててタクシーを降りて駆け寄りましたが、首がもの凄く妙な方向にねじ曲がっていて……ぴくりとも動きませんでした」

白バイ警官の平井祐二は、頸椎《けいつい》骨折と全身打撲で即死だった。

「タクシーに乗っていたお客さんが証言すると言ってくれたんです。急ブレーキのあと、左への急ハンドルを私が切った、そこに白バイが突っ込んできた、って。昼間ウチに来ていたマサル君……あの若者も、乗り合わせた客の一人だったんです。でも、誰も調書を取られなかったし、裁判でも弁護士さんが全員を証人申請したのに、裁判官はすべて却下したんです。なのに、あの時、現場をたまたま通りがかったという同僚の白バイ警官の証言だけは、きっちり採用されて」

この同僚白バイ警官の証言は、実況見分書の見立てを完全に裏付けるものだった。

佐脇がムカつくのは、乗り合いタクシーに乗っていた客の証言が却下されたその理由が、「一般人の目撃は正確さに欠けて疑わしい」というものだったことだ。こんな奇妙な理屈を認めるならば、あらゆる裁判で一般人の目撃証言の証拠採用が出来なくなるではないか。

ちなみにこの『目撃した白バイ警官』・後藤が、今回の連続殺人事件における二人目の犠牲者だ。

「徳永さん、あなたと警察の主張が真っ向から対立しているのは以下の三点ですね。まず、現場は直線道路なのに、警察が提出した証拠資料には『現場はゆるいカーブで、膨らんだタクシーが白バイに接触した』となっていること」

「だって、現場は直線ですよ。誰が見ても『ゆるいカーブ』なんかじゃありません。言っちゃ悪いが、警察や検察の人たちはまともに目が見えているんですか?」

「ええ。あの道は私も知ってます。事故のあったあの辺りは誰がどう見ても直線ですな」

佐脇は頷いた。なのにどうしてこんな無茶な主張が通ってしまったのだろう。白バイが無理な追い越しはしていなかったと主張したいからか。

「そして、あなたは、『白バイは速度も落とさずブレーキも掛けずにまっすぐに突っ込んできた』と主張したのに、警察側は『白バイ側はハンドルを切りブレーキを掛けて危険回避をした』と証拠を添えて主張しましたね」

水野が、持参した書類をめくりながら訊いた。

「冗談じゃありません。ハンドルを切ってブレーキを掛けたのはこっちです。ただもう、白バイはまったく悪くない、どうしてもそういう事にしたいだけとしか思えません」

「たしかにあなたは警察署でも裁判でも、真正面から向かってくる白バイを懸命に回避しようとして、急ブレーキを踏みながら左にハンドルを切ったと主張されている。しかし警察側は逆に、『回避しようとしたのはあくまでも白バイ側であり、乗り合いタクシー側は前方不注意だったのでまったく回避していない』の一点張りですな」

証拠写真として添えられたものを見ても、佐脇の不審はつのるばかりだ。

「私はね、見ての通りのオヤジですから、その分現場の数は踏んでます。警察内部の人間としても、この実況見分写真は明らかにおかしいですよ」

佐脇はボールペンで写真のある箇所を叩いた。

「徳永さんが運転していた乗り合いタクシー側のこの写真。道路の路面が妙にキレイでしょう？　まるでアスファルトを拭き掃除したみたいだ。ここだけ、ね。徳永さんが踏んだという急ブレーキのブレーキ痕を消したと言われても、弁解出来ないです。これでは」

佐脇は次に白バイ側の写真も指した。

「こっちには確かにブレーキ痕はあります。しかし、ひどく不自然ですね。まるで後から何かで描いたような、のっぺりした感じで。普通、ブレーキ痕には濃淡があるもんです。踏み始めと利き始めじゃタイヤの摩擦が違うんで、当然濃淡が出るはずなのに……それにこれ、タイヤの幅より、ブレーキ痕の方が太いじゃないですか」

「弁護士さんは、裁判で同じ主張をしてくれたんです……でも、頼みの綱《つな》の裁判官は、それを完全に無視してくれまして」

そしてその裁判官、竹中判事は転任先の富山で不審死を遂げ、もうこの世にはいない。

それを当然の報いと考える人間がいるのだろうか？

「この写真もひどいですよね。どうしてこんなものが堂々、裁判の証拠として提出されたのかと」

水野が怒りの表情で置いた写真は、事故後の乗り合いタクシーのものだ。この車が大きく損傷しているのは運転席の前方から右側面……ということは、徳永が慌てて左ハンドルを切ったところに、右側から激突されたことは明白なのだ。検察の主張どおり、徳永が前方不注意で何もしなかったのであれば、正面が損傷しているはずではないか。

「検察官と裁判官はいったいナニを見ていたのかと怒鳴りつけたくなります。いや、こういう書類を揃えたのはウチなんですが……」

水野は怒ったり反省したりで、額に冷や汗がにじんでいる。佐脇は言った。

「私は、あえて、警察・検察の主張が正しくて、徳永さん、あなたが自分に有利になるよう嘘をついていると思って読んで、考えてみました。でも、駄目です。どう考えても、警察の嘘ばかりが目について、自分を納得させられないんですな」

佐脇は我慢できずに煙草を取り出して火を点け、気持ちを鎮めるように深く吸い込んだ。

「一般に警察はバイク対四輪車の事故の場合、バイクの過失を重く見る傾向があります。それは、バイクを運転するのが主に若い連中で、交通法規を無視した無茶な運転をしたあげくに事故に至るケースが多いからです。交通事故は山ほど起きるんで、事故処理で忙しい交通警官としては、ついついありがちなパターンに乗って処理してしまいます」

水野も交通警官だった経験があるので、佐脇の言葉に頷いた。

「しかも多くの場合、バイクに乗っていた運転者は死んでしまう事が多いので、死人に口なしとばかりに加害者が自分に有利な主張をしまくった結果、まったく悪くないバイクの被害者が、全面的に悪かった、という処理をされることがあります。そういうケースがいくつか裁判になって警察が負けてます。でも、この類《たぐ》いの安易で悪質な事故処理は後を絶ちません。それは警察の一員として、誠に申し訳ないことです」

佐脇は頭を下げた。それを見て、水野も慌てて頭を下げた。

「……ならば今回も白バイが悪かった、となるところなのに、そうはならず、タクシーを運転していた私が全部悪いことにされたのは、やはり、相手が普通のバイクじゃなくて、白バイだったからですか？」

徳永の問いに、佐脇は顔を歪めた。

「そうとしか考えられんでしょう」

「やっぱりね……」

徳永は虚しい笑みを浮かべた。

「私だって無事故無違反の完璧なドライバーじゃないので、何度かは接触事故程度は起こしてます。でも、現場検証に来るのはせいぜい一人か二人。でも、あの時はパトカーがわっと集まってきて、五十人くらいのお巡りさんが現場で動いてました。これはやっぱり、白バイ警官が死んでしまったからなんだろうなあと思いましたけどね……」

検察は警察の「白バイ側に過失はまったくなく、乗り合いタクシー側に全面的な過失責任がある」という主張に沿って論告求刑をし、裁判もそれを完全に追認する判決を下した。控訴審に至っては、事実審理すら一回もなされず、控訴棄却。最高裁に上告したが、上告理由に当たらないとして抗告棄却されて、第一審が確定してしまった……。

佐脇がふと見上げると、昼間、和美と一緒だった少女が仏間の入り口に立っていた。

「理恵、座りなさい。こちら、刑事さんだ。いやいやそうじゃない」

刑事と聞いてにわかに険しい顔になった理恵が何か言い出そうとしたのを父親が止めた。

「こちらのお二人は、どうやら味方みたいだ。今までの警察の人とは違うかもしれん」

徳永も、多少は心を開いてくれたのかもしれない。

しかし、理恵が帰ってきて急に家の中の空気がピリピリし始めたので、佐脇と水野は早々に辞去した。

「……ちょっと、行こうや。あんなこと聞いてしまったらシラフじゃしんどい」

いつもは止める水野も、何も言わずに頷いた。

二人は、二条町の酒場に入り、呷《あお》るように強い酒を飲んだ。

水野も、無言のまま杯を重ねた。

何も言わなくても、水野が何を言いたいのか、佐脇には判っていた。

工藤は『上』からの指示で、現場に手を加えて現場検証したのだ。つまり、ブレーキ痕の捏造だ。工藤ほどのベテランになれば、偽装をするいろんな手は熟知しているはずだ。そもそも偽装を見破ることが鑑識の大きな仕事なのだから。

だが、そんなに身内を大事にしたいのか？　ありもしないブレーキ痕を捏造してまで？

警察が決して綺麗な組織ではないことを、佐脇は誰よりもよく知っている。小さな犯罪なら見逃すこともあるし、そもそも自分自身がヤクザと癒着《ゆちゃく》して、旨《うま》い汁を吸っている。

それでも警察という組織全体としてみれば、おおむね社会の役に立っているのではないかと、今までは思っていた。つまり社会に対して与える害と益、マイナスとプラスを比べれば、差し引きでプラスである、と。

しかし、これはどうだ。警察が身内を庇うために落ち度のない一般人を罪に落とし、おまけに運転免許まで取り上げて、生活の手段すら奪ったとしたら？　勉強が好きで成績も良かったという少女を高校中退に追い込み、将来を奪ったとしたら？

これはやり過ぎだ。いくら何でも。組織を守るというにもほどがある。

何事もやり過ぎはよくない。警察がヤクザや権力者と多少の癒着があるのは、仕方がない。少々なら旨い汁を吸うのもありだ。どんな組織にも、人格者と言われる人間にも、そういうことはある。

佐脇はこれまで、かなり大胆に旨い汁を吸ってきた。だが、女に関してもヤクザに関しても、お互いさまの共存共栄でやってきた。だからこそ、ワルデカとそしられ真面目な警官からは冷たい目で見られ、ヤクザや前科持ちからは恐れられつつも、佐脇はこれまで警官を続けてこられた。それは自分が限度というものを見極め、やり過ぎることがなかったからだ、と思っている。

悪党には悪党の仁義がある。カタギの市民を傷つけ、巻き込み、奪うことだけは許されない。その、ぎりぎりというべきラインを警察自らが無視して、組織の防衛に走ってしまえば、やがては警察という組織そのものが自壊する。

寄生生物との自覚もある佐脇としては、いわば大事な宿主にお釈迦《しやか》になられては困るのだ。断じて正義感などと野暮な事を言う気はないが、この線だけは譲れない。

今のところ、突然の不幸に見舞われたこの無力な一家に、手を差し伸べる者はいない。いや、あのマサルだけは違うが……。

『正義とかそんなのはどうせ嘘っぱちだ。おれらみたいのはバックがないから、いくら真面目にやってたって、サツに都合が悪けりゃ潰される。いい加減そのことを判れよリエ！』

と、マサルが叫んだ声が耳に残っている。思えば、白バイ警官・平井祐二の娘、和美も、警察のせいで思わぬ憎しみの的《まと》となり、集団暴行されそうになったのだ。遺族にはカネが入ったかもしれないが、この件では全員が不幸になってるんじゃないのか？

いや。得をした者が、守られた人間が必ずいるはずだ。真相を突き止め、警察の側に理がなければ、それを正す。誰もやらないなら、おれがやる。なんとか方法を見つけて。

佐脇はグラスを空けながら決心していた。

だが、彼はまだ気づいていなかった。こんなことを許してはおけない。そう堅く心に決めた人間が、彼だけではなく、想像以上にたくさん存在していることを。

「あのな……」

佐脇が水野に語りかけようとしたとき、佐脇の携帯が鳴った。

かけてきた藤森の口調は昂揚《こうよう》していた。

「おい。お前のアパートに放火した犯人が鳴海署に自首してきたぞ」

「そいつは、放火だけですか？」

「判らん。が、自首してきたといっても、アレだ。鳴海署の受付に座り込んで、さっき頭からガソリンをかぶった。焼身自殺すると怒鳴っているそうだ」

佐脇は水野に、パトカーを呼べ、と叫んだ。

取るモノも取りあえず、佐脇と水野はパトカーのサイレンを鳴らして鳴海署に急行した。

普段はゆうに三十分はかかるところを十分で激走したパトカーがタイヤをきしませて鳴

海署の入口に横付けし、佐脇は飛び出した。制服警官に止められたが、怒鳴りつけて突破した。

署の受付カウンターがあるロビーに入った途端、つんとくるガソリンの刺激臭が鼻をついた。濡れた床にはスキンヘッドの巨漢が胡座《あぐら》を組んで座り込んでいた。ランニングにくたびれたジーンズという姿で、全身が濡れているのはガソリンをかぶったからだろう。どこか関西のお笑いタレントに似た、薄笑いが印象に残る「気味の悪い」中年男だ。

男のすぐそばには、ガソリンの入ったとおぼしいポリタンクが置かれている。引火を誘発しないように、空調は最強になり、深夜だというのにすべての窓が開け放たれている。もちろん玄関の自動ドアも全開だ。

佐脇が一歩前に出ようとしたところを、腕を強く掴まれた。光田だった。

「よせ。危険だ。ここに来るなり名を名乗って座り込んでガソリンをかぶった。自首した理由を怒鳴りつつ、何度も小出しにガソリンをかぶるんだ」

「なんのために」

「警察に身を挺して抗議するんだと。だが、そのワリには全然着火する気配がない」

たしかに、その男は右手に百円ライターを握りしめているが、握っているだけで火を点《つ》けようとはしていない。

「榎戸孝志《えのきどたかし》、四十八歳。住所、鳴海市大原《おおはら》四丁目五の九、さつき荘二号室。職業、現在無職。今から十五分前に鳴海署に自ら出頭し、昨夜の鳴海市大原町における放火事件につき犯行を自白した」

「おれに逢わせろとか、そういう要求はしてないのか」

「してない。お前のアパートには放火したが、警察全体にイキドオリを感じていると主張している。……ちょっとガッカリか？」

光田はニヤリとした。

「おれって人気者！　って思ったが、そこまではなかったんだな」

「榎戸という男は実在し、住所も実在するし、あの男が住んでいる事実も掴んだが、それ以上のウラはまだ取れていない」

光田はまじめな顔で言った。

「どうせなら特捜本部のある東署に怒鳴り込んでくれれば手っ取り早かったのに。せっかくお越し願ったわけだが、このまま東署に連れてくのがいいだろうな」

「その前に風呂に入れないとマズイだろ。署の風呂は栓を抜いちまって今夜は無理だ」

光田は、目で笑った。

「あんたも酒臭いけど大丈夫か」

「オレは酒しか飲んでないから大丈夫だ。まあ、いつまでも睨《にら》めっこしてても仕方ない」

光田は頷《うなず》くと、どうぞと身振りで示した。

佐脇は榎戸に対峙《たいじ》しようとし掛けたが、立ち止まって同僚の顔をしげしげと見た。

「お前、まさか、これで事件は解決だって浮かれてないだろうな?」

「俺がそんな顔してるか?」

光田はいつもの、臭いものでも嗅《か》いだような渋い顔をしている。

「お前んチに放火した奴が自首してきたと聞いて小躍りしたのは正直なところだ。けど、一目見てこりゃアカンと思ったよ」

「そうだよな」

佐脇はずんずんと歩き出すと榎戸の前に立った。

「な、なんだーっ! そばに寄るな!」

「お前さんに抱きつこうとは思わないよ。ガソリン臭くてたまらねえ。ところでおれは佐脇ってもんだ。お前が火をつけたアパートの住人だよ」

榎戸はライターを持った右手をぶるぶると震わせた。

「ちょっと聞くけど榎戸さんよ。あんたは大原町のおれのアパート『喜楽荘《きらく》』に放火したそうだがな、どうやって放火した?」

佐脇は榎戸の前にしゃがみこんだ。長話をするぞという意思表示だ。

「手製の火炎瓶を使った。大きくて割れやすいガラス瓶を探すのに苦労した。ガソリンを入れてゴムで栓をして導火線を出して火をつけて投げた。言っておくが、おれ一人の単独行動だ。共犯者というか、仲間はいない」

榎戸の目は据わっていて、あらぬところを見つめているが、それは演技かもしれない。

「なるほどね。で、どうしてまた？」

「以前から、おれは警察が憎かった。だからやった」

榎戸と名乗る男は無表情だ。そこに時折薄笑いを浮かべるのが不気味なのだが、これも演技であることを否定する材料はない。

「そうか。警察が憎いか。おれに恨みがあるわけじゃないんだな。で、警察を憎むというのは、なにかあったからか？　それとも思想信条的なものか？」

「以前、駐車違反で捕まった。だから、警官をコロス」

「はあ？」

そばで見ていた光田が脱力するのがはっきりと判った。どうやら異常者を相手にしているという心証を固めたらしい。

「駐車違反をしたのはおれだけじゃない。それどころか、世の中にはもっと悪い奴が一杯いる。そいつらを捕まえないで、なぜ警察はおれを捕まえたんだ？」

「そりゃあんたが駐車違反をしたからだろ。馬鹿かお前」

相手を刺激する言葉を発したので、佐脇以外の全員がぎょっとし、及び腰になった。

その反応を見た榎戸は、ポリタンクを掴むと、またもや中のガソリンを頭からかぶった。

「おらおら。おれを撃ったら火がつくぞ。抗議の焼身自殺を、警察が手助けってか?」

大声で怒鳴る割りにはライターを握ったままで、火打ち石《フリント》に指を置こうという気配もない。

「てめえいい加減にしろ。夜ももう遅いんだ。言いたいことがあるならさっさと喋って、死ぬならとっとと死ねよ」

佐脇がドスの利いた声で囁《ささや》いた。

「な……なにィ?」

警官に死ねと言われるとは夢想だにしていなかった榎戸は目を剝いた。

「ところで、あんたはどうして数ある警察官の中で、おれの住んでいるアパートを狙ったんだ? 単なる偶然か?」

「おれは、T県警の職員リストを持っている」

そう言ったあと榎戸は黙った。

「……という事は、無作為で襲う相手を決めたって事か?」

榎戸は何も答えなくなった。黙秘権を行使するつもりのようだ。

鉛筆を転がして襲う相手を決めたようなことを言ったが、佐脇が住んでいたような安アパートだからこそ、火炎瓶程度で全焼させられたのだ。燃えやすい家を選んだのか、それとも住人が問題だったのか、現時点では判らない。

「ハナシはだいたい判った。このへんでお開きにしようや。ところで……どうする？」

佐脇はポケットから自分のライターを出すと、榎戸の目の前にちらつかせた。

「あんたに火をつける度胸がないようだから、不肖ワタクシがお手伝い致しましょうか？」

愛用の百円ライターの火打ち石に、これ見よがしに親指を置いてみせる。

「署内は換気してるけど、あんた今、たっぷりガソリンかぶったから、この距離でも充分、引火しちゃうだろうな」

佐脇は薄ら笑いを浮かべながら親指を動かした。

じり、という音がして、火打ち石が少し動いた。

「ひぃーっ！」

恐怖の叫びを上げた榎戸は次の瞬間、意外な行動に出た。

立ち上がり、脱兎のごとく逃げ出したのだ。

佐脇と水野もすかさず後を追って署外に出た。

「逃げるなよ。火をつけてやる！」

佐脇は走りながら、実際にライターに着火した。

ぼっと音がして、最大火力になった炎がライターから上がった。

「ひいいいっ！」

榎戸は悲鳴を上げて逃げる。それを何度もライターをつけ直しながら佐脇が追う。

水野も榎戸の進行方向に先回りして挟み撃ちにしようとした。

「水野！　お前もライターを使え！」

しかし煙草を吸わない水野はライターを持っていない。そこへ光田がライターを投げた。

それが榎戸の足下に落ちた。が、その拍子に火打ち石がずりっと擦られた音がして、火花が散った、と思った瞬間。

ぼう、と音がして榎戸に着火した。文字通り、足下に火が点いたのだ。

「ぎゃあああ！」

恐怖のあまり足をもつれさせた榎戸が転倒した。そこへ、消火器を持った数人の警官が駆け寄って、一斉に白い泡を噴射した。

榎戸の悲鳴が、げほげほと咳き込む声に変わった。

「た、助けて……」

消火剤の白い煙が消えて火は完全に消し止められ、榎戸もせいぜい足に軽い火傷《やけど》を負っただけのようだ。

「モロモロの容疑で現行犯逮捕！」

佐脇が叫ぶと、制服警官が榎戸に手錠を掛け、身柄を拘束した。

「こりゃ火傷の治療で病院送りか?」

佐脇が光田に聞くと、苦笑いが返ってきた。

「この際、慎重に行くべきだろうな。どんな人権派弁護士が出てきても瑕疵《かし》がないように。なにしろ容疑が警察に弓を引く重大犯罪だから、あとあと裁判で絶対不利にならないよう、要心してすべてに対処しなければ。どんな敏腕弁護士に突《つ》かれても大丈夫なように、万事遺漏なく、な」

「こういう場合、被害者であるおれが取り調べをしちゃ、マズいかね?」

光田は佐脇を見つめてしばらく考えた。

「……やめておけ。それと、今夜はもう遅いからこっちで病院を手配して、明日そっちに護送するよ。面倒だが仕方がない」


佐脇は、火傷の治療をした榎戸の取り調べを、別室からマジックミラー越しに見た。

自供の内容は昨夜と同じく、単独犯で、犯行動機は「警察への義憤」。放火に関しては自供内容と現場の状況が一致し、火炎瓶の破片から榎戸の指紋が検出されたので、正式に逮捕となった。

他の犯行についても思わせぶりなことを口走るが、こちらの方は極めて疑わしい。

放火はこの男がやったのだろう。しかし、異常者の便乗的犯行であると強く匂わせるところに作為を感じる。それが一連の警官殺しの背後にいる何者かの意図であり、演出なのではないか。一連の事件に榎戸が共犯としてかかわっている可能性は低い。だが、「背後にいる誰か」にそそのかされて放火事件を起こした可能性は捨てきれない。

佐脇は、真犯人が目眩《めくら》まし・捜査攪乱《かくらん》のためにこの男を用意したのではないかという疑いを強くした。

では、その「黒幕」とは誰だ？　どこにいる？

榎戸を観察するのに飽きた佐脇は、鳴海署からそのまま自宅に帰ろうとした。

だが、帰るべきアパートがない事を思い出した。昨夜は急遽、近くのラブホに泊まったのだ。そこは売春の温床として何度か摘発してやった関係で顔が利く。とはいえ定宿にして住み着いてしまうのもさすがにマズいので、T東署の独身寮を仮住まいにしたのだ。すべて焼かれてしまって私物は殆ど何もないのだが。

「おい。東署まで送ってくれ。おれは飲んでるから運転出来ないし」

佐脇は鳴海署の車止めに停めてあるパトカーの若い警官に声を掛けた。

「あ。佐脇サン」

佐脇の顔を見た警官はにわかに緊張した。

「なんだよ。人の顔見てビビるなよ。いっとくがこれは業務だ。パトカーをタクシー代わりに使ったとか上から〆《しめ》られるのを怖《こわ》がってんのか」

「いえそんな、とんでもない。お噂はかねがね……光栄です」

何だよ、嘘つくなよ、おれが尊敬の対象になるはずがねえ、とかいろいろと悪態をつきながら、佐脇は助手席に乗り込んだ。

鳴海署からT東署へは、普通は国道を使う。深夜だから車も少ない。だが、佐脇は裏道を使えと運転している若い警官に命じた。

「いいじゃねえか。ドライブしようぜ」

釈然としない様子で、若い警官はハンドルを切って国道から一本入った市道に曲がった。日中、国道が混んでいる時によく使う抜け道だが、この時間には通行は殆どない。

「いやあ、おれにはどうやらパパラッチというか、追っかけがついてるみたいでな」

はあ、と若い警官はぎこちなく応じた。

「ああそうか。お前は、おれと一緒にいるのが怖いのか。襲われるんじゃねえかって。なるほどな」

佐脇は面白がって煙草を吹かした。

「けど、それは考えようだぜ。おれは助かってピンピンしてる。今はやりの警官殺しだが、おれと一緒にいれば逆に助かる確率が高まるんじゃねえか?」

そうは思えないんスけど、と若い警官が応じた、その時。

「危ないッ！」

反応は佐脇の方が早かった。

T字路だが、向かって右側の細い道から、大型ダンプカーが突進してきたのだ。

ヘッドライトはつけず、黒くて巨大な車体がみるみる迫ってくる。

佐脇は咄嗟にハンドルを摑んで左に切った。

がうん、とエンジンが空転した音と、激しい衝撃が同時に来た。

次の瞬間、車は宙を飛び、ぐるぐると数回転したかと思うと、柔らかなものに着地した。

何が起こったか、とっさには判らなかった。右から突っ込んできたダンプカーに激突され、パトカーごと跳ね飛ばされたのは確かだろう……。

「おい、大丈夫か！」

佐脇は運転席の若い警官に声を掛けた。

右側のドアが大きくへしゃげて、パトカーの内側にめり込んでいる。若い警官はうめき声を漏らすだけで動かない。

佐脇はシートベルトを外して、なんとか外に這い出した。

パトカーは、田圃《たんぼ》の真ん中に横転していた。幸い水を張った水田なので、衝撃を吸収してくれたのだろう。

が、周囲を見渡した瞬間、佐脇は背筋が凍った。

すぐそばには、農業用水路の幹線が流れている。ちょっとした川といえる規模で、流量を調整するブロックも置かれている。

ここにパトカーが飛び込んでいたら……ただでは済まなかったろう。

いやいやその前に、と佐脇は運転席を覗き込み、若い警察官に声を掛けた。

「大丈夫か！　動けるか」

「は、はい……なんとか」

動かしていいものかどうか、判らない。しかし、下手なことをしない方がいい。

佐脇は携帯電話で救急車を呼んだ。

＊

幼なじみの理恵に謝りに行き、マサルに手ひどく罵倒されてから、和美はますます自宅に引き籠る日が続いていた。罪の意識がひどすぎて、そうするしかなかったのだ。

昔、友だちだった理恵は「和美が悪いわけじゃないから。気にしないで」と言ってくれた。だがマサルは許してくれなかった。彼からぶつけられた激しい憎しみが、改めて和美を打ちのめしていた。

内容は同じでも、ネット上に文字だけで書き込まれたものと、実際に面と向かい、憎悪をこめてぶつけられる言葉とでは、その衝撃が格段に違っていた。

自分と、自分の家族は加害者なのだ……。

和美は、そのことを改めて、心の底から思い知らされた。

誰に抗議することもできない。だって、自分は『加害者』なのだから。傷つけた側なのだから。自分はこんなに苦しんでいるのに、誰にもその苦しみは理解されない。苦しいと言葉にすることさえ許されない。誰一人、自分に同情するものはいない。

深い怒りを誰にぶつけていいのか判らないままに、和美は体調を崩した。

食欲がなくなり、とぎれとぎれにしか眠ることが出来ない。少し眠ると悪夢にうなされて目をさます。

誰にも会わない。母親とも話をすることはない。パートに交友にと毎日忙しく出歩いている母親は、和美の不登校も父親を失ったゆえの一時的なショックと片づけ、娘の異変に気づく様子もない。

毎日いたたまれない思いで無為に過ごすうち、いつしか昼夜逆転の生活になっていた。今では深夜のコンビニが唯一の外出先だ。他人の目が怖くて昼間は出歩けないということもある。何とか喉を通りそうなヨーグルトや野菜ジュースなどを買い、雑誌を立ち読みして帰ってくる。

だが、彼女に残された、この最後の楽園も奪われることになった。

いつものように雑誌コーナーで立ち読みしていると、背後に誰かが立った気配がした。それはいつまでも続いて、まるで自分が監視されているような、魅入られているような、気味の悪さを感じた。

私が白バイ警官の娘だと知っている誰か？　私をネットでいじめている誰かが……？　もしかして、と思うだけでも背筋が凍った。必死の勇気を奮い起こして振り返ると、そこに立っていたのは、酒で顔を赤らめた中年手前のサラリーマンだった。

「ねえ彼女。遊ぼうよ。幾《いく》らならいい？」

「あの……」

言われた意味がすぐには判らなかった。

「だから、遊ぼうって。この先にラブホあるだろ。一万くらいで、どう？」

自分が、援助交際する女子高生に見られているのだ、とようやく和美は悟った。深夜の一時に軽装でコンビニに長居しているのだ。そう思われても仕方がないのかもしれない。

「いえ、私、そういうんじゃ……」

「なんだよ。一万じゃ不足かよ。じゃあ一万五千でどうだ」

男は和美の肩に手をかけ、いきなり胸に手を伸ばして鷲掴みにした。

「小さいけどぷりぷりだな。いい感じじゃん……なあ」

コンビニ店員は、見て見ぬふりだ。

「あ、あの……違うんです。私……」

パニックになった和美は男の腕を振り解こうとしたが、男はますます馴れ馴れしく、和美の肩に腕を回してきた。

「この不景気に、一時間ちょっとで一万五千円出すって言ってるんだよ！　ねえちゃん。あんまり欲かくのはよくないぜ」

男の手がTシャツの胸元から侵入し、彼女の素肌を撫でた。

「いやっ！」

和美は夢中になって男を突き飛ばすと、コンビニから走り出た。

必死に走った。途中で振り返って、男が追ってこないのを確認するまで走り続けた。

転がるように玄関に駆け込み、階段をのぼって自室のドアを閉め、布団にくるまった。

公園で輪姦されそうになった時と同じ恐怖があった。

唯一の外出先だったコンビニにも、もう行けない。誰にも会えない。話し相手もいない。

辛いだけだと判りつつ、和美はふたたびネットを見てしまうようになった。しかし、反論しても十倍、百倍になって返ってくるだけなので、言われっぱなしで耐えるしかない。

気持ちを安定させる支えは、今や、心療内科で処方される薬だけだ。

八方塞《ふさ》がりだった。何ひとつ出来ない無力感の中で、和美は少しずつ、壊れていった。

＊

「こうなってみると映画でヒーローが襲われたりするのが実に荒唐無稽《こうとうむけい》だって判るよな。上から鉄骨が落ちてきたりしてな。そいつがその下を歩くのが、なぜ判るんだって話だ。どうやって準備して狙ってたんだって突っ込みたくならないか？」

病室のベッドで、佐脇は軽口を叩いたが、その舌鋒は冴えない。

あのダンプに乗っていた人間は、佐脇を狙って突っ込んできたのか。あのタイミングで、あの裏道を通ることをどうやって知ったのか。単独の犯行とするには無理がある。

「運転してた溝口《みぞぐち》巡査は鎖骨と肋骨《ろっこつ》を折ったんですが、まあそれだけで済んだんで……」

一夜明けて見舞いに来た水野が、報告した。

いち地方公務員の身分だが、佐脇は自腹で個室を取っていた。誰が見舞いに来るかは知らないが、一般人には聞かせられない話が出るかもしれない。

「犯人は、佐脇さんの事を熟知してるみたいですね。鳴海署からT東署に帰ることも判っていたし……ただ、どのルートを通るのかまでは判ってなかったんじゃないかと」

「鳴海市からT市に向かうのに、そんなにルートがあるワケじゃない。尾行されてたのかもしれないが、それは気づかなかったな」

「尾行車から指令が飛んで、ぶつけるダンプカーを回しておいた、と」

ああ、と佐脇は答えた。

「おれはどうやら大丈夫みたいだから、退院させろよ」

「一応、脳波は正常だし、打撲も軽いようですが、まあ今日くらいは休んでください」

それはともかく、と水野はベッド脇のパイプ椅子に座り込んだ。

「パトカーに突っ込んできたダンプは行方不明です。残された塗料などから車種などの特定を急いでますが……残念ながらあの道は、Nシステムが未整備で」

「ナンバーが判読できなかったと。どうせナンバープレートは盗難だ」

そんなの意味ねえよ、と佐脇はいなした。

「それより、襲った奴は計算違いをしたんだろ？　ぶつかる角度によっちゃ、パトカーは用水路に落ちてたよな？」

「ええ。科捜研が弾道を計算したところ、まともに横からぶつかっていたら、ちょうど用水路に飛ばされて、水面下のブロックに激突してお二人とも即死か、身動きの取れないまま、溺死した可能性が非常に高い、と」

寸前に気づいた佐脇が咄嗟にハンドルを左に切ったので、ぶつかる角度が変わり、手前の田圃に落下したのが幸いしたようだ。しかしそれは佐脇のドライビング・テクニックのゆえではなく、何が起こるか判らないという用心があったからこそ対応できたのだ。

水野が帰ってから、ひとり佐脇はベッドの上で考えた。

榎戸に自首させ犯人が捕まったと油断させて、その隙を狙って、すかさず第二の襲撃を仕掛けてきたのか。

正体不明の犯人の悪意を、否応なく感じざるを得ない。

一連の事件が連続殺人だとして、その犯人が狙っているのは、実はおれなのか？　それとも、白バイ事件の関係者の一人として狙われているのか。

本丸が佐脇だと判らせないための偽装で、他の警官を殺したということは考えられないだろうか。

別に大物ぶっているわけではないが、すべての可能性を疑ってかかるべきだ。警察という組織に恨みを抱いている人間であれば、全員に動機がある。元部下で殉職した石井の婚約者・篠井由美子巡査でさえ、犯人である可能性はないとは言えないのだ。

とは言え、その可能性はすぐ打ち消した。石井を殺したのは自分ではないし、死のキッカケを作ったわけでもない。

疑心暗鬼になると、性格が歪《ゆが》む。だが、その警戒心がなくて身を守ることはできない。

全身がハリネズミのように過敏になった。

と、まさにその時。ドアがノックされた。往年のハリウッドのギャング映画なら、枕の下を探って拳銃を掴むところだ。

「大丈夫ですか〜」

能天気な声で入ってきたのは、磯部ひかるだった。

「あら、そんな嫌そうな顔しないで下さいよ。詳しいことは水野さんに聞いてますから、根掘り葉掘り取材したりしませんよ」

「それなら入れ。事件以外の話なら聞いてやる」

「聞いてほしいことがあるんですよ、こっちにも」

ひかるは、見舞いに来たくせに、佐脇に人生相談を始めた。うず潮テレビの親会社にあたるうず潮新聞のエリート記者・剣持とのことだ。ひかるは剣持との交際を断ることに決め、遠回しにほのめかしてみたのだが、剣持の状況の読めなさは、ひかるの想像を絶していた。鈍感《どんかん》なのか、自分が振られるということを認めたくないのか、あるいはあまりにも自信過剰なのか、とにかく、まったく話が通じないらしい。

「……出来れば、剣持さんから私を振ってくれるような形にしたいと思っていたんです。そうしないと、なんだか後が怖くて」

躰《からだ》の線を強調するぴっちりした薄手のセーターにジャケット。いやがうえにも巨乳ぶりが目立ついつもの格好のひかるは、剣持が好む大人しい服を着るのはやめたようだ。

「まったく。見舞いに来たかと思ったら、そんな疲れる話かよ」

佐脇はやっと、いつもの皮肉たっぷりな笑みを浮かべた。

「まあ、お前さんの判断は正しいだろうな。奴サンは、プライド肥大のやな野郎だから、お前さんが振ったりしたら後が大変だ。うず潮テレビでの立場も苦しくなるかもしれん」

そうなんですよ、とひかるは深刻な表情でうなずいた。

「いっそ、おれとやりまくってることにすればどうだ？　お前さんは剣持と婚約したわけでもないし、結婚を前提とした交際をしてるわけでもないんだから、普通におれと寝たとしても別に悪い事じゃないよな。しかも、やりまくりってことになれば……」

「局内で評判が悪くなりますよ。尻軽疑惑が広まったら」

「馬鹿野郎。今更品行方正なお嬢さんぶっても始まらねえだろ。さっそく始めようぜ」

佐脇はひかるの手をとってぐいと引き寄せた。

「え。ここでですか？」

だって病室なのにと抵抗するひかるの口を、佐脇は塞いだ。

「おれは別にどこも悪くない。打ち身はあるが、普段なら湿布で治しちまう。ヒマしててナニも溜まってるんだ」

「ここなら安全だし？」

悪漢刑事はそれには答えず、人気テレビリポーターを手込めにするかのようにベッドに引き入れると、そのまま上になって組み伏せ、ディープキスをしながらセーターをたくし上げ、ブラを外してその巨乳に食らいついた。

「いやん……」

可愛い声を出して、ひかるは肩を震わせた。当然、巨乳もぷるんと揺れる。

彼女のチャーム・ポイントは、表情に幼さの残るロリっぽさがあるところだ。そのくせ巨乳なので、大阪はもとより東京のタレント事務所からもスカウト話が来ている。しかし賢明なひかるはすべて断って、あえてローカル局の契約リポーターを続けている。それは、スカウトされた先輩が都会で夢破れ、挫折《ざせつ》した姿を幾度となく見ているからだ。

学歴のある元局アナなら人脈もあるが、自分のような地元短大出身で特技もなく、トシもそこそこいっている女は賞味期限の短い、使い捨てタレントでしかないと悟っている。売れなくなって悪あがきしてヌードやベッドシーンのある仕事を押しつけられるかもしれない。ならば、そこそこのギャラでも、全国区の知名度は望めなくても、地元で愛される地域密着タレントの方がいい。ひかるは容姿に似合わず、石橋を叩いて渡らない性格だ。

「お前、巨乳のくせに堅実だから、あのエリートをたぶらかして玉の輿《こし》とか狙わないのか」

「巨乳のくせにって、それ、セクハラのモラハラですよ」

「その巨乳を吸われながら、ナニ言ってるんだ」

「剣持さんって、要するにタイプじゃないというか、好きになれないんです。私、損得勘定では恋愛できないから」

「損得抜きにも程があるぞ。おれとこうしてても明日への展望はまったく開けないからな」

「それはそれです。腐れ縁だし」

学生時代の彼女にアナルセックスの味を教え込んだのは、他ならぬ佐脇だ。

キスを続けながら、佐脇は豊かな胸を揉んだ。強い弾力で彼の指を押し返す、その膨みの先端をくじってやると、ひかるは呻きつつ、反撃するように彼の股間に手を伸ばした。

「あ。もうこんなに。たしかに相当溜まってるんですね」

ひかるは佐脇の入院着の前をはだけ、躰をかがめるとぱくっとペニスを口に含んだ。

その舌の動きは巧みだった。舌先はちろちろと敏感な部分に攻め込み、硬く窄《すぼ》めた唇がサオをしごいた。すでに半分勃っていた佐脇のソレは、またたくうちに怒張した。

「来て……でも、ホントに病室で大丈夫?」

「この部屋でご臨終になった霊が見てるかもしれんがな」

彼はひかるに重なると、そのままペニスをずぶずぶと沈めていった。

「はあっ！……」

ひかるは派手な声をあげてしまい、慌てて口を塞いで、声が出るのを必死に我慢した。

それが妙な刺激になったのか、彼が抽送すると、それに合わせて腰をくねらせ、ひくひくと痙攣《けいれん》するほど女体は敏感になっていた。

佐脇の指が彼女の翳りを掻き分けると、火照《ほて》った秘唇が露わになった。

抽送しながら、結合部分のすぐ上を指でなぶってやる。

「ひいぃっ！」

ひかるは声を我慢出来ず、びくんと躰を震わせた。

「この好き者が。お前さんのこんな姿を見せてやれば、剣持は逃げ出すんじゃないか？」

「まさか彼を呼んで3Pしようとか言い出さないでしょうね？」

「そのほうがいいなら検討するのにやぶさかではない」

そんな事を言いながら、彼は肉芽に指を這《は》わせた。その感触に、ひかるはじっとしていることが不可能になったのか、腰を蠢《うごめ》かせた。

「剣持には何回くらいやらせたんだ？」

「そんな。まだやってませんよ、一回も」

「一回も？　今時珍しいな。ヘンタイか？　いや、だからご執心なのか」

彼は、ひかるの肉芽から秘唇にかけての女性器を指先で丹念に愛撫していった。硬くなり始めた肉芽を転がし、秘唇を摘《つま》む。すると、官能の潮がこれでもかと満ちてくる。

「うっ……き、効くっ！」

ひかるはそう言いながら、ふるふると腰を揺すった。

肌がうっすらと熱を帯びて汗ばみ、桜色に染まってきた。瞳も潤んで焦点が失われ、佐脇に密着した腰は、躰の芯でペニスがもっと暴れるように揺れて撥ねた。

「ね……もっと。もっと激しく……」

佐脇は、ひかるの望みどおり、彼女の両脚を自分の肩に担ぎ、ずんずんと突き上げた。

彼のモノは自慢出来るほどのスーパーな道具ではないが、ストロークを一杯に使って、勢いをつけて奥まで攻め込んでやる。

「食らえっ！」

色悪な刑事は、病室であることも忘れて腰を激しく突き上げ続けた。

「あうっ！　ああ、す、凄い……」

ここぞとばかりに彼は激しく奥を突き、腰をグラインドさせた。肉棒全体で女壺の肉襞を擦り上げていく。

ひかるはついに全身をヒクヒクと痙攣させ始めた。

「ああ、イッてしまう……」

肉襞はぐっしょりと愛液で濡れそぼっている。背中を弓なりに反らせ、肩が大きく震え、頭ががくがくと揺れている。まるで電気ショックを受けて全身が痙攣しているかのようだ。

「も、もう、だめ……」

その瞬間、全身が硬直し、ぐいっと反り返った。

オーガズムの瞬間、ひかるの淫襞は最高に締まった。肉棒にも甘美な電気が走り、佐脇も刺激的な快感に浸った。

「考えてみたら、ここんとこ、とんとご無沙汰だったんだ」

佐脇は彼女の腰のカーブを撫でながら呟いた。

「一日イッパツはやらないと気が済まない、このおれが、だぜ」

ひかるは、まだ全身を弛緩させて、がくがくと激しい痙攣を繰り返していた。

「私だって似たようなものですよ……なのに、相手はいないし」

「そんなに剣持はいやなのか」

返事のかわりに、ひかるは佐脇のペニスを舌で清めた。


「しかし、例の、白バイ事故がらみの一連の事件だが、お前さんのところはこの件をまったく報道しないな。気味悪くないか？」

ひかるが服装を整えているのを眺めながら、佐脇は聞いた。

「県外のマスコミはテレビも新聞も、取材に来てるんですけどね。共同通信も、記事を送れとウチの局や新聞の方にも言ってきてるけど、なんだか無視してるみたいで」

「なんでだ?」

ひかるに聞いても答えが得られないのは判っている。この県のマスコミとして独占的な地位にある『うず潮新聞グループ』に、ひかるは、末端とはいえ所属しているのだが。

「私の口からは言えないけれど、かわりにこれを……」

ひかるはショルダーバッグからノートパソコンを取り出して、ネット画面を表示させた。

『T県警白バイ疑惑・まとめサイト』

大きな文字で記されたサイトのトップページが液晶画面に広がった。

「このサイトは、どちらの側にも偏ることなく、公平に事実だけを並べています。とてもよく整理されていて、判り易いです」

「ってことは、編集されてるって事だろ。このサイトの作り主の考えが反映されてるんじゃないか。だとすれば、公平だとか事実だけとか言うのは違うよな? 作り手の偏見とか偏向が絶対に混ざってるはずだ」

ひかるは、しばらく佐脇を見つめた。

「……そうやって、私を挑発してるんですよね。判ってます。佐脇さんだって、例の二つの白バイ事故については、県警の対応がひどくおかしいと思っているでしょう?」

佐脇はサイトの中にある掲示板を覗いてみた。やはり目につくのは「警察の身びいき」

「一般市民が警察のメンツの犠牲になって冤罪《えんざい》」といった、過激な論調の書き込みだ。読む人間の感情にひたすら訴え、煽《あお》り立てると同時に、書いている人間の怒りもエスカレートしていく様子がはっきりと判る。

しかしそういう、いわゆる『煽り』書き込みが、問題の掲示板の全部ではなかった。意外に真面目に警察の不正や司法の危機に胸を痛めて論考する人物も少なからず存在する。そして、警察側の主張の矛盾点をきわめて冷静、かつ論理的に指摘する書き込みもあって、佐脇は思わず読み耽《ふけ》った。

『天知る地知る』と名乗る人物の、その書き込みには、「自分はYouTubeにあげられていた報道番組の録画で、現場検証の証拠写真を見たんだが」との前置きのあと、「乗り合いタクシー側のブレーキ痕が消されているのではないか」、さらに「白バイ側のブレーキ痕はおかしい。あれは捏造《ねつぞう》だ」との指摘がなされていた。

現場検証の写真を見て佐脇も同じことを感じたのだが、その書き込みには、「白バイのブレーキ痕」についても詳細な論考がなされていた。

いわく、ブレーキ痕はタイヤの幅に等しい帯状のものが付くはずなのに、なぜかタイヤの幅より太いものが道路に「描かれて」いる。これは刷毛か筆で描いたのではないか。

『ダリオ』という特殊な成分を含んだ清涼飲料水を使うと、簡単にこういう痕が描けるという情報を入手したので、自分も試してみた。『天知る地知る』氏はそう指摘し、実際に自分でダリオを刷毛で塗ってアスファルトに描いたという写真を参考に貼付していた。

その黒い筋は多少のっぺりとはしているが、まさにブレーキ痕としか見えなかった。

「おい、これは！」

佐脇は思わず声を上げた。

工藤の身辺に置かれていたという『ダリオ』の缶。現場の実況見分写真にも、たしかにダリオのアルミ缶が写っていたし、タイヤ痕も自然のものとはいえなかった。

書き込みでは、糖度の高さのせいか、はたまた特殊な成分のゆえか、ダリオを使えば、水よりもリアルなブレーキ痕が描けるので、一部の暴走族が保険会社を騙したり交通事故の言いがかりをつけて相手から金をせびり取るときに使われている手法である、と、さらに詳しく指摘されていた。

「しかし、鋭いな……鋭すぎる」

佐脇はパソコンの画面に見入りつつ、呻《うめ》くように言った。

普通の素人《しろうと》が、テレビや新聞、雑誌に現れた報道だけで、ここまでのことが判るのだろうか？　警察や保険会社の内部情報が漏れている可能性はないのか？

「マスコミの報道だけがすべての時代なら、マスコミさえ止めればどんな無理でも通ったんだろうが。いや、警察への反感がまずいという意味じゃない。こういう、大勢の一般人の気持ちに、上の連中がまったく気づいていない事がまずいんだ。それどころか県警内部では『白バイ事件疑惑』そのものがなかったことにされている。逆に中央の、サッチョウが神経質になって心配しているくらいだ。どこまで鈍感なんだ、ここの田舎警察は」

佐脇自身、その鈍感な田舎警察の一員であるわけだが、これを憂えずにいられようか。

「で、お前さんはどう思うんだ？　局の上の方針に黙って従うしかないのか？」

さあそれは……とひかるも即答できない様子だ。

「まあ、おれは、おれなりの方法でやるよ。いつもそうしてきたからな」

第四章　執拗《しつよう》な襲撃

横転したパトカーを運転していた若い溝口巡査は鎖骨と肋骨の骨折で、しばらくの入院加療が必要だったが、悪運強い佐脇は、軽い打撲で翌日に退院した。

「まさか狙われたのはあの溝口で、おれは巻き添えを食ったと思ってるわけじゃないですよね？」

特捜本部に顔を出した佐脇は、上司の藤森に問いただした。

「まあ、刑事部長のあんたにこんなことを聞いてみても仕方ないわけだが」

「狙われたのが君だと判断する根拠がないとは言えないな。アパート放火にダンプで襲撃とピンポイントで来ている以上。明確な殺意があると判断出来るかどうか微妙なところだが。どちらも脅しがエスカレートした、と見ることが出来ないわけではない」

「どうしてそう、持って回った言い方をしますかね。おれだってあんたらと同じ警察官ですぜ。あの白バイで事故った平井サンみたいに寄ってたかって庇《かば》ってくれてもいいんじゃないですか？」

軽く皮肉を言うつもりが、つい警察批判になってしまう。

またしても佐脇が狙われた、という事実については、現場に居合わせた誰一人として疑っていないが、だからといって理解や同情を示しているわけではない。それは佐脇自身にもよく判っている。

「で、君はどうしろと？　身辺警護をつけろとでも？」

「ヒラの刑事に身辺警護が貼りついてたら、そりゃ笑えないコントですけどね。でもこの際、きっちり身辺警護して貰《もら》いたいもんですな」

「ハッキリ言うね」

藤森は驚いた顔をした。

「君は意地でも警護なんか要らないと言うと思ったがね」

「おれは自分が可愛いから、恥も外聞もなく言いますよ。もっと気を配ってくれても罰は当たらないんじゃないッスか？」

ホンネで迫る佐脇に二の句が継げない藤森の困惑を察した水野が、口を出した。

「佐脇さんの身の安全については、自分が出来る限り、確保します」

「そうか」

ホッとした藤森は、それ以上何も言わなかった。

「内心はどう思ってようが、嘘でもいいから、同僚の命は絶対に守るとか、警察の威信に賭けてお前を守るとか言えばおれも機嫌がいいってのに。それがオトナってもんだろう」

いつものラーメン屋で、ラーメンとビールを啜《すす》りながら佐脇は吠えた。聞き役は水野だ。

「守ってくれるという お前の言葉は嬉しいが、相手はいわばゲリラだぜ。どこからどう攻めてくるか判らねえ。エスパーでもないお前に予知は不可能だろ」

唯一と言っていい味方に毒づいた佐脇だが、まあ飲めと水野にビールを注いだ。

「これじゃボクも勤務中に飲酒する不良警官になってしまいますが……」

そう言いつつ、水野も一気にジョッキを干した。

「まああれだ。上の連中は、次に殺《や》られるのがおれならいい厄介《やっかい》払いだし、警察への憎悪を一身に引き受ける人身御供《ひとみごくう》にもなるしで、一石二鳥だと考えてるんだろうなあ」

佐脇は、ツマミにチャーシューのネギ味噌和《あ》えを追加で取った。

「そう思われるのは昔からのことで今更、驚きもしねえが」

がははと笑った佐脇だが、ガチャン！　とコップが割れた音に反射的に身を固くした。

スミマセンとカウンターの中から謝るマスターに苦笑する上司を見て、水野は、曖昧な笑みを浮かべた。

実際に守るつもりなどなくても、せめて口頭では佐脇を保護する、ぐらいは言っても罰は当たらないだろうに、それさえ言わないのだから、上の意図ははっきりしている。

「まさか……一連の事件はすべて上の方が仕組んだ事、ってワケじゃないでしょうね」

「おれもその可能性は考えてみた。だが、組織としてそこまでやるか？　おれは上層部に脅しをかけたりはしてない。そりゃまあ、腐敗の事実はどっさり握ってはいるがな」

佐脇は笑ってみせたが、元気はない。

「おれを抹殺するために、例の白バイ警官事件に偽装工作を？　それはないな。さすがに、おれ一人を葬るために身内は殺らんだろう」

自問自答するように言い、首を振った。

「いくらなんでもそれはない。そこまでのことをする価値は、おれにはねえ」

佐脇にしては謙虚な自己評価を口にしつつ、なおもビールを呷《あお》った。

「佐脇さん。それ以上飲んだら仕事に差し支えますよ」

「おう」

だが、すでにコワモテ刑事は酔っていた。

「今日はおれ、早引けするわ。なんか仕事する気がなくなった。署には適当に言い繕《つくろ》っておいてくれ。凹《へこ》んでるとか精神的ショックが尾を引いてるとか、鬱《うつ》になってるとか」

まんざら冗談のようにも聞こえない。

「テキトーに街をぶらついて、帰るわ」

気力は、確かに萎《な》えていた。

一件目のアパートへの放火は便乗犯、もしくは模倣犯かもしれないが、二件目のダンプによる襲撃はおそらく、明らかに一連の殺人のホンボシが仕掛けてきた犯行だ。

そして一度の失敗で諦めるホンボシではないはずだ。

水野は力を貸すと言ってくれたし、優秀な部下ではあるが、場数を踏んでいないだけに能力に限界がある。やはり、頼れるのは自分だけだ。

パチンコをするか酒でも飲むか、とも思ったが、どちらも隙を見せる点において、どうぞ襲ってくださいと言っているようなものだ。目の色を変えてパチンコ玉を追っている連中にまともな目撃証言など出来ないだろうし、飲み屋の酔っぱらいの言うことも当てにはならない。犯人はチャンス！　とばかりに襲ってくるだろう。

囮《おとり》になるのならともかく、一人で危険な場所に身を晒《さら》すのは愚《おろ》かだ。

一番安全なのは東署内の寮、とは言っても、あんな殺風景なところに今から帰って引き籠るのも味気ない。

「……おれだ。悪いが、しばらく置いてくれないか」

佐脇は磯部ひかるに電話して、居候を打診した。

「いいわよ。毎晩キツいのをご馳走してくれるなら」

ひかるは気を遣わせまいとしてか、わざと蓮っ葉で淫乱女風な返答をした。まあ、あの女は淫乱女ではないとは言えないが。

「鍵は局の受付に預けとくので、取りに来てくれますか？　私は今から取材に出て、遅くまで帰らない予定なので」

東署からうず潮テレビの局舎はそう遠くない。さすがに人目のあるところでは、敵も襲っては来ないだろう。

佐脇はローカルテレビ局の受付で磯部ひかるからの封筒を受け取ると、タクシーを拾って、ひかるのマンションに向かった。

――ここなら安心だろう。

鍵を開け、ひかるの香りが残るベッドに倒れ込むと、そのまま眠りに落ちた。


目を醒ますと、キッチンで物音がしている。

「あ、起こしちゃった？　もう夜だし、ご飯食べないと」

Tシャツにミニスカート姿のひかるが料理を作っていた。

「お風呂も、今、お湯を溜めてるから。ご飯にする？　お風呂にする？　なんちゃって」

ひかるは新妻ゴッコをしているような口調でふざけた。

キッチンにある大型湯沸かし器はごうごうと音を立ててバスタブに給湯している最中

だ。

「だったらまずイッパツやって、それから風呂入ってメシ食いたいな」

「じゃあ、そうする？　でも料理作りかけだから」

「ンなもん、温め直せばいい」

佐脇は包丁を握っているひかるを、後ろから抱きしめて、うなじに舌を這わせた。

「ちょっと。危ないじゃない」

だが彼女もまんざらではない様子で顔を後ろに向け、キスに応じた。

「このままやるか？」

佐脇の手はひかるの豊満な胸に回って、ゆるゆると揉み始めた。

「お。ノーブラ」

指先で乳首をこりこりとくじり、なおもキスを続ける。

「ううん……」

舌を絡ませたひかるは、肩を揺らして喜びを表した。

色悪男の片手は女の下半身に降りていき、ミニの中に滑り込んだ。

「取材で遅くなるんじゃなかったのか？」

「相手の都合で急遽中止になったから……解散」

「こうしてると痴漢になった気分だな」

佐脇の手はひかるのパンティの中に忍び入り、さんざんヒップを撫でたあと、秘部にもちろちろと指先を攻撃に送り込んでいたが、ええいとばかりにぺろんと臀部を捲《まく》ってしまった。こうなると撫で放題のいじり放題だ。

「取材って、こんな格好で行くつもりだったのか」

「そうよ。ローカル・タレントでここまでやるコは少ないと思うけど……もちろんブラはつけて行くけど」

躰にピッタリ張り付いたようなTシャツは、ひかるの胸の大きさと腰のくびれをいやがうえにも強調している。男の妄想を掻き立て、思わず触りたい気分をそそる分、ある意味、裸より始末が悪い。こんな女と満員電車に乗り合わせたら自制するのは困難ではないか。

しかしそのご馳走を、今の佐脇は存分に揉み、いじることが出来る。

Tシャツ越しに好き放題に巨乳を揉み上げていた佐脇は、ついに薄布をぺろりと捲りあげて、双丘にかぶりついた。

「ねえ、これから先はベッドで……」

「おれはこのままでもいいんだぜ」

エロオヤジと化した悪漢刑事は、ひかるの乳首を舌先で弾きながら囁いた。

「でも私が落ち着かないから……」

ひかるを抱え込むようにして胸を愛撫しつつ、下半身は指でいじり続ける佐脇は、このまま挿入しようかという勢いだ。

「お前、アソコがもうぐっしょり濡れてるぜ……」

ワルノリした佐脇は、そのまま指を秘唇の間に、ずぶずぶと差し入れた。

「だから……ベッドでやりましょうって」

語尾が甘く乱れた。エロオヤジの指戯に、ひかるは腰をくねらせた。

「そこまで言われちゃ応じるしかないな」

佐脇は女を抱き上げると、お姫様を運ぶようにうやうやしく捧げ持った。

「いざ行かん淫蕩の国へ」

佐脇は彼女をベッドに下ろすと、そのまま襲いかかって上になり、わざとTシャツの布の上から舌を這わせて、唾液でべとべとに濡らすように上半身に愛撫を加えた。

「やだ。気持ち悪い……脱がせてよ」

「馬鹿かお前。こうやって着てるものを濡らしてこう、乳首が透けて下から突き出すところを、こうして」

佐脇はTシャツ越しに乳首を歯で挟んで軽く噛《か》んだ。

「こういうのがエロいんじゃねえか……」

「いかにもエロオヤジの趣味ね」

そう言いながらも、ひかるも乳首を嚙まれて全身をひくひくと反応させた。

ひかるのバストを責めあげつつ、下半身はあっさりとパンティを脱がして、指でねちねちと秘部を嬲《なぶ》り、秘腔に出し入れしていた時、佐脇は異変を感じた。

「おい。なんか、頭痛くねえか？」

二日酔いとか普通の頭痛とは違う、妙な頭の痛みがある。

「え？　別に？」

ひかるは特に何も感じていない様子で首を傾げた。

「あの湯沸かし器、ずっと燃えてるけど大丈夫か」

「大丈夫よ。あれでいつもお風呂にお湯溜めて入ってるし。年代物だけど、煙突ついてるし」

「そうか……しかし」

頭痛が激しくなってきた。それと同時に吐き気と耳鳴りが起きた。まるで風邪を引いたような感じだが、風邪ならこんなに一気に悪くなるはずがない。

「おい、これはヤバいんじゃないか……」

そう言った瞬間、身体がぐらりと揺れた。ひかるに挿入しようとしていたのに、それが出来ず、なにやら身体の自由が利かなくなってきたのだ。

「おい……これは……もしかして、一酸化炭素……」

組み敷いているひかるを見ると、彼女はすでにうっすらと目を閉じている。

「おい！　寝るな！　目を醒ませ！　起きろ！」

必死に怒鳴って頬を叩いた。

「うーん」

眠そうな、混濁した声が返ってきた。

いかん。これは、いかん……。早く湯沸かし器を止めなければ……。

そう思っても、身体が思うように動かない。

時間との勝負だ。早く火を止めないと、一酸化炭素濃度はどんどん上昇していく。このままだと眠るように倒れて、そのまま死んでしまうだろう。しかし……身体が動かない。

佐脇はこの部屋には何度も来ているし、ここで風呂にも入っている。

便利な場所にあってそこそこ広いが築年数が経っているから家賃が格安という理由で、ひかるはこの部屋に住み続けている。今の時代、少し気が利いたマンションなら湯沸かしボイラーは室外にあるが、ここはそうではない。いくら煙突があると言っても、あの湯沸かし器が不良品だったり古くなって壊れていたら……。

Ｐ社のガス湯沸かし器の事故のことを思い出した佐脇が、おれももう終わりか、まさかこんなくたばり方をするとは思わなかった、と観念しかけた時。

窓ガラスが大きな音を立てて割れる音がした。

また火炎瓶でも投げ込まれたか、と思ったが、炎が立つ気配はない。

びょおおお、と音がして、外気が部屋の中に雪崩《なだ》れ込んできた。

冷たい外の風を浴びるうち、頬をひっぱたかれるような感じになって、心持ち頭がはっきりしてきた。

そのすぐ後に、火災報知器かなにかのベルがけたたましく鳴って、ドアがドンドンと叩かれた。

佐脇は、なんとかベッドから転がるように降りると、玄関ドアまで這っていき、ドアのロックを外した。

＊

「危ないところでしたよ」

またしても病院のベッドの上で、佐脇ははっきりと意識を取り戻した。

室内には見覚えがある。ここは、T市民病院だ。

「明らかに一酸化炭素中毒です。幸い濃度が低かったので、大丈夫でした。一酸化炭素ヘモグロビン濃度が三〇％を超えるかどうかでした」

若い救急医が説明した。

「で、もう一人女性がいたはずなんだが」

酸素マスクをはずしながら佐脇が訊《たず》ねた。

「ああ、テレビでよく見るリポーターのヒトですね。あの方も大丈夫です。大事を取って、高圧酸素治療をしていますが、後遺症などの問題もないでしょう。発見が早くてよかった」

ひかるのほうが多少症状が重く、別の治療室にいるらしい。

彼もERの治療室で引き続き酸素吸入を受けるとのことだった。

「もうちょっと様子を見て、大丈夫のようでしたら帰れますから」

そうですかと再びマスクを装着しようとしていると、治療室に水野が入ってきた。

「佐脇さん！　またですか？」

「そういう言い方はないだろう。おれは被害者なんだぞ」

「事故だったらお祓《はら》いでもしたほうが。何か悪いものに取り憑《つ》かれてるんじゃないですか？　どうも原因は、部屋の湯沸かし器の不完全燃焼だったようです」

「不完全燃焼？」

しかし、あの湯沸かし器はきちんと作動していたはずだ。

「エル・ソル社のあのタイプの湯沸かし器は、煙突が付いているので安全だと思われがちですが、風向きのせいで排気ガスが逆流したりするケースで、過去に数件の事故が起きてるようなんです」

「現場検証はしたのか？」

「はい。警察と消防の合同で。それで湯沸かし器の不完全燃焼という線が出てきたんですが」

「そうか」

とは言ったものの、佐脇は釈然としない。これまでにも、台風のように強い風が吹く日にだって、あの部屋に上がり込んだことはある。あの部屋に行けばひかるを抱くことになるから、風呂にも入る。なのに、今まで一度もこんな事になったことはない。

「で、おれがヤバいぞと気づいて、いよいよ駄目かもと思った時に窓ガラスが割れた件はどうなんだ？　誰かが外から何かを投げ入れたんだぞ」

それなんですが、と水野は佐脇の顔を覗き込んだ。

「たしかに廊下に面した、煙突の隣の窓が割れてました。しかし一酸化炭素中毒の後遺症として、幻覚・幻聴や記憶障害の症状もあるということで。ですから、窓ガラスの件は、佐脇さんの思い違いではないか……そういうことになったみたいです」

「馬鹿を言うな！」

佐脇は思わず怒鳴った。

「仮に一酸化炭素のせいでおれの頭が不調になったとしてもだ、窓ガラスは割れてたし、部屋には石か何かが転がってたはずだ。それはどう説明する?」

「窓の内側に石のようなものはありませんでした。ですから現場検証では錯乱した佐脇さんが、自分で窓ガラスを割ったのではないかと」

「あのなあ」

佐脇はイライラした。

「ガラスの破片は、部屋の中にあったろ? それは外から誰かが割ったからだろ。おれが自分で息が苦しくて部屋のガラスを割ったとしたら、破片は外に撒かれたはずだ」

そんなの初歩の初歩、小学生でも判る理屈だ、と佐脇は吠えた。

「まあいい。ここを出たら自分で調べる」

佐脇は、県警には本気で捜査をする気がないのだと悟った。佐脇を守るつもりがないのは、最初から判っていたことではないか。

ひとまず退院の許可が出たので、最初に、ひかるを見舞った。

「突然気が遠くなって……よく覚えてないんです……」

彼女本人は、何事もなかったような顔をして、元気な声を出した。

「炭坑のカナリアっていいますけど、たぶん、佐脇さんより繊細なんですね、私」

繊細なぶん、仕事も仕事だから大事を取ろうということで、ひかるにはしばらく入院してもらう、と年配の医師が宣言した。

「おそらく、おれのせいだ。おれが狙われたんだろう。巻き添えにしてしまって、すまん」

ひかるの手を握って頭を下げる佐脇に、ひかるは笑った。

「はじめて佐脇さんに謝られましたね。こんなことなら、たまに巻き込まれるのもいいかも」

ひかるは冗談にしてしまった。

「口だけじゃないぞ。退院の時は荷物運びでも何でもするから遠慮なく使ってくれ」

佐脇も軽口で答えたが、今ひとつその口調は冴《さ》えない。

「思ったとおりだ。煙突になにかが突っ込まれた形跡がある」

脚立に登り、煙突を覗き込んだ佐脇は、下にいる水野に言った。

「消防も警察もろくに調べもせずに整備不良の湯沸かし器の不完全燃焼と決めつけたが、連中、どうせ煙突まで見てねえだろ。狙われたのがおれじゃ、まともに捜査する気はないってか?」

ひかるのマンションの室内から延びた湯沸かし器の排気管は、壁から外に突き出ている。その様子は「煙突」そのものだ。ただし、築年数が古いので、その排気管の構造は単純で、ただ金属の太い管が突き出ているだけ。

　何年か前に、別荘の風呂に入っていた男性が一酸化炭素中毒で亡くなるという事件があった。しばらく別荘を利用しないでいる間に給湯器の排気口に鳥が巣を作り、それが排気口を塞いで、一酸化炭素が室内に逆流したことが原因だった。

　それとまさに同じことが起きたようだ。直径約五センチの排気管の内壁には、何かが擦れた痕がある。これは管を塞ぐほどの大きさの異物を外から押し込んで、その後、抜き取った痕ではないか。

「ですが、排気口を掃除した痕跡である可能性もありますね」

　佐脇と替わって排気管を覗き込んだ水野は、別の可能性を指摘した。

「たしかにな。まあ、掃除をいつやったか、記録が残ってるだろう。ひかるが自分でこんなところの掃除をするとは思えない」

　脚立を降りた水野の耳元に、佐脇は囁いた。

「故意に誰かがおれを殺そうとした。それは確かだろ。だけど犯人はその計画を急に取りやめた。なぜだ？」

「あの、佐脇さん」

　水野は佐脇に問いかけた。

「どうして耳元で囁くんですか？　自分の聴力は健常です」

「誰が聞いてるか判らねえ。おれがここに居候することになってたのを知ってたのはおれと、ひかるだけのはずだ。ならば、誰かがおれかひかるの話を盗み聞きしたとしか考えられない。おれとしてはとにかく、今後のためにリスクを減らそうとしてるのさ」

警察が守ってくれるどころか、どうやら佐脇を見殺しにするも同然のつもりでいる以上、自分の身は自分で守らなければ、と佐脇は覚悟を決めた。

＊

アパートに放火され、居候しようとしたひかるのマンションでも湯沸かし器に細工されて殺されかけた佐脇は、東署の寮に戻るしかなくなった。

湯沸かし器に仕掛けられた細工は見破ったが、犯人が特定されない以上、安心は出来ないし、攻撃が失敗したのだから、正体不明の敵は、また次に予想もしない方法で攻めてくるはずだ。

相手の殺意が明確になった分、危機感は強くなった。

死ぬのなんか怖くない、人間はどうせ死ぬんだからビビる奴は腰抜けだ、などと豪語していた佐脇だが、さすがに冗談では済まなくなってきた。

酒が切れる夜はなかったほどの、夜ごとの飲み歩きもぴたりとやめた。寮であてがわれた部屋で、せいぜい水野を相手に飲む程度。女遊びのほうも、まさか警察の寮にデリバリー女を呼ぶわけにもいかず、事実上の禁欲状態だ。

「さすがのワルデカもついに年貢の納めどきかと、話題持ちきりだぞ」

表向き慰問を口実に酒を持ってやって来た鳴海署の光田は、佐脇を興味深げに観察した。

「目なんか落ち窪んでヤバい顔してるんじゃないかと思ったけど、なんだ、案外元気そうでツマらんな」

「そうガッカリするなよ……」

いつもなら倍は言い返すだろうに、力無く答えるだけの佐脇を見て光田は口調を変えた。

「まあ、仕事のせいで狙われるなら、おれたちは命がいくらあっても足りないよな」

「いや、てめえのした仕事の結果恨まれるなら、それはそれでいいんだ。身から出たサビってやつだし、おれだって、どこを叩いてもホコリが出ないとはまさか思っちゃいない。ヤクザに付け狙われた事はあるし、ムショから出た野郎にお礼参りされたこともあった。それはそれで仕方がないと思ってる。でもな、今回はどうやら、おれだけのせいでもないらしいところが気味悪い。対処のしようがない」

佐脇は、光田が持参のイカの燻製《くんせい》を齧《かじ》りながら、ワンカップをぐいと呷った。

「おい。どうせなら、もっといい酒買って来いよ」

「注文の多いやつだな。だがカネ出せばパシリくらいしてやってもいいぞ。佐脇センセイは今、外を出歩くのが怖いんだろう?」

ひかるのマンションでの一酸化炭素中毒が事故ではなく、佐脇に対する何者かの殺意によることがはっきりした以上、標的になるような行動をするのはアホだ。だから、日中は出来るだけ水野と行動を共にしているが、まさか一日付いていてくれとは頼めない。だから夜は、寮の一室で、こうして息を潜めているしかないのだ。

かと言って、光田を買い物に行かせて、万一巻き添えを食わせては寝覚めが悪い。

「いいさ。アリモノで我慢する。とは言え、お前のセンスの無さには辟易《へきえき》するな」

自分があまり飲まない光田は、酒に興味がないから安い酒をテキトーに買ってきたのが丸判りだ。ツマミも、何も考えずに選んだとおぼしい、安い乾き物ばかり。

「貧乏学生が下宿で飲もうというんじゃないんだぜ。一応、社会人がだな」

「だから買ってきてやるよ。お前の希望を言え」

「いや、いいよ。このツマミでありがたく戴く」

いつもなら怒るところで怒れない。こうなりゃ酒をチャンポンにして、手っ取り早く酔うしかないとばかりにグイグイやっているところに、携帯電話が鳴った。

「もしもし。今、光田と飲んでるんだが、お前も来ないか? 途中で酒を買って」

てっきり水野だと思ったら、相手は意外にも、うず潮新聞の剣持だった。

「佐脇さん？　もうお酒の時間ですか？」

「あー大丈夫だ。まだ脳味噌は営業中だ」

「ではお話ししましょう」

もったいをつける感じで、剣持は切り出した。

「佐脇さんは、平井和美という女子高生を知ってますね？」

「ああ。それがどうした」

「その平井和美が、また誘い出されています。恐らくは、良からぬ連中に」

「なんだと！　場所はどこだ？」

どうしてそれをお前が知っている？　などと問い質《ただ》すよりも、和美を助けるのが先決だ。

「鳴海市二条町のカラオケボックスで、『Funk & Punk』という店です」

その店は、市内の不良どもが集まるので有名だ。不純異性交遊はもとより、睡眠薬を飲まされた少女が輪姦される事件まで起きていて、その時はさすがに営業停止を食らったが、店が再開されても集まる連中は相変わらずだ。

「判った。すぐ行く！」

「おいおい佐脇、何が起きたんだ」

光田が好奇心を丸出しにして見上げている。

鳴海署管内の事件だからこいつを連れて行った方がいいか、とふと考えたが、佐脇はすぐに思い直した。光田には妙に融通が利かないところがある。足手まといになりかねない。

「ちょっと急用だ。その……おれの女の一人が、別の男とよろしくやっているらしい」

そんなことでいきり立つか、お前が？　と光田は疑いの目を向けている。

「……まあいいや。関わりあいになるとヤバそうだ。おれも巻き添え食って殺されたくない」

光田はいいから行ってこいと手を振った。

それは、この男らしい配慮だ。首を突っ込んで欲しくない事情を察したのだろう。

「おれはここで飲んでる。寝てしまうかもしれん」

よければ泊まってくれと言い残して佐脇はタクシーを飛ばした。パトカーを使えば事件にせざるを得なくなって、大事になる。それは和美も望んではいないだろう。

＊

二条町のカラオケボックス『Funk & Punk』は、工藤が殺された現場『二条町カスバ』からそう離れていない雑居ビルの最上階にある。店に繋がるエレベーターにさえ乗せてしまえば後はこっちのもの、という強引ナンパ御用達《ごようたし》な構造になっている。

そのエレベーター前に、剣持は立っていた。

「彼女はもう中か?」

「ええ」

「どうして何もしない?　マスコミってのは傍観するだけか?」

「だから、あなたに知らせたじゃないですか」

「彼女が危険な状態だと知っていて、おれに知らせるだけか。お前は助けようとはしないのか」

「警察は市民の安全を守るのが仕事でしょう。だからあなたを呼んだんです」

当然だろという表情の剣持に、これ以上何を言っても時間の無駄だ。

佐脇は、さっさとエレベーターに乗った。なぜか剣持も一緒に乗り込んでくる。

「見物しに行くのか?　あわや輪姦!　の女子高生を酔っぱらい刑事が助けるところを?」

「いやあ、そりゃボクだって協力しますけど」

そう言いながら剣持は佐脇をしげしげと観察している。

「拳銃とか持ってないんですか」

「お前、ブンヤのくせにテレビの見過ぎだな。刑事は出動以外、拳銃は所持しない」

「でも、相手は十人くらいの不良ですよ？」

「おれはプロだ。なんとかする。しかし」

佐脇もここで剣持の顔をまじまじと見た。

「お前さんはこの情報をどこから仕入れた？」

剣持の視線が、言葉を探すようにしばし泳いだ。

「ま、蛇の道は蛇というやつで」

佐脇が言い返そうとした時、エレベーターは止まった。

「警察だ。少し前に、ここに入った男十人と女一人の集団がいただろ。どこにいる？」

ドアが開くなり、佐脇は警察手帳を掲げてフロントの店員を怒鳴りつけた。

その剣幕に押された店員は、奥を指さして「五号室……」と漏らした。

よし！　と叫んだ佐脇は、カウンターに並んでいたカラオケマイクを二本握ると、廊下を走って、一番奥にある五号室のドアに手をかけた。ここは蹴破りたいところだが、カラオケボックスのドアは放送局と似た防音構造の重いもので、蹴ったくらいで壊れない。

ドアにある窓には服が掛けられて、中が見えない。

鍵はついていないドアだが、内側に障害物を置いてあるようで、開かない。隙間からは男たちの爆笑と卑猥な笑いが響いている。

全身でドアに体当たりをしたが、やはり開かない。カラオケのモニターやソファを置いて、何人かが押さえているのだろう。

「こら！」

剣持は自分に向けられた言葉だと思わないようで、突っ立ったまま傍観している。

「ここにいるなら手伝え！　一緒にドアを突破するんだ！」

「判りました。大学でラグビーやってたんで」

佐脇と剣持は、二人で同時にドアにぶつかった。

何度か体当たりを繰り返すうちに、ドアの隙間は拡大して中の様子が垣間見えた。

カッコをつけて虚勢を張った不良どもが集まっていた。こういう連中は自分の剛胆さを競うから集団暴走する。ストッパー役が不在なので、事態はすべからく最悪のところまで行き着く。集団少年犯罪の黄金のパターンだ。

「速やかにドアを開けろ！　警察だ！」

「スミヤカニ、だってよ！」

不良どもが嘲笑した。

「ほんとにオマワリかよ。なら、ピストル撃てばいいんじゃやね？」

誰かが声を上げると爆笑が起きた。明らかに虚勢の張り合いだ。

「帰れよコラ！　くそじじい！」

「おれらは、天誅《てんちゅう》を下すんだよ！」

「そうだ。こいつは姦られて当然だろ!」

バカなりに考えた屁理屈をわめく連中を論破しているヒマはない。

「貴様ら、今すぐ女の子を放して、ここを開けろ! そうすれば見逃してやらんでもない」

「ミノガシテヤランデモナイ、だとよ!」

「バッカじゃねえの?」

ヤクでもキメているのか、佐脇が何を言っても連中の笑いのネタに転化するようだ。

それでも佐脇と剣持が全力で体当たりを続けるうち、部屋の中でミシミシと音がしたかと思うと突然、がっしゃんばりん、ぼん、という破壊音がした。

「うわっ」

悲鳴が上がると、ドアを開けまいとする抵抗が急に消えた。

「今だ!」

二人は同時にドアを両手で突っ張って、なんとかこじ開けた。

バリケードになっていた旧式の大型ブラウン管式モニターがひっくり返って割れていた。これが唯一の大物で、他はソファ程度だ。

ブラウン管の破片が飛び散って、腰抜けの不良どももさすがに手を離したのだ。
五、六人の頭の悪そうな不良が、驚いたように突っ立っている。

五号室に飛び込んだ佐脇は、最初から抵抗無抵抗に関係なく、両手に持ったワイヤレスマイクを警棒代わりに、その場にいた不良どもを片っ端から殴り飛ばし、蹴り上げた。

「何しやがるこのクソオヤジが！」

佐脇の先制攻撃に一瞬怯んだ不良たちも激怒して、一斉に飛びかかってきた。

その一人の顔面中央にマイクを突き刺すように激突させてやると、そいつは鼻が折れたのか血を噴き出しながらひっくり返った。すかさずそこを蹴り上げ、腹を思い切り踏みつけると、ぐぐっ、あるいはきゅう、という声を発して動かなくなった。

折りたたみナイフを出して威嚇《いかく》してきた別の不良には、腕にキックしてナイフを叩き落とし、マイクで思いきり横っ面を張り、返す手でマイクの尻を口にぶつけてやった。

歯が折れたらしいそいつはしゃがみ込み、激痛に身悶《みもだ》えた。

多少の武器などものともせず雑魚《ざこ》どもをばたばたと倒しながら部屋の奥を見やると、そこには和美が、不良どものボスと副ボスらしい男に挟まれるような格好で、絡みあっていた。だが着衣に乱れはない。じっくり料理しようというハラだったのか。

いや。違った。

一方の男の下半身は裸だった。その股間に和美の顔があった。無理矢理フェラチオをさせられていたから、凶暴なオヤジが乱入して仲間をぶちのめしているのにパニックになり、三人とも身動きが出来ないまま、行為を続ける形になっていたのだ。

「なにをしている！」

二人がかりで嬲《なぶ》られている和美を見て、佐脇の血は瞬間的に沸騰した。

怒りの刑事はフェラチオさせている男に飛びかかり、顔面にマイクを激突させた。

勢いよくふっ飛んだ男は後頭部を激しく壁にぶつけた。目玉が飛び出した。

「大丈夫。目玉は押せば入る」

男は眼球を顔からぶら下げたまま、へなへなと失神した。露出したペニスからは精液ではなく小便が飛び散った。

一方、和美を背後から捕まえるようにして抱いて、捲りあげたTシャツの上からむき出しの乳房をもてあそんでいた男は、ひいぃっと悲鳴を上げ、少女を放り出して逃げようとしたが、佐脇の投げたマイクが横っ面に命中した。

「あーあ。マイクがおシャカになっちまったぜ」

逃げようとする男の金髪を掴み、そのまま部屋のガラステーブルに叩きつけた。ばりんと派手な音がしてテーブルの分厚いガラスが割れ、男の顔はザクロのように血だらけになった。

くの字に身体を折った男の腹に、なおも佐脇は爪先《つまさき》で蹴りを入れた。

どさ、と倒れた男は、そのまま動かなくなった。

「大丈夫か」

佐脇は和美を見た。女子高生は、死屍累々《ししるいるい》となった室内を見て震えながら小さく頷いた。

野獣の群れの中にやってきたというのに、和美はTシャツにミニスカートという無防備な格好だ。彼女がどういうつもりなのか全く理解できないが、今は問いただす余裕がない。

「さあて。やっちまったわけだが、こいつらをどうしますかね？」

佐脇は入り口で立ち竦んでいる剣持に声を掛けた。

「あんたが記事にするというなら、警察としても事件にすることになる。ここまで派手にやったからには、さすがに『何もなかった』では済まない。落とし所としてはさしずめ『不良どものケンカ』、そんなところだ」

佐脇は、剣持に「そうだろう？」と念を押した。

「悪ガキの乱闘なんて、埋め草記事扱いだろ？　な？　で、この子は」

佐脇は和美を顎で示した。

「この子はここにはいなかった。それでいいな？」

「それって報道規制ですか？」

反射的に喧嘩腰になりかけた剣持だが、すぐに思い直したようだ。

「いえ……それで結構です。失礼しました」

佐脇は剣持に歩み寄り、小声で訊いた。

「ちょっと訊いときたいんだが、あんた、この件をどうやって知ったんだ？　ごまかさずに答えろ」

「それは……情報源は明かせませんよ。報道に携わる者の鉄則じゃないですか」

「さよか」

佐脇は、半分呆《あき》れた薄ら笑いを浮かべて剣持を見た。

「じゃあどうしておれに知らせた？」

「さっきも言いましたが、事件が起きるのを知れば、警察に通報するのが市民の義務でしょう？　あなたは、事件が起きるのを知ってしまったら、素人でも誰でも、自力でその事件を解決しろと言うんですか？」

「なるほど、そう来ましたか」

この男には、別の魂胆がある。それをほじくり返して問い詰めたくなった佐脇だが、今はそんなことをしている場合ではない。

「報道がそういうことなら、こっちも不良の、仲間内のケンカということで処理しよう」

佐脇は和美を五号室から連れ出して隣の部屋に移すと鳴海署と救急に電話し、それから倒れている不良どもに因果を含めた。

「おい、お前ら。今から所轄署から真面目なお巡りさんと救急車が来る。今日のことはどうする？　ただのケンカなら罪も軽いが、監禁強姦となると大変だぞ。おれにやられたと被害届を出すのは勝手だが、それならこっちも見たことをそのまま供述する。集団強姦でムショに行くか、器物損壊を示談で済ますか、どちらでも好きな方を選べ」

佐脇は警官でありながら、和美を輪姦しようとした不良どもに口裏合わせを強要した。

もちろん佐脇にやられた全員が、それに同意した。輪姦という本懐を遂げられなかったのだから、罪は軽い方がいい。

フロントに行った佐脇は、営業停止をちらつかせて、「仲間内のケンカ」と証言することを、この店の店員にも承諾させた。

佐脇にやられた十名のうち、ほとんどが骨折やひどい打撲で入院となった。佐脇自身は、集団で乱闘になっているという匿名の通報を受けて臨場、仲裁をしたが多勢に無勢でどうにもならなかった、と主張した。

「判った。そういうことで処理する」

鳴海署からやってきたのは、光田だった。

「お前……おれの部屋で飲んだくれてるんじゃなかったのか」

「あんな殺風景な部屋で酒だけ飲んでられるほど、おれはアル中じゃない。お前が大慌てですっ飛んで行ってから、こりゃ何かあるなと思って署に戻ったのさ」

光田は、不良どもが救急車に乗せられていくのを見送りつつ、少し離れたところに立っている剣持に顎をしゃくった。

「ところで、新聞記者のあの男だが、どうしてここにいるんだ？」

「なんでも騒ぎを『偶然』聞きつけて、取材してたらしい」

佐脇のやる気のない説明に、光田は軽く頷いた。

「まあそれはどうでもいいや」

そう言った光田は、佐脇の耳元で囁いた。

「ところでな、連中の一人で意識朦朧としてた奴が、ひでぇことをしやがる、警察と名乗るオヤジにボコられた……とかうわ言を口走ってたが、聞かなかったことにしておくよ」

斜めに佐脇を見るその目つきが、光田の考えをすべて表していた。

「佐脇……あんまり無茶するなよ。この中にお前を狙う奴がいたらどうなってた？」

「それはそうだな」

誰かが出刃包丁かダガーナイフを持っていて、後ろからブスリとやられる可能性はあったわけだ。

ふと見ると、剣持はいつの間にか姿を消していた。

あの男は、いまいちナニを考えているのかよく判らない。

現場検証などは光田に任せた佐脇は、隣の部屋を覗いた。

和美はうなだれて、おとなしく待っていた。

「お待たせ。じゃあ、家まで送っていこうか」

そう言って傍に座ると、和美は泣いていた。

「ごめんなさい……私の、私のせいで……ご迷惑を」

「いや、悪いのは君を襲った連中の方だ。とにかく帰ろう」

佐脇は和美にジャケットを着せてやり、店を出た。


三十分後。

佐脇は、どうしても帰りたくないと言い張る和美に手を焼いていた。

オヤジが路上で、女子高生にしか見えない少女と言い争っているだけでも、怪しさきわまりない。しかもそれが鳴海市で一番いかがわしい街の夜だけに、なおさらだ。援助交際の金額が折り合わないとか、ナンパオヤジが無理矢理淫行を誘っているとか、どう見られても佐脇にはきわめて困った状況になっている。だが、和美は強情だ。

「私……家には帰りたくないんです。あの家には。母の顔も見たくない」

「困ったな……とにかく、ここで話してるのはマズい。かと言って、このへんは飲み屋とフーゾクしかないし」

そう言った佐脇の目に、ラブホのネオンが映った。

ラブホ？　この子と？　そりゃ最悪だろう。これでは完全に、女の子を悪酔いさせて

「ちょっと休んでいこう」と誘い込む手口以外の何ものにも見えない。かと言って、こういう外聞を憚《はばか》る話の出来そうな場所も見当たらない。

「ちょっと、あそこでじっくり話をしよう。嫌ならおとなしく帰りなさい」

ラブホテル『アヴァンティ』を指さすと、和美は自分からホテルの方に歩いていった。

「とにかく、どうしてああいうことになったのか、まずそれを聞かせてくれ」

ラブホテルの一室に入ってすぐ、佐脇は和美に問いただした。

「また前みたいに誘い出されたのか?」

しばらく黙って無反応だったが、こくりと頷いた。

「……でも、前とは違って、私、覚悟してました」

「なんの? 何の覚悟だ? 襲われる覚悟ってか?」

うつむいていた彼女は、顔を上げて佐脇を見た。

「だから、いつまでも『加害者』って言われるのが嫌だったんです! 『被害者』になれば、みんなだって少しは……私のことを」

佐脇は、判らんと首を傾《かし》げた。

「つまり君が言いたいのは、自分があの連中にレイプされて、『被害者』になれば、世間の風当たりも多少は和《やわ》らぐんじゃないか、ってことか? しかしそもそも、最初から君には、まったくなんの責任も関係もない事じゃないか」

「関係ありません！　私が……白バイ警官の娘だから……」

佐脇は、泣きじゃくる和美の肩を抱いてやった。

その肩は哀れなほど薄くて細い。

薄いTシャツ越しに、女子高生の上気した体温が伝わってきた。しかも、その躰は小刻みに震えている。この甘い香りは、少女特有のフェロモンなのか。

自然と顔が向き合った時、和美がしがみついてきた。

愛ではない。性欲とも違う。よるべのない生き物が何かに縋《すが》って生き延びようとする、そんな必死さを感じて、佐脇は突き放すことが出来なくなった。

「おいおい……」

佐脇の声はかすれた。このところの禁欲に加えて、不良どもを一気にやっつけてアドレナリンが大いに分泌している。そのせいで、いつもよりも興奮の度合いが強く、少女の体温と香りと唇を感じただけで、彼のモノは堅くなってしまった。

いつものちょい悪ならぬ大ワルオヤジにはなれない。なんせ相手は無垢《むく》な女子高生なのだ。過去に女子高生を抱いたことがないとは言わないが、今、ここで和美と男女の仲になるのは非常にマズい。

だが、和美の方から押しつけてきた躰の、大きくはないが硬くて張りのある乳房の感触が伝わってくると、彼の理性は麻痺していった。

女に飢えているわけではない。生きることに渇望しているのだ。正体不明の誰かに、訳の判らないまま殺されるのは嫌だ。その不安が佐脇を駆り立てていた。

老いや病魔で命の灯が揺らいでいるわけではない。だから、和美の生命力溢《あふ》れる若い肉体に憧憬《しょうけい》するわけではないのだが、彼女の体当たりしてくる若さゆえのパワーに、不安な者同士、縋《すが》りたかったのかもしれない。

「あの連中にメチャクチャにされなかった分、おれにメチャクチャにされたいって言うのか？……いや、何も言わなくていい」

彼の唇が、和美のそれを塞いだ。少女に押されるのではなく、今度ははっきりと佐脇の意志で、彼女に触れた。ぷるんとした唇の感触に佐脇は年甲斐もなくエキサイトして、舌をねろりと差し入れた。すると、女子高生の舌も、恐る恐るそれに触れて……ゆっくりと絡み合った。

少女の舌は、軟体動物のように柔らかく、温かく動いて、分別ある男の頭からすべてを追い出した。

本能に支配された彼は、Tシャツ越しに和美の乳房を掴んだ。ブラを通してでも、芯が固い若々しさが伝わってくる。

理性は完全に破裂した。

夢中になって薄布をたくし上げ、ブラを取った。

胸の双丘はまだ未熟ながらも、若さの象徴のようにぴんと張っている。その先端に唇を当てた。

「あっ……」

乳首を愛撫された和美は、驚きを含んだ甘い声を出した。

もはや彼には分別という言葉はなく、娘のような年齢の少女の胸に顔を埋め、両の乳首を愛撫し続けた。

「いいのか？」

聞くのは野暮の骨頂だと思ったが、多少どころではない罪悪感はあった。

和美は小さく頷いた。

彼女の穿《は》いているミニのホックを外してスカートを脱がせ、小さなショーツも一緒に、下まで降ろした。

全裸になった少女の肉体は、まだ幼くて、性の対象にするにはタブーを感じた。佐脇にロリコン趣味はなく、熟《う》れた女が好みだ。だが、今は、和美の開花する前の蕾《つぼみ》を奪いたい。

いつもなら、念入りに愛撫して、クンニしてたっぷり濡らせてから挿入するところだが、和美が相手だと憚られた。ワルな女なら、女子高生でもなんでも、手管を使ってヤリまくるところなのだが。

男に躰をまさぐられて、彼女は緊張しているのかそれなりに昂奮しているのか、息を荒げていた。肌も羞恥なのか幼い欲情なのか、火照って色づいている。

佐脇も全裸になると、すでにいきり立っている逸物を、彼女の秘部にあてがい、ゆっくりと腰を沈めた。

和美は、処女だった。

男女の間には、お互いにしか判らない成り行きというものがある。現職の警官である佐脇が、処女で、しかも未成年である和美と男女の仲になったことは、傍から見ればとんでもないことだが、それなりに場数を踏んでいる佐脇にしてみれば、あの状況では拒否した方が悪い結果になると思った。

心が壊れかけている和美をあのままにしておけば、いずれもっとひどい形で、何人もの男たちに、もてあそばれるような形で処女を奪われることになっただろう。しかも未成年とはいえ、和美の躰は男たちにおもちゃにされて、すでに火がついていた。

「男女のことは大勢でやるもんじゃない。愛がなければ駄目だ、みたいなことを言うつもりはないが、せめて一対一の、普通の形でやれ」

和美を送り届けながら、佐脇は言って聞かせた。和美は乾いた、小さな声で笑った。

「自分を大切にしろって、そう言いたいんですか。ありがちなことしか言わないんですね」

「大きなお世話だと思ってるのは判る。どうせ自分の躰だから不良どもにくれてやろうが勝手だと考えるのはあんたの傲慢《ごうまん》だ。あんたの躰に口がきけるものなら、妊娠や病気はまっぴらだ、と言うだろう。それにあんな呼び出しに応じていればいずれ、ビデオや写真を撮られて、それがネットに流出する。ヤケになっている今のあんたにどうでもいい事でも、未来の自分が別人だと考えてみろ。そいつに悪いとは思わないのか？」

「未来の私……ですか」

和美はまたも小さく笑い、「考えられない、そんなこと」と呟《つぶや》いた。

とにかく母親が心配しているだろうから家に帰れと説得し、佐脇は彼女を自宅まで送り届けたが、目の前の建物を見て、絶句した。

新築間もない瀟洒《しょうしゃ》な家というだけではなく、それは豪邸と呼ぶべきもので、周囲のヤツカミや反発を誘って余りあるものだった。はっきり言って周囲からも浮きまくっている。

なにしろ、古びて汚れた平屋の木造家屋が肩寄せ合って建っているような地域の一角に、スペイン風の白くて塔がある赤い瓦の新しい家が、これ見よがしに聳《そび》え立っているのだ。二階には広いバルコニーがあり、どういう神経か、塔の部分にはライトアップまでされている。

佐脇の驚愕の表情を見て、和美は恥ずかしそうに言った。

「すみません。これ全部、母の趣味なんです。テレビでこういう家を見たからって。父が死んで、もの凄くお金が入って。それを隠すように母は申し訳程度にパートに出てますけど、こんな家を建てちゃったら駄目ですよね。まるでショッピングセンターみたいで、すごく恥ずかしくて」

「気にするな。あんたのせいじゃない。何かあったら、何時でもいいから電話しろ」

佐脇は和美に、携帯電話の番号を教えた。

＊

翌朝。ネットを覗いた和美は、またしても自分の事が話題になっているのを知った。

カラオケボックスから中年男と出てきた和美が、路上で悶着を起こしてラブホテルに入った、という「スクープ」が書き込まれていたのだ。

「あの女、エンコーでもしてんじゃねえの？」

というコメントが早速付いていて、叩きが再燃していた。彼女が読まなかった深夜に、一気に『祭り』になっていたのだ。

やがて、和美の相手の中年男とは、鳴海署の問題刑事・佐脇であるとの書き込みが出現して、『祭り』はさらにヒートアップした。

『現職のやり手刑事をたらし込んで自分の身を守ろうとするヤリマンが』

『刑事も同じ穴のムジナ。しかも現職警官がどうどうと未成年淫行？』

などと競って書き込まれて、サイトの掲示板がパンク状態になっていた。

蒼くなった和美は、すぐ佐脇に電話しようとしたが、携帯のボタンを押す指がとまった。佐脇が自分のせいで窮地に陥っていたら？　と考えてしまったのだ。

「どうして……こうなるの？」

和美は呟いた。誰かが自分を常に監視している……。

自分の生活のすべてが筒抜けになっているという恐怖と嫌悪感が、和美を襲った。

ベッドに戻って頭から布団をかぶり、気がついたら全身が震えていた。

気持ちを落ち着けるために、薬を飲んだ。最近、量が増えている。

昨夜、少女から女性への階段をのぼって、孤独が癒《いや》されたように思ったのも、錯覚に過ぎなかったのか。自分の存在が受け入れられた、と感じたのも一瞬のことでしかなかった。

佐脇との初体験の、甘美なものもすべて穢《けが》されて、ふたたび、自分がこの上もなく汚らわしい存在のように思えてならなくなった。

でも……。

「どうして私が汚い女なの？」

和美は天井を見つめて、はっきりと口に出した。

「私は汚くない！」

ここまで追い込まれてしまったのは、絶対に自分のせいではない。

では、すべての原因は、事故を起こして死んだ父親にあるのか？　いや、そうではない。父だって、死にたいと思って死んだわけではないのだ。そんな父親を無理に庇《かば》って、自分たち家族を結果的に『悪者』にしてしまった県警。

つい最近まで、県警は、父親を庇い、家族を守ってくれる大きな存在だと思っていた。全面的に信頼もしていた。でも……。

ネット住民の怒りは、警察に向いている。父親を庇った警察。中でも、さまざまな疑惑を完全に否定し、記者会見でも一切の質問を相手にもしなかった、県警本部交通部長。

和美は、マサルから携帯で見せられたニュース映像の録画を思い出した。

『今回の捜査には何ひとつ問題はなかった』と記者会見で言い切っている交通部長。その横柄な態度が、ネット住民の怒りに火を注ぎ、今、それが回り回って和美のところで炸裂している……。

「私は汚くない！　私のせいじゃないのに！」

怒りをぶつけるすべもなく、しんとした家の中で、和美はひとり泣き叫ぶしかなかった。

第五章　正義の押し売り

『お願いです。ちょっとだけでもいいので、会えませんか？　佐脇さんの迷惑にならないようにしますから』

佐脇の携帯には和美からのメールが山のように着信していた。最新の一通だけを開いて確認して、同じ差出人からのものを、まとめて削除した。

和美には、もう会うつもりはない。全力で縋《すが》ってくる少女を受け止める覚悟が無い以上、内心の辛《つら》さ淋《さび》しさを訴えるメールを読んでも、やましさが募《つの》るだけだ。

とりあえず和美は安全だ、と佐脇は無理に自分を納得させた。和美を繰り返し呼び出しては襲おうとした連中には全員ヤキを入れてやった。同じことをやろうとはさすがにもう思わないだろう。和美が学校に行っていないのなら、これ以上傷つくこともない。ネットでのいじめは続いているのかもしれないが、それは見なければ済むことだ。

とにかく、白バイ事故疑惑に関連する一連の事件を解決しなければならない。それが、和美を救うことにもつながる。今の佐脇には、電話でもメールでも和美と連絡を取るつもりはなかった。

＊

『どうして返事くれないんですか？　無視ですか？　ひどいじゃないですか。お母さんもずっと家にいなくて、どこにも出られなくて、淋しいんです。私みたいな子供じゃ駄目ってことですか？』

和美は携帯にメールの文章を入力し、ちょっと迷ったが送信した。今日は……今日だけではないが、もうこれで何通目になるだろう。メールの送信履歴を見るのが恐ろしい。

こんなにしつこくしては嫌われるだけだということも判っている。しかし今の和美には、ほかにメールする相手さえいないのだ。

怖《こわ》くて外には出られない。でも、一人では淋しい。誰かと言葉を交わしたい。せめて社会とつながっていると思わせてほしい。

それに、あの佐脇という刑事と男女の仲になってから、和美は今まで知らなかった孤独を感じるようになっていた。人肌恋しい、という感覚だろうか。

あの夜、年上の男に抱かれていた時に感じた、なんともいえない安心感とやすらぎ。それがもう一度欲しくて堪らなくなっていた。性欲のようなものも、少しはあるかもしれない。男の手に初めて触れられて知った、妖しい感覚……。

今まで男たちがなぜ、セックスに目の色を変えるのか和美には判らなかった。今なら、その理由が判る。

そんな彼女が思い出したのが、以前、深夜のコンビニに行ったとき、「ねえ彼女。遊ぼうよ。幾《いく》らならいい?」とナンパしてきたサラリーマンだった。

誰でもいい、自分を求めている人もいることを、せめて確かめてみたい。そんな気持ちに突き動かされて、和美はしばらく覗いたこともなかったドレッサーの鏡の覆《おお》いを外した。

そこには蒼ざめて悲しげな、子供っぽい顔が映っていた。

駄目だ、これでは。こんな迷子になって泣いている子供のような外見では、年上の刑事の心を惹《ひ》きつけることなど出来はしない。

和美はクローゼットを開け、自分が持っている私服のうちで、一番大人っぽいワンピースを身に着けた。ドレッサーの引き出しから、わずかばかりの化粧道具をとり出し、アイラインを引き、唇も塗ってみた。

淋しげな顔立ちが多少はましになったように思えたが、まだまだ華やかさが足りない。もっと赤い口紅があればいいのに。コンビニには化粧品も売っている。マニキュアをしてみるのも、いいかもしれない。

和美は財布を握りしめ、小さなバッグに入れた。そして寝静まった家を出た。

ナンパされて以来、恐ろしくて行くことの出来なかった深夜のコンビニだが、今は大丈夫な気がした。もしもまた同じ男がいてナンパしてきても、自分は前とは違う。

もう、男女のことを知っているのだ。それが和美に不思議な自信を与えていた。

それに、もしかしたら、佐脇のような男にだって会えるかもしれない。淋しさを癒《いや》すことが出来て、自分を求めてくれる、そんな相手に。

こんな自分でも、欲しがる男たちがいるかもしれない。今まで自分はまったく無力で、何も出来ないと思っていた。でも、そうでもないのかもしれない……。

どうせ家に居ても、眠ることなんか出来ないのだ。朝の訪れとともに心療クリニックで処方された強い睡眠導入剤を飲み、無理やり眠りにつく。それが和美の日常だった。

＊

一連の警官殺しの犯人が見えてこないまま、佐脇の心に引っかかっているのは、もう一件の白バイ事故のことだった。

和美の父親のケースと同じく、白バイ警官が加害者ではないか、という疑惑があるにもかかわらず、県警側が徹底してその疑惑を否定している、もう一つの事故だ。

今から五年前の六月下旬、T県警脇山署管内で起きた交通事故だ。

当該白バイ警官・森光《もりみつ》男巡査部長の主張によれば、夜の十時頃、当時高校生だった熊谷《くまがい》毅《たけし》が制限速度を超えて運転しているミニバイクを発見。森は白バイで追跡したのだが、それまで時速八十キロ以上で走行していた高校生のミニバイクが急減速、やむなく白バイが追突する形で激突。玉突きのような形で跳ね飛ばされた少年は頭を打って植物状態に至った。

それだけなら、熊谷毅の過失という事になる。だが、白バイが必要以上の執拗《しつよう》な追跡をしていた、更に「止まりなさい」とスピーカーで命じられた高校生が素直に停止したにもかかわらず、そこに白バイが猛スピードで突っ込んだ、という証言が幾つかあった。

しかし警察は「バイクには改造車の疑いがあった」「男子高校生は飲酒運転の疑いもあった」「正当な追跡行為だった」と記者会見して強引に幕引きを図った。

熊谷少年の両親は県警を告訴したが、地検は不起訴。逆に県警が少年を道路交通法違反で書類送検し、家庭裁判所が非行事実を認めてしまった。それを受けて県警側は両親に、大破した白バイの弁償を求める民事裁判を起こしている。

熊谷少年は生きてはいるが、未《いま》だに意識不明の植物状態だ。それをいいことに、警察は自らの側に有利な事実認定をして、少年の一方的過失として処理してしまった疑いがある。県警側の一方的な言い分が通ってしまった、という点で平井の事件とまったく同じ構図だ。

この事件はあまり注目されないまま、平井和美の父親が起こした事故の陰に隠れる形になっている。しかし、少年の家族の気持ちを考えると、いかばかりか。

平井をめぐる一連の事件に刺激された関係者が、こっちも黙っていられない……と考えたとしても不思議ではない。いや、佐脇が親族であれば、泣き寝入りなど絶対にしない。

佐脇は、その元男子高校生、熊谷毅が入院している市民病院に出向いた。


昼食が済み、検診も終わった午後。

六人部屋の隅のベッドに、少年は横たわっていた。周囲への配慮なのか、カーテンが引かれてベッドを覆っている。

「よろしいですか」

一声掛けてカーテンを少し開けると、チューブに繋《つな》がれた、やせ細った若い男が目に入った。

熊谷毅は、二十二歳になっていた。しかし完全に寝たきりだという。きれいに髯《ひげ》を剃《そ》られ、髪も梳《と》かされているが、目は虚《うつ》ろで、意識がない事が知れた。

ベッドの傍らには、疲れ果てた様子の若い女性がパイプ椅子に座っていた。カーテンから覗く佐脇を見て、彼女はうろたえた様子で立ち上がった。

「ちょっと、ここに入ってこないでください」

若い女は佐脇の胸を押してカーテンの外に出すと、そのまま廊下に連れ出した。

「新しい方ですか。でも、本当に、今は全然、お金がないんです。待ってください」

「え?」

「とにかく、病院には来ないでください。同じ部屋の方に迷惑になりますから」

「あ、いや、違うんだ。私は」

毅の身内らしいこの女性は、佐脇を借金の取り立てか何かと間違えているようだ。だがここで刑事だと名乗ると、取立屋に対する以上に態度を硬化させてしまうかも知れない。

美形だが化粧っ気がなく、悴《やつ》れた様子だ。肩まである長い髪も、普通なら女を魅力的に見せるものだが、彼女の場合は、十分にブラッシングする時間もなかったのか、苦労と生活の荒廃をより強く感じさせる。着ているものも若い女性にしては地味、というか、貧乏臭い。地味な色合いからして、親のお古を着ているような感じだ。

ヤクザや悪党に嫌われるのなら刑事には勲章だが、一般市民に嫌われるのは、少々こたえる。できれば避けたい。

どう切り出そうか佐脇が迷っていると、エレベーターホールの方から目つきの鋭い男が歩いてきた。三十くらいの、いかにも格好をつけた歩き方の男で、病院内だというのに歩き煙草をし、周囲にガンを飛ばしている。

その男を見た女性の顔色が変わるのと、男が凄《すご》むのが同時だった。

「熊谷さんよ。集金しに来たぜ。もう期限はとっくに過ぎてるが、どうする気だよ?」

「そんな。病院なのに……止めてください」

女性は周囲を気にした。

「病院だろうがどこだろうが、そんなの関係ないんだよ。あ?」

ガーンと大音響がした。男がいきなり手近のごみ箱を蹴り飛ばしたのだ。

「お願いです! 他の方の迷惑になりますから……」

「うるせえんだよ。文句あるならさっさと返すもん返しやがれ!」

男がさらに大声をあげたところで、佐脇は歩み寄り、そのまま男の腕を捻《ひね》り上げた。

「ちょっと黙れ。あっちで話をしようか」

佐脇の顔を見た男はぎょっとした表情になった。

「こりゃダンナ……なんでこんな」

「いいから向こうへ行け」

男は、地元の闇金業者の取立屋だ。当然、佐脇の顔なじみでもある。

「お前、病院まで取り立てに来たのか」

「そうですよ。あの女が返さねえんで。もう雪だるまで、スゲー額になってるんで」

佐脇は取立屋をエレベーターホールに押し戻すと、ベンチに座らせた。

「けっこう溜まってるのか？」

「そりゃあもう。百万単位で増えてます。ウチはほら、ご承知の通り金利が高いですから」

取立屋は平然と言った。

「弟の入院に金がかかるんでしょうな。保険だけじゃ賄《まかな》いきれないし。でもこっちはそういう事情は関係ないんでね。情に篤《あつ》くちゃ、金貸しなんてやってられませんよ」

やはりあの女性は、毅の姉か。

「ものは相談だが、おれの顔で、ちょっと待って貰えないか？　お前らの商売の邪魔をする気はないが、ちょっと事情がある。上には、佐脇がしゃしゃり出てきたと言え」

取立屋は下品な笑いを浮かべ、小指を突き立ててみせた。

「そういうことなら……こっちも佐脇さんのコレからカネ取るわけにゃいきませんや」

「そうじゃない。勘違いするな」

なぜか腹が立ち、あの女性とは別に何にもない、単に捜査上の都合だなどとついムキになって否定したが、取立屋は相変わらずニヤニヤして信じた様子もない。

「捜査上の都合、ね。まあ、そういうことで。アレは……熊谷陽子《ようこ》はイイ女ですからね」

例によって女の弱みにつけ込み、口説いてネンゴロになる気だろうと思われているのだ。

そう思われても仕方のない前科が山ほどある佐脇は、その邪推を受け入れるしかない。

「でもダンナ。過払い請求とかは勘弁してくださいよ。とは言ってもウチはようやく元金が回収出来たくらいだから、やっても無駄ですがね」

嘘に決まっている。

「あの女、熊谷陽子は別口の金融屋からも借り入れてて、そこが仕事も紹介したって話ですが、それはご存知で？」

そこはウチよりもっとアコギなところだから、過払い請求ならそっちにお願いします、と取立屋は狡猾《こうかつ》そうな口調で言った。

「判った。余計な心配はするな。いい加減、場所をわきまえてさっさと帰れ」

「へいへい。判りましたよ。金貸した相手が悪かったと諦めますよ。はいはい」

取立屋はあっさりエレベーターに乗ったが、佐脇を見返してニヤリと笑った。

カッとなった佐脇が閉まるドアに蹴りを入れていると、当の熊谷陽子がやってきた。

悪漢刑事は、大人げないところを見られたので苦笑いしながら振り返った。

「あの、すみません。刑事さんなんですね。私、なんだか勘違いしていたようで……」

「いやまあ、私もあの連中と似たようなもんですが」

佐脇は名刺を出すと、機先を制するように言った。

「誤解して欲しくないんですが、私は、毅くんの件について大いに疑念を持っています」

「警察の方、なのに？」

陽子は疑わしそうに見返した。その愁《うれ》いを含んだ表情は魅力的だった。喪服が似合う女がいるように、陽子の場合も、哀しみが美を引き立てているようだ。

「一応私も警官ではありますが、県警ではアウトサイダーというか落ちこぼれというか、そんなものですから」

佐脇は自己紹介をして、訪問の目的をかいつまんで話した。

「……要するに、探りに来たんですね？　私たちの一家が警察に不満を抱いて、良からぬ事をしでかさないか、と」

「とんでもない！」

姉が警察の人間全般に強い不信感を抱いているのは無理もない。それはそうだが、この調子では話が先に進まない。

「初対面では信じて貰えないのも仕方ありませんが……私は、この事件は白バイ側に過失があるのに、それを全面的に毅くんの責任に転嫁したものだと思っています。毅くんが証言出来ないのをいいことに、警察がやりたい放題をやったんです。別の白バイ事故でも、民間人である運転手の言い分を完全に無視して、まったく過失がないのに裁判で有罪にしてしまったんですからね。警察も検察も、裁判所も、全部がグルになって」

言葉を選んでいても仕方がない。佐脇は思ったとおりのことを口にした。

「それで、事故は毅くんの責任にされて、賠償金や慰謝料は入らず、保険もいろんな理由をつけられて、金もろくに下りないんでしょう?」

「ええ。お金は本当にありません。判りますか? ……見れば判りますよね」

陽子は自分の身なりを気にした。

「意識が戻らないままなので、お金は毎日飛んでいきます。それがもう五年です。家は売って、両親は住み込みで働いていますけど……」

熊谷家が経済的苦境にあるのは、説明されなくても判る。ここでも警察が、自分のメンツを守るために、平和に暮らしていた一般市民の生活を潰《つぶ》したのだ。

「もう、闇金しか貸してくれるところもなくて。お金がないと、病院から出なきゃいけないんです。それは、毅に死ねと言うことです。在宅では毅の生命維持は出来ませんから」

佐脇は、用意してきた公的補助や生活保護など、考えられるすべての福祉関係の書類を渡した。

「もう、既にこういうことはやってるんじゃないかとは思いますがね。それと、闇金でも法定金利を超えて払った分の請求は出来ます。知り合いの弁護士の連絡先がこれです。こいつには恩を売ってあるんで、タダでやってくれます。取りあえずは一息つけるんじゃないかと。いやもちろん、一番の問題は、警察がウソをつき続けていることなんだが」

渡された書類をじっと見ていた陽子の表情が、心なしか和《やわ》らいだように見えた。

「……どうして？」

「え？」

「どうして、こんなに親身になってくれるんですか？　警察のヒトなのに」

姉の警察不信、いや警戒心は強い。どう言葉を継いだものかと思案していると、携帯電話が鳴った。掛けてきたのは水野だった。

「……ちょっと失礼」

佐脇は廊下の端まで行って応答した。

「佐脇さん。また単独行動しちゃって。これじゃ身辺警護が出来ないじゃないですか！」

「こう言っちゃなんだが、お前におれは守れない。気持ちだけで充分だ。それより、おれを襲った犯人についての目星はついたのか？」

「今どこにいるんです？　そのことも含めて、上の方が佐脇さんと話したいと言ってます」

「独自で調査中だ。おれを襲ったやつを突き止めたい。今から戻ると上にはそう言っとけ」

電話を切ってエレベーターホールに戻ると、聞き覚えのあるカン高い声が響いていた。

そこにいるのは剣持だった。陽子に何かを言い募っている。

「いいですか。植物状態になった弟さんとあなたの一家は、間違いなく警察の犠牲者です。そのことを明らかにするために、是非、ボクに取材させてください。系列のうず潮テレビに働きかけてオンエアも出来るよう努力しますので、是非、映像も撮らせてください。テレビがダメでも、今の時代なら映像も音声もネットに流せます。時間をかけて広めれば、多くの人に見て貰うことが出来るんです。被害者の会を立ち上げましょう！」

熱く説得する剣持だが、それに応対する陽子の表情は晴れない。

「そういうのは……やっぱりちょっと」

「どうしてです？　なぜ駄目なんですか？」

剣持は陽子に迫り、肩でもつかみそうな勢いだ。

「この問題を広く世間に問いかけて声を上げて運動を起こせば絶対に、事態は好転しますよ。出来ることを、なぜやろうとしないんですか、あなたは？」

押しつけがましく暑苦しい口調にムッとしたのか、陽子は剣持を正面から睨みつけた。

「そうは言うけど、うず潮新聞もうず潮テレビも、今まで一度だって取材に来たことがありますか？　弟の事件を、報道なんかしてくれなかったじゃないですか！」

「いや、それは……」

剣持は詰まったが、すぐに立ち直った。

「ですから今、私がこうしてお願いに伺ってるんです。今までのことは今までのこととして、私が責任を持って報道して、被害者の会もバックアップ出来るようにと」

「今更そんなこと。私が表に出て世間に訴えれば、弟が意識を取り戻すとでも言うんですか、あなたは？」

「そうは言ってません。ですが、世間を動かして、弟さんの無念を晴らすことは出来るんじゃないですか？ それに、義援金とか……」

「私たちは物乞《ご》いじゃないです。今までだって、なんとか自分たちでやってきたんです。誰一人、助けてはくれなかったし。それを今更あれこれ言われても……」

陽子は、剣持とは口を利くのも嫌だという様子を、はっきり態度で表している。

剣持は、思い通りの展開にならないことに苛立《いらだ》ち始めた。

「だから、こういうことは粘りが肝心なんです。過去の足尾《あしお》鉱毒にしても水俣《みなまた》病にしてもイタイイタイ病にしても四日市《よっかいち》ぜんそくにしても、粘り強い告発と運動が世間を動かしたんじゃないですか！」

「悪いですけど、私は世間を動かすよりも、目の前の問題の方が大事だし、それで精一杯なんです。弟の看病とか、生活のこととか」

「だったら尚更！」

「もう、お引き取り願えますか？」

冷たく言って、陽子は立ち上がった。だが、それが剣持をキレさせてしまったようだ。

「あなた、何様のつもりですか？　だいたい、あなたのような無知で問題意識も何もない人間が世の中を悪くしているんだ！　こういう不条理を社会に告発しないから、警察はいっこうに態度を改めないし謝罪しないし、同じことを繰り返すんじゃないのかッ！」

癇癪《かんしゃく》を爆発させた剣持に佐脇はあきれ返った。もともとどこかズレた奴だとは思っていたが、まさかここまでの非常識とは。糾弾《きゅうだん》されるべきは県警の幹部だろうに。

だが佐脇が口を挟むより早く、陽子が負けずに言い返していた。

「私は人に迷惑をかけないように、自分たちのことは自分たちで何とかしようとしているだけです。それのどこがいけないんですか？　誰かを当てにしたって裏切られるだけじゃないですか。あなたが一体何をしてくれると」

「だから、それじゃ、現状から何にも変わらないでしょうが。はっきり言ってあなた、今の生活は大変でしょ？　それがすべて警察のせいだというのに、泣き寝入りするんですか？　メディアの力を甘く見ないほうがいい。世間がわっと反応すれば、すべてが変わるんです」

陽子に詰め寄る剣持も、今やほとんど喧嘩《けんか》腰だ。説得するというより、力ずくで論破して屈服させようとするかのようだ。

「そもそもあなただって、自分で自分でと言うが、そんなにえらそうな口が叩けるんですか？　生活費と入院費を作るのに、あなたはどんな仕事をしてるんです？　誰にでも胸を張って言える仕事なら、言ってみればいい」

「私が何の仕事をしようと、そんなことあなたに関係ない事でしょう！」

明らかに、剣持は一線を越えていた。自分の思惑通りにならないからといって、相手を侮辱《ぶじょく》していいわけがない。

近づいて成り行きを注視していた佐脇は、ここで割って入った。

「邪魔して悪いが、そこまでだ。おたくの新聞は、記者に倫理規定や取材要領やら、そういう研修はないのか？　マスコミなら何をしてもいいと勝手に思い込んでるだろ、お前」

「そんなことはない！」

「じゃあ取材する相手を煽《あお》るのはやめろ。そういうあざといやり方は、お偉いさん相手にやれ。何も悪いことをしていない普通の人に突撃取材って、馬鹿かお前」

面と向かって罵倒《ばとう》された剣持は真《ま》っ赤《か》になり、言い返せなくなった。

「あんた……あんたは」

佐脇に指を突きつけて言い返そうとするのだが、昂奮しすぎたのか、こういう展開に慣れていないのか、言葉が出てこない。

「どうした。あんたもマスコミなら、きっちり言葉でやり返してみろよ」

逆に佐脇に煽られる形になった剣持は、額に血管を浮き上がらせ、何か言い返そうと口を動かしかけたが、そのまま何も言えなくなってしまった。

「なんだ、あんた、失語症か？」

剣持は怒りでわなわなと震え始めた。文字通り全身を震わせて怒りを表現する男を、佐脇は初めて見た。

「ア……アンタ、ひかるさんの何なんだ？」

「はぁ？」

何を言っているのだ、こいつは。いきなり見当違いのことを言われて佐脇は戸惑った。

「だから、アンタは磯部ひかるさんとどういう関係なんだ、と訊いてるんだ」

剣持は鋭い目で佐脇を睨んでいる。その目には黒い怒りが浮かんでいた。

「ははぁ、なるほどね」

佐脇の顔に、揶揄《からか》うような笑みが浮かんだ。この男は嫉妬しているのだ。どうやら剣持は、ひかるの行動を厳しく監視しているらしい。

この、絵に描いたような頭でっかちのエリート記者を佐脇はさらに怒らせたくなった。

「ひかるのことなら、良く知ってるよ。あいつがまだウブな女子大生の頃からな。公私にわたって色々仕込んでやったのもおれだが、それがどうした？」

剣持は、思わず右手を振り上げそうになった。しかし佐脇が刑事なのを思い出したのか、かろうじて自制心を取り戻し、右手をぶるぶる震わせると、やがて、降ろした。

「なんだ。かかって来ないのか」

佐脇はなおも挑発したが、剣持は額をひくつかせたまま、くるりと踵《きびす》を返した。そしてエレベーターの脇にある階段を、激しい足音を立てて駆け下りていった。

剣持がなぜ、この問題にここまで執着するのか佐脇には不可解だった。記者なら自分が追っているネタに執着するのは当然だが、剣持の場合、どうもそれだけではないようだ。邪念とでもいうか、記者魂の発露とは違う何かで動いているように感じてならない。キャリアアップの材料？　エリートとして決定的な実績が欲しいのか？　いや、剣持自身がこの連続殺人・未遂事件に関わっている可能性はないか？　剣持なら警察の内部情報を手に入れて実行犯に流すことは充分に可能だ……。

階段に響く足音を聞きながら疑惑にとらわれていると、陽子が声をかけてきた。

「ありがとうございます。あの人、何度も家や病院に来て、本当にしつこかったんです」

陽子が佐脇に微笑《ほほえ》みかけていた。青白かった顔の血色が少し良くなっている。本来の美形に輝きが戻っていた。

その綺麗な顔を少し傾けると、陽子はじっと佐脇を見つめた。

「あの……私、これから仕事なんですが、よろしかったら、同伴していただけませんか？」

もうそんな時間か。同伴というからには、水商売か。剣持によれば『誰にでも胸を張って言える仕事』ではないらしいが。

「ああ、私、夜のお店に勤めてるので……」

彼女は長い髪をかき上げた。その仕草が妙にアンニュイに感じられた。同伴してくれと言うのは、これから仲良くしようということなのか？　ともかく、打ち解けられるなら、それは願ってもないことだ。

陽子は市民病院から、そのまま店のある二条町に向かうと言った。

「どうせ衣裳に着替えるんだから、地味な格好で出勤してもいいんです」


陽子に連れられて来た店は、佐脇も前に何度か入ったことがあった。頻繁に経営者が替わって店のカラーも変わる、落着きのない店だ。たしか前はピンクサロン、さらにその前はキャバクラだったはずだ。今は、ニューウェーブ・アミューズメントスペースという、訳の判らない電飾が瞬《またた》いている。

支度をしてくるという陽子と別れて、佐脇は黒服に席に案内された。

内装はほとんど居抜きのままの、いわゆるピンサロ仕様。薄暗い照明に、深紅の絨毯《じゅうたん》が床一面に貼られ、壁も深紅の布で覆われている。その中で背の高いソファが、なぜかすべて同じ方向に向いている。

時間が早いのに、客はそこそこ入っている。作業着姿の男たちに、外回り中のようなスーツ姿のサラリーマン、それに混じってオタクファッションの若者もいたりして、どういう客層をターゲットにしているのかさっぱり判らない。だがこの不景気にこれだけ客が入っているのは、案外、安いカネで遊べる店なのだろうか。

客席最前列には、キャバクラ時代にショーをやっていた名残のステージがそのままに残されて、きらきら光る銀色の棒が何本か立っているのが目を惹いた。

ステージかぶりつきの最前列の席に案内され、ビールを注文すると、ピーナッツとあれだけの、冴えない乾きものがついてきた。

料金のレートが判らないのでちびちびと飲んでいると、やがて重低音を強調した煽情的なサウンドが鳴り始め、店内の照明が落とされた。

陽子が横に付くんじゃないのか、とフロアを見渡したが、彼女がやってくる気配はない。

その時。一条の光が店の奥から飛んできた。

ショーの始まりかとステージを見ると、例の銀色の棒にスポットライトが当たり、まばゆく光った。

舞台袖の深紅のカーテンが巻き上げられると、スタイルのいい若い女が三人、登場した。一人は黒革のビキニ、もう一人はレオタード風、三人目は白いサテンの上下と、デザインは三人三様だが、全員が面積の小さい衣装を着て、腰をくねらせ、突き出た胸を誇示するように、ずんずんと響くリズムに合わせてステージ中央に進み出た。

サテンの薄い上下を着た、中でも一番肉感的な髪の長い女が、佐脇に向かってきた。

ぷりぷりした太腿が白のＴバックのボトムからすらりと伸び、くびれたウェストを強調するように腰を揺らして、あたかもセックスを誘っているかのようだ。そんな、フェロモンをむんむんと発散させている肉感的な女が、彼の目の前に迫った。

これは……。

佐脇は驚き、思わず生唾《なまつば》を飲み込んだ。

派手なメイクで見違えたが、このダンサーが、熊谷陽子その人だったからだ。

彼女は佐脇に向かって妖艶に微笑むと、音楽にあわせて踊り始めた。照明は、原色が次々に変わっていくベタで下品な場末のストリップそのものだが、妙にこの場の淫猥な空気に似合っている。

陽子は、ポールに脚を巻きつけて、妖艶に踊る。股間や胸を、さながらペニスに擦りつけるようにポールに押し当てて震わせ、上下に躰を滑らせる。反動をつけるように横に動くと、極小ビキニでかろうじて乳首を隠した豊かな双丘が、弾けるように揺れた。

次に、フェラチオが上手そうなぽってりした唇を半開きにして、陽子はポールにキスをしてみせた。まるで男を愛撫するように、舌先をつーっとステンレスに滑らせる。

病院で話をした時には、陽子の唇がこんなにも肉欲的だとは感じなかったし、胸も腰も脚も、まったくセックスを感じさせず、逆に禁欲的なものすら伝わってきたというのに、この変身ぶりはどういうことだ。

佐脇はあっけにとられてショーを観るしかなかった。

女にはそれなりに場数を踏んでいる。だから大抵のことには驚かない。今までにも、うらぶれた生活に疲れ色香も枯れ果てたように見えた女が、化粧をして下着同然の服を身にまとって酒席に出てくると別人のように妖艶になったり、さらにはベッドの上では想像もつかないスキモノぶりを見せて、熱いセックスを繰り広げた経験は数え切れないほどある。だが、この陽子ほど落差が激しい女は見たことがなかった。

陽子がTバックの、剝き出しのヒップを客席に向けてぷるぷると振り、さらに躰を反転させ両脚を大きく広げて股間を突き出し、騎乗位でセックスするように腰を揺すってみせると、飢えた男たちから「脱げ!」「やらせろ!」「オ〇〇コ見せろ」といった卑猥なヤジが飛んだ。

やがて、音楽が変わり、照明も変わった。陽子が別の客の前に移ったので、佐脇はほっとしてため息をついた。目の前に陽子がいて腰をくねらせている間ずっと、気持ちが張り詰めて息を止めていたのだ。

労務者風の客が、陽子の白い薄い生地のブラやボトムに千円札を何枚か挟むと、ボーイが霧吹きを持ってすっ飛んできた。客がうれしそうに霧吹きを使い、シューシューと彼女のバストや股間にたっぷりと水を噴きかけて濡らすと、隠していた部分が、みるみる透けてきた。乳首も、縦長に処理された陰毛も、すべてが透けて見えた。

だが佐脇は猥褻な気持ちになるどころか、痛々しく思えてならなかった。本来、やらなくてもいいことを、彼女はせざるを得ない……その事情を知っているだけに、他の客と一緒になって盛り上がるのは無理だった。

「オラオラ、もっと見せろ！」

「股広げてアソコも広げろ！」

酔った客のかけ声に、気がつくと佐脇は立ち上がってヤメロと怒鳴っていた。

「うるせえ、この酔っぱらいが」

「なんだテメエ。じゃなんでここに来てるんだ！　お前もあの女のオ〇〇コ観に来てるんだろうが！」

こんなことをすると陽子の営業妨害になると判ってはいるのだが、黙っていられなかったのだ。

「なんだこの野郎！」

佐脇に突っかかっていた酔客が、殴りかかってきた。が、もちろん佐脇の相手にはならなかった。

顔面に入った一発だけで、男は近くのテーブルの上にふっ飛んだ。

「なんだ。昔の映画の乱闘みてぇにやたら弱いじゃねえか」

やり場のない怒りでムシャクシャした佐脇は、さあ来いと指を鳴らして身構えた。

そんな血気にはやる佐脇を宥《なだ》めようと黒服が飛んで来ようとしたが、それより先に、陽子が佐脇の前に戻ってきた。

霧吹きを持った客は、「こんだけかい！　カネ返せ」と怒り出したが、黒服は急遽方向転換してそっちに向かい、しきりに宥め始めた。

陽子は、前かがみになって佐脇に囁いた。

「個室でのプライベートダンスに私を指名して。話は通してあるし、お金もいらないから」

この店の「プライベートダンス」は、言葉とは違う意味を帯びているようだった。

ショーが終わると、佐脇は黒服を呼んで、陽子に言われたとおりにした。

すぐに個室に案内された。そこは半畳くらいの狭い空間で、粗末なスツールが一つあるだけの場所だった。

そこで待っていると、陽子が先ほどの衣裳のまま入ってくるや、いきなり佐脇の膝に座ってバストを近づけてきた。

「おいおい……どういうことだ」

「ここは……こういう店なの。判ってるくせに」

陽子はそう囁きながら、着痩せしていた胸を佐脇に密着させて肩を揺らした。

「君の仕事は判った。でも、おれにこういうサービスをするのは、まさかこれが『お近づきの印』ってわけじゃないんだろ」

陽子は、答える代わりに、佐脇の左手を持つと自分の胸に運んだ。

薄くて濡れて透けた生地を通して、彼女の乳首が堅くなっているのがはっきりと判った。

「こういう事は、やめよう。代わりに、ちょっと話をしないか」

佐脇の声はかすれていた。

「でも、今の私には、こういう事しか出来ないから……」

陽子は佐脇の右手も取って、ビキニのボトムに導き、股間に押しつけた。

そこは熱く潤み、薄い布越しにクリットも大きく膨らんでいるのが判った。

「ねえ、ここは指入れもキスもありなのよ。なんなら、もっと」

陽子の表情は、病院での彼女とは一変して、男を強くそそる妖艶なものになっていた。

佐脇は彼女の意図を計りかねた。これこそ警察関係者を陥《おとしい》れようという計略かも知れない。いやそれ以前に、弟の前で憔悴《しょうすい》していた彼女を見てしまっているせいで、これはどの据え膳を前にしながら、どうにもその気になれない。

肉体を投げ出されてホイホイと調子に乗るほど女に飢えてはいない。かと言って、この誘いを断ると、陽子の顔に泥を塗ってプライドを激しく傷つけることにもなるだろう。

「なにか勘違いしていると悪いから言っとくけど……私、こういうこと、まんざら嫌々やってるわけでもないの……」

陽子の熱い吐息が、佐脇の耳をくすぐった。

「私じゃ、ダメ?」

＊

T県警本部交通機動隊の森光男巡査部長は、五年前に事故を起こしてからというもの、周囲から、まるで腫《は》れ物にでも触るように扱われていた。

事故のことには誰も、一切触れない。上司も部下も、そして妻までが。

男子高校生・熊谷毅のミニバイクとの衝突事故当初から、この件に触れることは警察内部でタブーとされていたが、悪い事にもう一件、同じ白バイに乗った平井警部が衝突事故を起こしてしまった。そちらを県外のマスコミが継続的に扱うようになってから、森巡査部長の事故もたびたび引き合いに出されるようになって、周囲が彼を『腫れ物』として扱う度合いもエスカレートした。

三十六歳の森光男には、妻はあるが子供はいない。それもあって、妻との何気ないやり取りにもつい気を遣うようになった。勢い、家庭内の会話は途絶えがちになる。永年仕事と同僚との付き合いを優先してきた結果、妻との間は元々しっくりしていない。お互い、言いたいことがあるなら派手にぶつかった方が、ガス抜きが出来てスッキリするだろうに、それも出来ないままに夫婦の仲は冷え切ってしまった。

彼自身、事故については思い悩んでいたが、警察という組織の一員としては、上が決定したことには従わざるを得ない。たとえそれが正しい決定ではなくても。

その決定に県警本部長も同意しているとまで言われては、森個人としては何も言えない。

『白バイが過失で事故を起こすことなどあってはならない。取り締まる側は常に無謬《むびゅう》でなければならない。あってはならないのだから、そういう事故は起こるはずがないし、起きたこともない』

『白バイ側に過失のない事故なのだから、森、お前が他の部署に異動したり処分されることはない。むしろ、お前や我々が完全に潔白だと世間に知らしめるためにも、お前は今までどおりに勤務しなければならないのだ』

『お前の独断で、熊谷毅の家族や親族に会って謝罪しようなどとは考えるな。話がややこしくなる。この件に情が絡むとどうしようもなくなるのは判るな？　熊谷の家族親族には県警として対処するから、お前は絶対に出てくるな』

森は事故の後、上の人間から命じられたことを思い出していた。

今は故人となった交通機動隊隊長の湯西、そしてその上の交通部長の両方から表向き諭《さと》すように、繰り返し言われたことだ。それは事実上の厳命だった。自分は警察にいるからこそ守られているということは、よく判る。警察にいるからこそ、かなり無茶な論法で彼の過失は封じ込められ、刑罰はもちろん、民事的な賠償からも守られているのだ。

ゆえに森は、熊谷毅の見舞いにも行かなかった。一度だけ家族と会ったことがあるが、俯《うつむ》いたままだった。それは上司に命じられたからではなく、森自身がどうしても顔を上げられなかったからだ。

県警内部の方針に従って、事故をあたかも「なかったこと」のように振る舞うには、彼はマトモ過ぎた。事故を揉み消した「先例」にあたる同僚や上司は、今ものうのうと警察幹部として在職しているが、彼はそこまで厚顔無恥《こうがんむち》になりきれない。

だから、署内で若手の白バイ隊員・陸田《りくだ》から、聞こえよがしの当てこすりを言われた時には、激しく傷ついた。

「ったく、事故って民間人を病院送りにするような下手糞は、白バイに乗る資格はないと思うんすけどね。自分は」

ロッカー室で隊員同士の、たわいない会話の中で突然出てきた一言は、さながら不意打ちだった。陸田自身も、近くに森がいると気づいていて、わざと言ったのに違いない。

陸田は別の小隊に属する、バイクが好きで好きでたまらないという隊員で、他県で一度は就職したがバイクへの情熱やみがたく、全国の県警から白バイ隊の募集を探し出して応募してきた若者だった。たしかに運転技術も、バイクに関する知識も群を抜いていて、上からも一目置かれている。

「こら、言葉に気をつけろ」

一応、押し殺した調子でたしなめる声は聞こえたが、普通ならこういう場面で反射的に展開されるはずの「貴様ぁ何を言っている！」という怒号も鉄拳制裁も起こらなかった。白バイ隊は上下の規律に厳しい部署だが、この件に関しては若輩の陸田が大先輩に当たる森を侮辱したにもかかわらず、その非礼が不問に付されたことがショックだった。

あの時、怒りを爆発させて、森自身が陸田をぶちのめすか、怒鳴りあげていれば……と何度も思った。だが、そんな事は出来なかった。出来るはずがない。

ただひたすら、聞こえないふりしているしかなかった自分。黒い澱《おり》のように、胸の底に溜まってゆくのは、屈辱と自己嫌悪だ。

勤務の後、森は自宅近くの店に一人、酒を飲みに行った。事故の後、誰も誘ってくれなくなったし、ピリピリした空気に満ちた家に帰るのも億劫《おっくう》だ。

一人で日本酒を飲んでいると、どうしても、「あの時」のことを思い出す。

魔が差したとしか言い様がなかった。あっと思った時には衝撃があり、自分がぶつけたミニバイクからふっ飛んでゆく人影が見えた。その瞬間、自分の警察での仕事は終わりだと思ったし、新聞沙汰になって人生すらおしまいだと覚悟したのだ。

『インターネットだか何だか知らないが、まったく面倒なものが出来たもんだ。昔はマスコミさえ押さえとけば良かった。あれこれ詮索してネットに書いている連中は、記者でもない素人のくせに、そこまで熱くなれるのが異常だよな。自分の家族が事故ったわけでもあるまいし。それに、何の関係もないやつらに金なんか出ないっていうのに』

そう言った機動隊隊長の顔が目に浮かんだ。しかし、ネットで警察を監視し、抗議をしてくる連中が金目当てではないと、森には判っていた。人間の心に、不正や、公平ではないことを憎む性質があるからなのだ。だからこそ、自分もこんなに苦しんでいるというのに。

陰に陽に自分を非難している連中が全員、欲得ずくであれば、話はどんなに簡単だろう。

森の神経は、ボディブローが効くように、徐々に蝕《むしば》まれていった。

そんなある日の夜。

帰宅しようと軽自動車を運転していた森は、不意に出てきた自転車と接触してしまった。

乗っていた女は、悲鳴を上げながら路面に倒れ込んだ。

「！」

田舎特有の、街灯もなく、暗い道で、信号のない交差点での、出会い頭だった。森は注意して、減速しながら交差点に入ったのだが、自転車が飛び出してきて接触したのだ。

こっちには過失はない。しかし……。森は困惑した。

今の状況で、また事故を起こしたとなれば、ますます周囲の見る目は厳しくなる。だが、届けずに済ませたことが後からバレたら、さらに言い逃れできない状況になってしまう。

しかし、その女は、何事もなかったかのように起き上がった。

「いいんです、私が不注意だったので、そっちは悪くないし。警察呼んだりしないで」

たまたま通った車のヘッドライトに照らし出された女は、二十歳前後に見える若さで、長い髪が印象的だった。

「ちょっと膝を擦りむいただけです。大丈夫です」と言ってはにかむ表情は、少女のようにも見える。どちらにしても美人と形容して間違いのない、魅力的な容姿だ。薄めのトレーナーに、デニムのミニという軽装なのも彼女を若々しく、魅力的に見せている。

後難を恐れた森は、きちんと事故処理した方がいいのではないかと迷った。

そんな様子を見ていた女は、恥ずかしそうに微笑んで、長い髪をかき上げた。

「実は……私は、警察に知られたくない事情があって……」

外国人の不法滞在か不法就労か、と思ったが、どう見てもその女は自然な日本語を使う日本人にしか見えない。

「私、ここで働いているんですけど、ちょっとその」

彼女は森に名刺のようなカードを見せた。それは、会員制の秘密クラブのようだった。

「一度、お店のほうに来てくれませんか？　そうしたらお互い、人には言えない秘密を知ったということで、おあいこになるじゃないですか」

地方は不景気が続いているが、T県にはめぼしい産業がなく、隣県に比べても経済の行き詰まりが甚だしい。ことに若者の就職は壊滅状態で、コンビニのバイトが決まっただけでも家族が赤飯を炊くという状況になってきている。そんな状況だから、資格も特技も不要で高収入を得られるセックス産業に若い女が吸い寄せられていく風潮があるのは事実だ。

「この店は、お客さんと一緒に行くと……同伴って言うんでしょ？　それをすれば、その分の手当てがつくんです。ね？　今からどうですか？」

若い女はさかんに誘いをかけてきた。その様子には必死さが漂っている。

「店に行くだけでいいんだったら……それでお互いおあいこになるんだったら……」

それで接触事故を黙っていてもらえるのなら有り難い。

森はそう思い、彼女を自分の車に乗せて店に向かうことにした。

「自転車は、帰りにここまで送って貰えれば乗って帰りますから」

店が看板になるまでいろということか。ヤバいと思ったが、店にいるだけなら別に問題になることもないだろう、と森は思い直した。

彼女の道案内でたどり着いたその店は、盛り場のフーゾク街にあるのかと思いきや、場末、というより田舎にあった。今は新しいバイパスが出来て、この界隈は完全に忘れ去られた存在となっている人里離れた旧国道沿いの、ガレージの上に客室のある今では珍しい「モーテル」だった。

職業柄、このへんの店でよからぬ動きがあるという噂は知っていた。辺鄙《へんぴ》な場所にあるのをいいことに様々な違法行為が行なわれている、というような噂だ。

「……ここか」

「そう」

若い女は、大事なことを言い出すタイミングを計っているように、幾分緊張して見えた。

「ここは、酒を飲ませるような店じゃないようだな」

「近くにそういう店はあるけど……ここは違う。おじさんが思ってるような場所よ」

若い女はそう言うと、森をじっと見つめた。

「私じゃダメ？　抱きたくはない？」

森は、急に喉《のど》が干上がったような気がして、言葉が出なくなった。

冷え切った関係の妻の躰は、もうずいぶん抱いていない。抱いたところで、しょせんは中年女の肉体だ。しかし……今、助手席に座っているのは、まさに「ピチピチした」若い肉体を持つ、セックスの相手としては満点の女だ。

デニムのミニから伸びる脚が、白くて眩《まぶ》しい。全体にほっそりして華奢《きゃしゃ》だが、出ているところは出ているメリハリのある躰つきだ。

その瞬間、彼は、この女の服を全部剝ぎ取って全身を思いきり愛撫したい、という激しい欲情に襲われた。荒々しく花芯を責めあげたら、この女はどんな風に反応するのだろうと、彼は思わず、女のほっそりした腿の合わせ目のあたりを視姦してしまった。

森は黙ったまま、車をモーテルの車庫に入れた。車から降りたところで、女が後ろからひし、と抱きついてきた。

若い弾力のある乳房を押し付けられて、思わず勃起しかかった。

そのソフトボールのような弾力とふっくらした感触は、若い女の胸にしかないものだ。

そのまま二階の客室に入った。ドアを開けるのも待ちきれず、ぐっと抱き寄せたまま室内に雪崩《なだ》れ込むと、森はベッドに彼女を押し倒した。

薄いトレーナーを捲《まく》りあげ、ブラを毟《むし》り取ると、張りのある美乳がぽろんとまろび出た。滑らかな白い肌に、紅色の乳首が二つ。さながら雪の中に咲く可憐《かれん》な花のようだ。

森の血液は沸騰した。夢中になってスカートをショーツもろとも引きずり下ろして、下半身を剝き出しにさせると、自分も手早くズボンを脱いで、臨戦態勢になった。

女の胸から腰にかけての曲線は優美そのもので、森の脳味噌は沸騰して泡立つほどに昂奮した。以前は人並みに女遊びもしていたが、事故を起こしてからはそんな気にもなれず、ずっと禁欲状態だった。だから、目の前の若い女体は、目も眩《くら》むほどの刺激だった。

双丘の間に顔を埋め、肌を愛撫しながら指先で両の乳首を嬲ってやると、彼女は早くも鼻から甘い吐息を洩らし始めた。

本気で感じているらしい様子が伝わってくると、森にわずかに残っていた警戒心も、すべて吹き飛んでいた。

「ねえ、あなたには……何か悩みがあるでしょう?」

女はそういう部分が鋭い。すでに下半身を脱いでいる森は、心も裸になった状態になっていた。

「まあ、な。どうして判る?」

「判るのよ、そういうことは」

彼女は甘く微笑《ほほえ》んだ。娼婦は時として男にとって聖母のような存在になるというが、今の彼女はまさにそういう雰囲気を醸《かも》し出している。

「あなたは全然悪い人じゃないと思う。私には判るの。だから、私だけは信用してくれていいよ」

嬉しいことを言ってくれる。

森は、有り難うと言って、乳首を指に任せ、舌を這《は》わせて女の全身を愛撫しながら、顔を下半身に降ろしていった。

秘毛を掻き分け、舌先で秘部をまさぐる。両腕でがっちり挟み込んでいる腰は、優美な曲線を描いている。そのウエストの締まり具合が醸し出す色香の芳醇さは、若さゆえだ。

彼女の秘腔は固く閉じていたが、舌先で抉じ開けるように愛撫しているうちに、次第に濡れてきた。同時に、森の舌の動きに反応して、ひくひくと下肢を震わせる。

それを見てもはや我慢出来なくなった森は、痛いほど屹立した肉茎を秘唇にあてがうと、一気に押し入った。

「う……ああん」

結構キツい締まりをみせる女芯は、積極的に誘った態度とはうらはらに、あまり経験はないのではないかと思わせた。

彼女の果肉はしっかりと肉棒を包み込み、少しでも動かせば、たちまちきゅっと締まる。森が大きくグラインドし、あるいは激しくピストンすると、彼女のそれも、絶対離すまいというように吸いついてくる。

その感触は、思えば新婚以来、本当に久しぶりのものだった。

彼は、思い切って体位を変えた。このまま正常位で続けていると、あっという間に暴発してしまいそうだったからだ。こんな上玉と手合わせしているのに、あっけなく終わってしまってはもったいない。

彼は名も知らぬ若い女をベッドの上でよつんばいにさせて尻を突き出させると、バックから攻め始めた。

「はうん！　はああっ！」

隣にまで聞こえるんじゃないかと思うほど彼女の声は大きく、本格的に官能の火が点いたのか、彼女は声を上げながら腰を揺すった。

ぷるぷるときれいな乳房が揺れ、腰がゆらめくのを後ろから鑑賞しつつ突き上げる快楽に森は酔いしれ、すべてを忘れて、めくるめく行為に没頭した。

＊

「佐脇さん、知ってますか？」

何もない寮の一室でグズグズしていた佐脇に、鳴海署警務課の『事情通』、八幡《やわた》が電話してきた。

「いきなりなんだよ。おれは朝のまどろみを楽しんでたのに」

「もう九時過ぎてますよ。相変わらずですね」

それはともかく、と八幡は声を潜《ひそ》めた。この男がとっておきのご注進をする時の癖だ。

「今、熊谷毅の件をお調べでしょ？　いやいや、そういうことはすぐ私の耳に入るようになってるんです。で、熊谷のお姉さんには会ったんですよね。では、熊谷毅を植物状態にした張本人には会いましたか？」

「白バイの森光男か？　それはまだだが」

身内の八幡にまで『張本人』呼ばわりされている森の扱われ方については、会う前からだいたい想像がつく。

「その森ですがね、警察としては体面上、以前と同じ勤務をさせてますが、実質的には謹慎状態ってとこです。しかし当の森は、いい気なもんで、若い女と宜しくやってるようなんです。その若い女ってのが、もしかすると、まだ未成年じゃないかって話まであるんで」

森は既婚だが、不倫ぐらいなら見逃される。だが相手が素人で、しかも未成年となるとバレた時が怖い。いずれ内部調査の対象になるのでは、と八幡は嬉しそうに言った。

「お前は常に、他人の不幸が楽しい奴なんだな」

そう言いつつ、その若い女性とは熊谷陽子のことではないか、と佐脇は反射的に考えた。やつれてはいたが、陽子もまだ若いし、そういう雰囲気になるとむせるような色気が湧き出す。佐脇自身も誘惑されそうになったし、弟を植物状態にした当の白バイ警官に、彼女が近づいたとしても不思議はない。

もしや、陽子は何らかの形での復讐をもくろんでいるのではないかと、佐脇は危惧《きぐ》した。

警察に全面的に庇ってもらった白バイ警官が女でつまずいたとしても、心は痛まない。だが、被害を受けた側が、復讐という間違った手段で『正義』の実行に走り、その結果、一生を棒に振り、さらなる不幸に陥るなどという事は、絶対にあってはならない。

佐脇は、森光男巡査部長に会うことにした。

「あんたが佐脇か……」

開口一番、森は顔を歪《ゆが》めた。

「お前は狙われている。おれも訳ありだ。そんなおれたちが一緒にいたら危険だろ！」

白バイを降り、脱いだヘルメットを手に持ったまま、森は吐き捨てるように言った。

「ほう。お前にも、悪いことをしたという自覚はあるのか」

県警交通機動隊の車庫で待ち伏せていた佐脇は、ずけずけと言葉を浴びせた。

「おれだって、周りが思ってるほど鈍感じゃない。平井の件と、おれの件が繋がってるって事も判ってるよ。平井の件の方が話題になった分、こっちから世間の目が逸れて助かってるとも思ってる」

車庫から直接、白バイ隊員の詰め所兼控室に入っていけるのだが、他人のいるところで話をしたくないと見えて、森の足は止まった。

「向こうで話そう」

森は、車庫の、控室とは反対側にある白バイ整備場に向かった。そこにも簡単な喫煙所があって、修理を待つ白バイ警官の居場所があるのだ。

「今のところ、おれが身の危険を感じるようなことは何も起こってないよ」

森はパイプ椅子にどかっと腰を下ろすと、煙草に火を点けた。

「どっちかって言えば、あんたの方がハッキリ狙われてるんじゃないのか？」

森は佐脇に顎を突き出した。虚勢を張っているのがミエミエのでかい態度だ。

「森よ。お前は一連の事件で、唯一の生き残ってる加害警官だが、反省はないのか？」

さすがに面と向かってこれほどハッキリと言われたことはなかったらしく、森は驚いた。

「反省か。それ以前に、事故の処理については、おれ個人の意見は差し挟めないんだ」

森は、まだ半分以上残っている煙草を揉み消すと、次の煙草に火を点けて、神経質そうにすぱすぱと吹かした。

「組織の人間として、上が決めたことには逆らえない。おれの件は、上の方が処理してくれたんで……おれとしては、それに従うだけだ」

何度も頭の中で考えて、彼なりに練り上げたのであろう定番のような答えが返ってきた。紋切り型と思えたのは、森の言葉にいささかの感情も感じられなかったからだ。

「おれも警察の一員だから、お前の言ってることは判らないこともない。だが、あの事故はお前の経歴にはまったく何のキズにもなってないんだよな。上から何か言われたにせよ、人事上の処分は、訓告も戒告も、何ひとつ受けてないだろ。相手は植物状態だってのに」

森は、また煙草を不愉快そうに揉み消すと、新しい煙草に火を点けようとして、一本も残っていないことに気づき、いらいらとパッケージを握りつぶした。

「で？　あんたはおれにそういうイヤミを言いに来たのか？」

「あいにく、おれはそんなにヒマじゃねえんだ」

佐脇は森に顔を寄せて、小声で囁いた。

「上の連中が、なぜお前さんを一切処分しない事に決めたのか、その理由が知りたい。あんただって、自分でヘンだと思わないか？」

「それは……警察のメンツってものを守ろうとしてるんだろ」

それはもちろん判る、と佐脇は頷いた。

「だが、それだけじゃないはずだ。警察の評判をどん底に落としてまで、お前ごとき下っ端白バイを庇うか？　組織ってのはそのへん冷たいぞ。邪魔だと思えばばっさり切る」

腹を立てて反論してくるかと思いきや、森は真剣に考え込んでしまった。

「そうだよなあ……言われてみれば。おれ自身、そのへんが引っかかってる」

佐脇が差し出した煙草を素直に貰って火を点けた森は、じっと考え込む様子だ。今度はじっくりと根本まで吸うと、ゆっくりと紫煙を吐き出した。

「関係ないかもしれないが、ちょっと思い出したんだ」

森は煙草の灰を床に落とし、佐脇に向き合った。

「白バイやパトカーの事故が増えてるので、安全確保に留意して運転技量の向上を図るようにというお達しが、警察庁《サッチョウ》から出ていたらしい。で、空いてる時間に運転免許の試験場を使って自主トレなんぞをやり出したんだが、しょせん試験場のコースなんて、箱庭だ。実地じゃ役に立たない。で、実際の公道で実践訓練をするようになった。おれの場合は……」

森は思い出して、はっとした。

「おれは……ミニバイクを追ったんだが、それが実践的訓練になると思って追跡してた。だが、そのミニバイクは、こっちの予測に反して、すぐにブレーキをかけて停止した。おれは咄嗟のブレーキが利かず、減速が足りないまま突っ込んでしまったんだ」

「で、白バイ事故が一件増えましたというわけか。サッチョウの通達のマンマをやってりゃ世話ないな。バカな事故を減らせというお達しの、モロ逆をやっちまうとはな」

「そうだよな……」

頭が悪いのか視野が狭いのか、森は、自分の問題点をやっと理解したようだった。

「大体見えてきた。結局のところ回り回って、やっぱり、県警のメンツって話になるんだよ、白バイの事故ってのは。お前さんの場合も平井のあの件も、モロに公道での実践訓練、つまりは運転技能習熟走行における失敗だったんで、上は全面的に庇うしかなかったと。おそらくはそういうことだ」

平井の白バイはなぜ、無理な追い越しをかけようとして反対車線に飛び出したのだろうと佐脇はずっと疑問だったのだが、それが今、解けた。あの無理な追い越しは、『実践的訓練』の一つだったのだ。そして、平井はそれに失敗した……。

「で、下手打った白バイ警官をどう庇う？　答えはひとつ。事故った相手を徹底的に悪者にするしかない。白バイは全然悪くない、相手が悪かったという事にするしかないんだ。警察がその気になれば、どうにでも出来るからな」

鑑識も検察も裁判所も、みんな警察の味方だと言う佐脇に、森は深く頷いた。

「今、判ったよ。多分、そういうことなんだ」

「大本の原因はサッチョウからの通達にある。サッチョウ絡みとなると、お前さんがやった事故にしても平井が死んだ件にしても、一警官の不祥事じゃ済まされない。日本の警察トップのメンツに関わると、テンパった県警が必死になって民間人に罪をおっかぶせ、白バイにはまったく過失がないことにして幕引きを計った。そういうことだな」

「……そういうことなんだろうな」

森は項垂《うなだ》れた。

「なんだか、胃が痛いな。吐き気もしてきた」

力無くそう言うと、森は足取り重く控室の方に歩いていった。

それを見送った佐脇は、携帯電話を取り出した。森から聞き出した内容のウラを取る必要がある。

東署から少し離れた公園に移動して、周囲に人がいないことを確認してから、佐脇は警察庁の入江に電話を入れた。

「これはこれは佐脇さん。なんだかあれからも大変な目に遭っているようですね」

「ああ。もう大変だよ。何度も殺されかけた」

入江はいつものように皮肉の応酬が始まるのかと身構えている様子だが、佐脇にはそんな余裕はなかった。単刀直入に、森が口にした警察庁通達の件を照会した。

「ちょっと待ってください……こちらも通達ってやつは毎日どんどん出してるんで」

コンピューターで検索する気配が伝わってくる。

「ああ、ありました。『交通街頭活動中の殉職・受傷事故防止対策の推進強化について』という通達ですね。平成十八年二月十五日付で各管区警察局広域調整部長や各道府県警察本部長宛に、ウチの交通局交通指導課長・交通局交通企画課長・生活安全局地域課長の連名で出されてます。書類番号は、警察庁丁交指発第18号、丁交企発第30号、丁地発第10号……」

「そんなものはいい。どういう内容か聞かせてくれ」

「ええと……具体的には、体験型・実践型教養訓練の、積極的な実施、となってます。緊急走行、追跡追尾走行訓練を励行せよということですね」

「実践型ってことは……まさか公道で、追いつ追われつをやれってことか？」

「県警本部によっては、そう解釈される可能性もあります」

「馬鹿な。なんでそんな通達を……」

「理由はありますよ。平成十七年までの五年間に、交通街頭活動中の事故により全国で十人の警察官が死亡、九十一人が怪我をしているのを受けて、ということになってます。つまり、事故防止対策ですな。同様の通達は平成十四年三月十二日付でも出されてます」

「入江さんよ、つまりこういうことか？　ただでさえ運転に難アリで事故ばかり起こしている白バイ隊員がここ十年くらい全然減らないから、『訓練』と称して公道をぶっ飛ばさせ、結果、民間人を巻き込んで、さらなる事故を起こすことになってもやむなしと」

「それは極論ですよ。しかも悪意ある解釈に過ぎるでしょう。そもそも警察庁としては、瑕疵《かし》はないですよ。どう訓練をするかは現場である各警察本部に任せてあるんですからね」

佐脇は頭を抱えたくなった。

「ほら出た、役人の逃げ口上が。あんたらサッチョウの高級官僚さんには、県警本部ってもんがどれだけ馬鹿で石頭で事なかれ主義の権化か、まるで判っちゃいないんだ」

公道での訓練など、危険なことこの上ない。いくら本番さながらの環境でやらなきゃ意味がないとはいえ……と佐脇は言わずにいられなかった。

「たとえば防衛省が航空自衛隊の現場部隊に、戦闘機を公道に緊急着陸させる訓練を抜き打ちでやれと言うのに等しい。あんたらの出した通達はそれと同じことだ」

「だから極端ですよ、そういう喩《たと》えは。あくまでも実際のやり方は各県警にゆだねる、と言ってるじゃないですか」

「ゆだねるのは結構だが、サッチョウからそんなことを言われた県警が何をやらかすか、それがまるで判ってないとおれは言ってるんだ。東京だの大阪だの大都市の警察はどうか知らないが、ウチみたいな田舎警察にとっては、サッチョウの通達と言えば水戸黄門の印籠みたいなもんだ。絶対的な力がある。いつだってトップはそっちから来るんだし、田舎警察は首根っこを押さえられてるんだから、通達となればナニを置いても実行して内容を実現させなきゃいけないんだ。その結果がこのていたらくだ」

「なるほど。おたくの県で白バイの過失が原因となる交通事故が続けて発生。だが警察は検察や裁判所とグルになって隠蔽《いんぺい》に走った。そのことを言ってるんですか、佐脇さんは」

佐脇の言い分を遮《さえぎ》った入江の声は、冷静な客観的な調子に戻っていた。そもそも自分が出した通達でもないし、崩壊した徳永一家の生活や、病院で寝たきりの熊谷毅をこの目で見たわけでもない入江にとっては所詮、他人事なのだろう。

「そうだ。地検や地裁なら、県警の顔色を窺うというのは判らないでもない。地方は何と言っても警察が一番強いんだからな。しかし、だからって高裁までが田舎警察の言いなりになるのか？」

「それは、私が言うのもナンですが、警察庁のこの通達が効いたのではないかと思われますね。私個人の見解としては、あの徳永さんを有罪にした高裁判決は、司法の崩壊だと言わざるを得ませんが」

「入江さん。あんた、まるで評論家みたいに上から目線で、まったくの他人事としてヒョーロンしてるが、あんただってその元凶たる警察庁の一員なんだぜ」

「しかし私はこの通達には関与していないし、分野も違う。私の権限が及ばない以上、私にはどうすることも出来ません。責任を感じる事にも限界を感じるわけです」

入江にもやはり、役人の論理が骨の髄まで染み込んでいるのだ。

これ以上、何を言っても無駄なのだろうと佐脇は割り切った。

「まあ、あんたが警察庁長官にでもなった暁《あかつき》には、この件を蒸し返して追及させて貰うよ。……で、ちょっとおれの考えを聞いてくれ」

佐脇は、平井の事故についての自分の推理を話した。

「警察庁通達に基づき、公道で白バイの訓練をしていた平井は事故を起こしてしまった。しかし、メンツ大事の田舎警察はまさか白バイに落ち度があると認めるわけにはゆかず、逆に民間人である徳永さんを加害者に仕立て上げ、警察に都合のいい証拠だけを揃え、裁判に持ち込んで相手方の泣き寝入りを狙ったと。その段階で民間人なら無力を悟って警察の言いなりになると計算していた。現に、森の事件ではそれがうまくいったんだからな。森の白バイにぶつけられた高校生が現在も昏睡状態で争えないので、熊谷さん、いや民間人側は泣き寝入りするしかなかったわけだが、今回もそういう展開になるとタカをくっていた。太平洋戦争のあと日本を簡単に占領出来たから、イラクでも同じことがやれると思い込んだアメリカみたいなもんだ。だがそこが田舎警察の浅はかさ。そうそう何度もテメエの都合通りにはいかねえや。あに図らんや、馬鹿な連中の目論見《もくろみ》通りには行かず、加害者にされた民間人は徹底的に争って、最高裁まで行ってしまった、と」

「まあ、そういうことかもしれません。遺憾ではありますが」

入江はあっさりと認めた。

「昏睡状態の高校生とは違って徳永さんは事故の顚末を全部覚えている。白を黒と決めつけられて納得するわけがない。おまけに前科が付き、勤めていた会社は倒産させられ、仕事で必要な運転免許まで召し上げられるとなっちゃ、泣き寝入りなんかするもんか。そこが判らない県警の馬鹿さ加減は底なしだ。しかも地元のマスコミは押さえたが、全国のマスコミまで押さえる力はなかったというお粗末だ。結果、田舎警察のでっち上げが大勢の人にバレてしまった。だが、この期に及んでも、いや、こうなってしまった以上、田舎警察は既定路線で強行突破するしかなくなって現在に至ると、こういうわけだな」

「おそらくは、佐脇さんのご推察の通りだと思いますよ」

入江は、評論家的な立場を崩さないまま、他人事のようにコメントした。

「県警本部長は中央から来た、いわば大切なお殿様です。下の者が馬鹿なアタマをひねって余計な気を利かせた結果、墓穴を掘ってしまったのかもしれないですね。頭の悪い証拠に力で無理やり押し切ろうとしているのがミエミエだ。恥ずかしいったらありゃしないって感じです。もちろん、冤罪の当事者は大変ひどい目に遭われているわけですが」

言葉の調子があまりに軽いのに、佐脇は苛立った。

「そう考えて戴けて、感謝するよ。ところであんたは、この件に関して、まったく動く気はないのか?」

「さあ……それは。このレベルの案件では、中央が地方の警察を指導するのは難しいですね。県警の顔も立てないといけないですし」

入江は途端にトーンダウンして、曖昧な口調になった。

「もちろん、中央レベルの話にまで大きくなれば、動かざるを得なくなりますが……」

「その中央レベルってのは、どういう状態のことを言うんだ?」

「国会で問題になるとか、国政選挙の争点になるとか、NHKが特集を組むとか、大新聞がキャンペーンを張るとか……」

「なるほどね」

「ただね」

入江は声を潜めた。

「ウチとしてもおたくの県警が目立って失策を重ねてるのを傍観しているわけじゃないんです。例の通達を立案した張本人が、なんだか策を弄《ろう》しているようです。コトの幕引きを計って自分の身も安泰にしようというんでしょう。近々、そちらに顔を出すかもしれません」

「サッチョウじきじきのご指導が入るわけですな。それもまた面倒なことだ」

「それと、これはまあ、佐脇さんならすでにお考えのことと思いますが、今回の連続殺人、同未遂事件は、警察内部の情報が漏れてますね。部内の人間が漏らしているのか、警察情報を知り得る人物が漏らしているのか……犯人も、単独ということはないでしょう」

「判事や検事がやられた件を含めると、被害者が全国に散らばっているからな」

入江も似たような事を考えていた。直接手を下したかどうかは別にして、剣持が関与している疑いは濃厚になってきた。しかしそれは心証であって、証拠はまだない。

佐脇が話を続けようとした時、割り込み電話が入った。水野からだった。

「新展開です。工藤殺しの現場にあったダリオの瓶から、飯田《いいだ》マサルの指紋が出ました。未成年のことでもあり慎重を期すために現在再鑑定中ですが、ほぼ間違いないかと」

では工藤殺しは、あの少年か。徳永一家への同情と、警察への怒りが動機なのか。

「再鑑定を待って事情聴取に踏み切ろうと思います」

「そんな悠長なことがしてられるか。これから非公式におれが会って話を聞く。喫茶店で未成年と刑事が世間話しても、別に構わないよな?」

佐脇は電話を切ると、その足でマサルの家に急行した。

「なんだよ。るっせえなあ」

アパートの玄関口に出てきたマサルは佐脇を睨み上げた。部屋の中は足の踏み場もないほどのゴミが溢《あふ》れ、その中に埋もれるようにして中年女がだらしなくイビキをかいていた。

「ヒトんチをジロジロ覗くな」

「ちょっと話がしたい。ここが嫌なら、サ店にでも行こうぜ」

佐脇は半ば強引にマサルを近くの喫茶店に連れて行った。イマドキ珍しくなった、テーブルがテレビゲームになった懐かしい喫茶店だ。

「お前、二条町にはよく行くだろ？　あそこはゲームセンターとかワルの溜まり場とか、いろいろあるもんな」

「行かないとは言わないけど、それが何か？」

「この前、二条町で警官が殺された事件があったろ。犯人が車で逃げたんで、オマワリが拳銃をガンガン撃った事件」

ああ、とマサルは興味なさそうに返事した。

「あの夜な、警官が殺された現場に、お前の指紋が付いたダリオの空き瓶があったんだよ」

それを聞いたマサルは挑戦的な笑みを浮かべた。

「じゃあなにか？　オレがその警官を殺したってか？　ダリオの瓶なんか、いつのモノか判ったもんじゃないだろ。たしかに二条町にはよく行くし、ダリオだって飲む。だからオレが犯人か？　警察ってスゲエな。そうやって人に罪を着せるのかよ」

「その時、拳銃を撃ったのはおれなんだよ。現場から走り去る犯人も見た。それがどうも、お前ソックリなんだよな、背恰好が」

マサルの顔に少しばかり動揺が走った。

「さあなあ。その時いたかもしれないし、いなかったかもしれないし。けど、仮に、オレがあの晩、二条町のあの辺を思いっきり全速力で走ったとして、それが罪になるのかよ？　二条町はよく行くから、そのへんにある瓶ぐらい触ったかもしれないけど、いちいちそんなこと覚えてねえし。逆に覚えてる方がおかしいだろ」

「まあいい。徹底的にお前のアリバイを洗えば判ることだ。その前に自分の口からするっと喋っちまった方が、気分がいいんじゃないかと思ってな」

何か言おうとしてマサルは、口を尖《とが》らせたまま凝固した。言おうか言うまいか、激しく迷っている様子だ。

こりゃ、あと少しで落ちる。

持久戦に持ち込もうと佐脇が煙草に火を点けた時、店に水野が入ってきた。

「佐脇さん。至急署に帰ってください」

水野には自分の居所を伝えてあったのだ。

「高砂交通部長が呼んでいます」

佐脇は内心、舌打ちをした。もう少しでマサルが落ちるところだったのに。

だが呼びにきただけの水野に毒づいても仕方がない。

「じゃあオレ、もう帰っていいっスね？」

明らかにほっとした様子を見せたマサルは、佐脇たちよりひと足先に、喫茶店を出て行ってしまった。

第六章　歪《ゆが》んだブレイクスルー

交通部長が待っているという会議室に佐脇が入ると、テレビで見覚えのある悪相が黒板の前でふんぞり返っていた。髪が薄くて広すぎる額は脂《あぶら》でテカテカ光り、目つきは悪く、下から睨《ね》め上げるような目線が恨めしく挑発的。上唇を歪めるような話し方は、悪評さくさくの記者会見でのふてぶてしさそのままだ。

「次に殺《や》られるのはもっぱら私だという評判だね」

開口一番、高砂交通部長はカマしてきた。

「次って、何がです？」

「言わずとしれた、次のターゲットだよ。平井の件の関係者でまだ無傷なのは私だけだろ」

「それなら、平井の件には無関係なのに襲われた自分は、いったい何なんですかね？」

佐脇はあえて聞いてみた。

「それはキミ、キミが出しゃばりだからだ」

高砂は、太い眉毛をひくひくさせた。

人間、立場や役回りによっては意に添わない言動を強いられることもある。昔の武家社会でも誰かが矛盾《むじゅん》を一身に引き受けて、いわゆる詰め腹を切ったり切らされたりしたが、そういう封建社会のもっとも悪い面を、現在受け継いでいる組織が警察だ。だが、高砂の場合、部下に『白を黒と言わせる辛さ』というものがまったく伝わってこない。プロ野球の監督でも、非情な采配をした後は何かと気を遣うだろうに、この高砂は、やりっ放しだ。

「佐脇。キミにも判ってるだろうが、仮に私がやられたら、警察の面目は丸潰れになり、威信は大いに低下する。それは治安の悪化に繋がり、日本は無法地帯と化す。判るね？」

「もちろんですとも、交通部長」

大義名分を振りかざして自分を守らせようというセコさが透けて見える。その見苦しさが判っていないのは、高砂本人だけなのだろう。

正直にオレを守ってくれと言えば良いものを、と佐脇は心の中で毒づいた。

「ところで、交通部長として、また会見を開くおつもりはないのですか？」

「だから記者たちに何を言う？　言うべき事が見つからないが」

県警は、平井の事故について問題点はまったくないという立場だ。一度そう言い切った以上、たとえ一部でも変更して誤りを認めるのは警察の無謬を崩すことになり、それは警察の威信を低下させ、ひいては治安の悪化に繋がり……という論法だ。

「佐脇。キミはウチの白バイ隊に顔を出しているようだが、余計な詮索はしないでくれるか。隊員が動揺する」

「まさか、おれ一人がちょろちょろ出入りしただけで、ごつい隊員が動揺するとでも？だとしたら白バイの連中は、見かけによらず神経が細いんですね」

「いいか。白バイやパトカーに乗る者は日夜危険と直面しているんだ。それだけ神経を擦り減らしている。飛行機のパイロットと同じだ。それくらいのことが判らんのか」

さすが県警の独立愚連隊、あるいは関東軍と渾名《あだな》される部署の長だ。

「そしてこの件が長引くと、県警や白バイ隊に対する無責任な批判が高まる恐れがある。今は県外のマスコミが話題にしているだけで、県内のうず潮グループは良識ある判断をしてくれているが、世論というモノは気紛れだからな。逆に警察に楯突く者を批判する流れが出来てくれればいいのだが……」

地元唯一で、事実上の独占企業であるうず潮新聞とうず潮テレビは、二件の白バイ事故をひたすら黙殺している。マスコミの機能を全く果たしていないのだが、高砂にとっては、こうして話題にされないまま忘れ去られるのが一番有り難いことなのだろう。

「もちろん、普通に考えて、まるで私刑《リンチ》のように関係者が襲われていく事態は、絶対に許してはならない事ですな」

こんな当たり前の事を言わせるためにわざわざ呼びつけられたのだろうか。しかも、非公式とはいえ、工藤殺しの有力容疑者を追い込んでいる最中に？

佐脇は、高砂の真意を探ろうとした。

「ですが交通部長。この連続殺人の犯人をあぶり出すには、あらゆる側面からの捜査が必要です。こんなことは、交通部長には釈迦《しゃか》に説法だと思いますが」

「もちろんそうだが、警察内部で仲間を疑うようなことがあってはならんよ。戦友を後ろから撃つような真似は、絶対にしてはいけない」

それに対して佐脇から相槌がなかったので、高砂は重ねて言った。

「人間誰しも完全ではない。それをお互いカバー出来なくては組織の中で存分に働けない。そしてまた、組織も成り立たない。そうだろ？」

ごく単純な一般論としては正しい。しかしそれが、権力を持つ組織、いや、一般人の命すら左右し得る組織だったらどうなる？　食べ物の安全についていい加減な企業はこれでもかというくらいに糾弾されるし、安全を確保しない遊園地も廃園に追い込まれる。税金を浪費して馬鹿なことをする役人や役所も叩かれる。ましてや事件や事故を捜査して誰かを逮捕し有罪に出来る警察は、もっともミスが許されない役所だ。だが、過ちを犯してしまった場合でも、速やかにそれを正して謝罪すれば、逆に警察への信頼は高まるだろう。

しかし、高砂はそうは考えない。ミスなど存在しない、警察に間違いなど絶対にあるはずがないと言い張って、強引に押し切ろうとしている。

と、ここまで考えて、佐脇にもやっと判った。

この典型的な体育会系警察官には「皆まで言わせるな、一を聞いて十を知れ」とほのめかす言葉すら、口にする気がない。後から「ああ言った」と言質を取られたくないのだ。

要するに高砂は、白バイ警官の不始末は、県警の聖域である白バイ隊まで持ち込まず、お前らの段階で適当に処理しておけ、と言外に匂わせて、それを察しろと言っているのだ。

こういう相手には何を言っても無駄だ。しかし黙って頭を下げれば、「はいはい万事心得ております」と恐れ入ったことになる。それはシャクだ。

「まあ、亡くなった平井はともかく、森も考えてみれば気の毒ですな。組織のシガラミで身動きが取れず、結果、自分の魂まで汚してしまってね」

なんだと！　と高砂が怒り出したところで、会議室備えつけの電話が鳴った。佐脇が取ると相手は交通部の婦警で、外線からだと言った。

「高砂交通部長がそちらの会議室におられるはずですよね？　緊急とのことなので、お繋ぎします」

ちょうど良かった。こんなヤツの相手はもううんざりだ。

受話器を置いた佐脇は交通部長に電話ですよと告げ、そのまま会議室を出ようとした。

「あーもしもし。高砂だが……ああ、君か。……何だと？　一体何を言い出すんだ君は？」

聞き苦しいダミ声でうろたえる様子が少し気にかかったが、それより今はマサルのアリバイを調べることが先だ。工藤殺しの実行犯は、あの少年かもしれないのだ。

高砂の根性の悪さは再確認したが、わざわざ圧力をかけるためだけに、正式なものではないとはいえマサルからの事情聴取を邪魔された。腹を立てながらとりあえず席に戻った佐脇は、そこに磯部ひかるが待っていたのに驚いた。

「あれ。お前、なに出歩いてるんだ？」

ひかるはまだ入院しているはずだった。

「昨日退院したの。連絡しなかったのは大袈裟になるのがイヤだったから」

「おれが転がりこんだせいで、あんなことになって、怒ってるのか？」

全然、と言いながら、ひかるは持ってきたノートパソコンを開こうとした。

「ちょっと聞きたいことがあるんだが」

「ネットのこれ、本当ですか？」

二人は同時に言葉を発したが、強引さと切迫感でひかるの方が勝った。

「ちょっとこれ見てください」

と、ひかるは自分のノートパソコンに、ネット上のあるサイトを表示させた。

た。

「これ、いわゆる『まとめサイト』です。例の、二件の白バイ事故に関する」

そのサイトには、熊谷毅の入院している病院でのトラブルが歪曲されて掲載されてい
た。

『被害者の姉、熊谷陽子さんを脅す悪徳刑事』

「なんだこれは？　悪徳刑事には違いないが、熊谷陽子を脅したりはしてないぞ、おれは」

だがそれは佐脇が陽子を脅していた、という目撃情報で、「警察に不利になるような事を口外するな、と刑事が陽子さんに迫っていた可能性が濃厚。警察によるあくどい口封じだ」などと、事実に反することが、しかも断言口調で書き込まれていた。

「これはどういうものなんだ？」

「ですから『まとめサイト』です。ある事柄や事件について、ネットを見た人たちが情報を共有できるように設置されたものです。いろいろなパターンがありますけど、だいたいは、サイトの主宰者があちこちの報道や、ネットの書き込みを整理してまとめているんです。たぶん、サイトの主宰者というか管理人のところに、タレコミというか通報というか、そういうメールが行ったんじゃないでしょうか。現在進行中の事件だけに、主宰者も最新情報を求めていますから」

「だけどこれ、まったくのガセだぜ。でっち上げもいいところだ」

脅すどころか熊谷毅の事故について詳しく聞き、毅の姉である陽子の苦境を助けてやろうとしたのだ、と佐脇はひかるに説明した。

「実を言えば平井の事件だけではなく、熊谷毅の事件に関しても、警察の被害を受けた家族のサイドに何か動きがないか、確かめるのが目的だったんだがな」

「要するに二つの白バイ事故疑惑で、今のところ平井事件の関係者だけが襲われているけれど、熊谷側も動いてるんじゃないかと探りに行ったわけですよね？」

「そういう言い方をされると、もの凄《すご》くイヤらしいが……まあ、そういうことだな」

「佐脇さん、怖がってるでしょう？　それはまあ、何度も殺されそうになってるから仕方ないけど」

「そりゃ怖い。当たり前だろ。誰だって命は惜しい」

自分も死にかけたひかるは、それはそうだと頷いた。

「私の部屋のガス不完全燃焼は、事故なんですか、それとも」

「おれを狙ったんだ。うちの連中は馬鹿だから事故として処理してしまったが……今のところ、そうしておいた方がいい」

佐脇はそう言ってひかるに目配せした。署内の特捜本部でヤバいことは言えない。

それはともかく、と佐脇は言葉を続けた。

「熊谷陽子を脅していたのはおれじゃなくて、お前さんもよーく知ってる剣持大先生だったんだぜ。あの大先生は何かと相手を自分の思い通りにしようとするし、言うなりにならないと見るや、逆ギレして相手を完全否定する。お前さんも知ってるだろ」

「それはよく判ってますけど……でもこれは、誰が書き込んだんでしょう?」

「病院のどこかでおれのことを見てた誰かが、いい加減なことを書き込んで喜んでるんだろ。お前さんだってテレビに出てりゃ、あることないこと書かれ放題なんじゃないのか?」

ええまあそうですけど、とひかるは頷いた。T県のような田舎では、テレビに出ているだけで有名人でタレント扱いなのだ。

「おれも、よせばいいのにお前さんたちがマイクを突きつけるからテレビに映っちまって、おかげでさんざん悪く書かれてる。この書き込みも、せいぜい肥溜めにどっぷり浸かったところに上から鳥の糞が落ちてきた程度のダメージなんだがな」

「でも佐脇さん。これ、デタラメなら放っておいちゃダメです。これが事実として独り歩きしますよ。佐脇さんはネットの怖さをまったく判ってないです。それに、正義をふりかざして警察の不正、警察の犯罪を告発して糾弾するまとめサイトの主宰者が、自分ではウラも取らずにガセネタをそのまま載せている。これはフェアじゃないです。私は、こういうのに我慢ならないんです。報道ゴッコっていう遊び半分な姿勢に腹が立つんです」

ひかるはプロとして顔出しでニュースを伝えているから、失敗はそのまま彼女のキャリアを傷つけることになるし、いわば『商品』としての彼女自身の値が下がる。一方、インターネット上のこういうサイトの主宰者は顔も名前も見えないから、無責任な事をやり放題でも追及されず不利益が生じることもない。しかし、影響力で言えば、地元だけを相手にするローカルニュースよりも、全世界に発信するネットのほうがパワーを持っているかもしれないのだ。

そういう焦りが、ひかるを強い怒りに駆り立てていた。

「まあ、いずれ抗議なりなんなりを考えるかもしれんが、おれは今忙しいんでな。お気楽な報道ゴッコを潰すより先に消化しなければならない、緊急の案件がある」

佐脇はひかるには緊急の案件――マサルが工藤殺しの実行犯ではないかという疑惑――は話さなかった。

それでも佐脇の目は、まとめサイトの他の見出しを追い、興味深いものを見つけた。

『熊谷君を植物人間にした白バイ警官が、若い女とチャラチャラ付き合っている!』

「おい。おれが病院で脅迫したかはどうでもいいが、お前さんがこの報道ゴッコの親玉に会いに行くというのなら、この、白バイ警官チャラチャラ疑惑についても、ついでに確認しといてくれ」

＊

佐脇がほかのことにかまけて動こうとしないのに、磯部ひかるは危機感を持った。『ネット世論』を敵に回すと非常に厄介なのだ。

『彼ら』は読み手であると同時に書き手だ。彼らの「偏向した」「特殊な」「マスコミ論調に異を唱える」意見は、彼らの気分次第で、一気にネット全体に燃え広がる危険性がある。どうせネットの中だけのこと、コップの中の嵐などと侮っていると、ネットの評判に反応したマスコミが報道して世論に転化してしまう事もあるから、油断出来ないのだ。

ネットにおける現在の『二つの白バイ事故疑惑』は、明らかに過熱して暴走気味になっている。これがさらに悪化すれば、それまではネットを読むだけだったり、過激なことを書いて煽っているだけだったりした人物が、突然、本物の凶器を持って関係者に襲いかかってくる可能性だって大いにある。警察の人間としてマスコミに露出している佐脇などは、真っ先に標的になるだろう。

ひかるは、この『まとめサイト』の主宰者であり管理人である人物が気になっていたので、知り合いの弁護士に頼み込み、法的な理屈をつけて、連絡先を調べて貰ってあった。ヘビーなネットユーザーである剣持に聞けばすぐ判っただろうが、あの男に借りを作りたくはなかったし、「どうして興味があるんですか?」などと根掘り葉掘り訊ねられるのもかなわない。

自らを『管理人』と称するまとめサイトの主宰者は、隣県に住んでいた。二件の白バイ事故を継続的に報じているテレビ局の電波も入る地域だ。

事前に取材申し込みをすると断られるかもしれないので、ひかるはアポなし取材を敢行することにした。

直接の上司である番組プロデューサーには急な私用があると言って、半日休みを貰った。

車を飛ばして三時間。昼過ぎには目的地に着いた。

隣県の県庁所在地の、交通至便な一等地。オフィスビルのほかにも、見るからに高級そうなマンションが立ち並んでいる。

プロバイダーから得た情報に依《よ》れば、『管理人』はその一つに住んでいる。

郵便受けで名前を確認すると、たしかにその人物・寺岡孝夫《てらおかたかお》は存在していた。

平日の昼間なので在宅かどうかは判らなかったし、相当の変人かもしれない。

ダメもとでインターホンのボタンを押すと、反応があった。

ひかるは名乗って訪問の趣旨を告げると、玄関のオートロックはすんなり解除され、自室に招き入れられた。

「どうも。寺岡です。よく判りましたね」

取材を快諾した寺岡は三十代前半。意外にも清潔感溢れる青系ファッションに身を包んでいる。その姿は、まるでモデルルームのように整然として生活感のない寒色トーンで統一されたインテリアによく似合っていた。

「地元の大学の理工学部で素粒子力学を教えています。准教授です」

「地方大学の准教授って、なんだか年収高そうですね？」

思わず訊いてしまってから、まずいと思った。リポーターのノリでぶしつけな質問をしてしまったが、独身者の住まいにしては広々とした2ＬＤＫで、カタログに出てくるような高級な調度や電化製品に囲まれている暮らしは、かなり裕福そうだ。広いリビング・ダイニングですすめられたソファにしてもドレクセルヘリテイジの高級品だが、成金趣味ではなく品よく趣味がまとまっているのが、何代か続いた富を感じさせて凄みがある。

「ああいや、実家がね……代々、老舗《しにせ》と呼ばれる店をやってましてね。田舎大学の教員は給料なんて微々たるもんですよ」

寺岡は、この地方なら、誰もが知っている老舗の造り酒屋の名を挙げた。なるほど寺岡には、何代にもわたる資産家の子弟が持つ雰囲気が濃厚に漂っている。

「ぼくと、事件の『まとめサイト』が全然似合わないと思ってるんでしょう？」

寺岡に先手を取られて、ひかるはそのとおりですと答えるしかなかった。底の浅い成金ではないリッチさに、気後れしてしまったのだ。

「あのサイトは、完全なぼくの趣味です。ある日ニュースで平井警部の白バイ事故の事を知りましてね。加害者とされた徳永さん側の証言のほうが、警察と真っ向から対立しているにもかかわらず、至極まっとうに思えたものですから。それで、知り得ることを調べて、まとめてみようと。ちょうどネットでも、この事故の話題で盛り上がっていましたし」

物理学をやっている職業柄、矛盾だらけの警察の言い分に疑問を持ち、その疑問が疑念に変わり、ついには警察の言い分すべてが欺瞞《ぎまん》であると判断するに至った、と寺岡は簡潔に説明した。

「ですからぼくは、個人的には誰にも特別な感情は持っていません。おかしいことにはおかしいと感じるだけです」

そういう姿勢だから、このサイトは信頼が高くて情報も集まるのだろう。似たようなサイトは幾つかあるが、それらは「管理人」の主張——しばしば読む側をある方向に誘導しようとする意図を感じさせる——が前面に出すぎて、サイトが作られた真意が透けて見えるようで、イヤになるのだ。

「サイトに載せる情報は、ご自分で取材するんですか?」

「いえ、新聞社やテレビ局のニュースサイトからコピペしたり、いろんな掲示板に書き込まれる内容をコピペしたりです。メールでもいろんな情報が寄せられます。ぼくはジャーナリストじゃないから、自分で取材することはないです。そんな時間もありませんし」

彼はノートパソコンを持ってきて、着信メールの一覧をひかるに見せた。

「メールで寄せられる情報になかなか面白いものが多いんです。マスコミに出ないネタとか、メールを送ってくれた人が自分の趣味で調べたりしたことが送られてくるので」

「しかし……面白い情報や目を惹く情報はたしかに目立ちますが、それが本当の事かどうかは、また別ですよね。寺岡さんは、ご自分のサイトに載せるかどうかの判断はどうされてるんですか？　まさか、面白いかどうかだけでは……」

「いえ、それじゃぼくの常識というか良識も疑われるので、一応、なるべくウラは取るようにしてるんですが、さっきも言ったように、ぼくは取材のノウハウも持っていない素人《しろうと》ですから……全部の真偽は到底チェックしきれてないです」

「じゃあそれは」

ひかるは、「そんな情報タレ流しは報道ゴッコじゃないですか！」と叫びそうになった。他人に大きな影響を与えるサイトの主宰者として、あまりに無責任な態度ではないか。

「判ります。あなたが言いたいことは判ります。ネットとは言え、メディアであることに変わりはないんだから情報を発信するなら責任を持て、とおっしゃりたいんでしょう？」

「ええ。その通りです」

でもね、と彼は言葉を続けた。

「大手のマスコミとは違って、うちのサイトは読む側のリテラシーも前提にしてますから。真偽の判断は、読む人に任せるってことで。信じるも信じないも、それはあなた次第ですってことですよ」

「都市伝説じゃあるまいし、それは無責任じゃないですか！」

ひかるは我慢出来ずに言ってしまった。

「あなたはとても冷静な方だと思いますけど、そんなマスコミぶったお遊びをするのは、大勢の人を惑わすことになりませんか？」

「あの……」

寺岡は、ひかるをまじまじと見た。

「人によるとは思いますが、ネットにある情報が、すべて本当だと思ってる人は少ないと思いますよ。新聞やテレビが報じてることが、すべて正しいと思ってる人ばかりではないようにね」

寺岡は科学者らしい冷静さで言った。

「それにぼくは、このサイトを作っても一銭も得していません。あなた方は仕事として報道してるからお金になるでしょうけど。でも、ボランティアという気持ちでサイトをやってるわけでもないです。単純に、自分の興味を惹くことだから、あくまでも自分の好奇心を満足させるために、情報を整理してまとめてるんです。集約された情報を公開するのは、ぼくと同じようにこの件に強い関心を持つ人がいるからだし、公開すればさらに多くの情報が集まるだろうと思ったからです。現に、新聞やテレビじゃ知り得ない情報がたくさん舞い込んでいます。あなた方の表現だと『タレコミ』と称するものですが」

「いや、ですから、それは別にいいんです。私が問題にしているのは、そういう『タレコミ』のウラも取らずにサイトに載せてしまってもいいんですか、という事であって」

寺岡はひかるを制止するように言葉をかぶせた。

「その件は、恐らくは堂々巡りになりますよ。あなたはぼくのサイトを報道だと見なしているけれど、ぼくは自分のサイトを報道だとは思っていないんです。世の中に流布している情報を整理して載せているだけ。それをどう解釈するかは、読んだ人に任せてるんです。何度も言いますけど。でも……」

そこまで言った寺岡はにやりとした。

「自分で報道ではない、と言っておきながらナンですけど、こういう姿勢は、新聞やテレビと同じですよね。あなた方も、『これはこうだ！』と断言したりしないでしょ？」

ひかるは納得しきれない表情のまま、「ええまあ」と答えざるを得ない。

「ぼくだって、何でもかんでも面白ければまとめサイトの項目として載せるわけじゃない。それじゃタレ流しの、投稿が自由な掲示板でしかなくなります。ぼくは、情報源が信用できる人からの、確かだと思える情報、そういうものを選んで載せています」

それに、と寺岡はノートパソコンであるサイトの画面を表示させた。

「これは、完全匿名の某掲示板での事ですが、『みんなであいつらをやっちゃおうか』という不穏な書き込みがあって削除されたのを知ってます。『あいつら』とは、平井事件の関係者のことです。ぼくの方にも『裏で連絡を取り合ってます。あなたも協力しませんか』的なメールが来ましたが、もちろん無視しましたし、サイトでも公表してません。それはぼくの良識です」

「それは……ネットワーカーが集団で犯罪を犯そうとしているってことですか?」

「さあ? メールアドレスが貼られてましたから地下で動いてるのかもしれませんが、ぼくは知りません。これで、ぼくのサイトへの考え方が、多少は判っていただけましたか?」

話せば話すほど普通のマスコミ報道とまとめサイトがどう違うのか判らなくなってきたひかるだが、それは置いておいて、地下で動いているかもしれない集団と、そして寺岡の言う『信用出来る情報源』に強い興味を持った。

「信用出来る情報源とは誰ですか?」

「ニュースソースを明かさない、というのは、あなた方マスコミ人種の鉄則ですよね?」

寺岡はそう言って皮肉っぽく笑った。

「でも、ぼくは報道をやってるつもりはないから、そういうルールに従う必要もない」

彼はあっさりと、情報源を口にした。

「うず潮新聞の記者で、剣持という方です。肩書きも自称で、身分証を見せて貰うとかしないんで、本当にそういう人がいるのかどうか判らないんですけどね。メールだけのやり取りですし。でも、書いたものを読めば判りますよね。プロの記者さんらしい、きっちりした文章だし、それなりにウラも取っている感じだし」

「ウラも取っている『感じ』、ですか?」

ひかるは寺岡の曖昧な言い方に引っかかった。

「そりゃぼく自身がウラ取りをしていないんですから、『感じ』でしかないですよ。でも、今まで剣持さんから送ってもらったものは、正確な情報でしたし」

「正確だと、どうして判るんですか?」

うず潮グループの末席に連なる者として、親会社の記者である剣持のことを悪く言いたくはないが、ひかるは複雑な心境に陥った。

剣持の記者としての適性自体に疑問を感じ始めたのだ。今日のこの瞬間までは、剣持は人間的に難はあるが記者としては有能だと思っていた。しかし、その真の姿はどうなのだろう? 白バイ事故をいくら取材しても記事として載せてもらえない不満から、このまとめサイトに投稿しているのか? それはそれでいいとしても、記者のプライドにかけて、きちんと取材して、ウラも取った、確かな情報を投稿しているのだろうか?

ひかるは、持参したノートパソコンに寺岡がつくっているまとめサイトを表示させた。そして佐脇が事実無根と言った『被害者の姉、熊谷陽子を脅す悪徳刑事』、そして『熊谷君を植物人間にした白バイ警官が、若い女とチャラチャラ付き合っている!』の二つの記事を探した。後者は、佐脇が注目してチェックを入れていたものだ。

「この二つは、剣持氏が送ってきた記事ですね?」

「ええ。そうです」

完全に割り切っている寺岡は、まったく悪怯《び》れる様子もなく、すぐに認めた。

「剣持さんの記事が正確かどうかですが、それは、ぼくの印象というしかないです。これまでに剣持さんが投稿した情報は、あとからマスコミで流れて確認が取れた事柄に関して言えば、すべて間違いはありませんでした。なので、そうお答えするしかありません」

たしかに、自分で取材しない寺岡にしてみれば、そう答えるしかないだろう。

「突然来て、いろいろ伺って済みませんでした」

礼を言って立ち上がり、帰ろうとしたひかるの背に、寺岡は言った。

「ところでこれ、テレビに流れるんですか? クルーと取材し直すとしたらいつですか?」

寺岡が匿名を好む典型的ネットユーザーではなく、自己顕示欲の強い人間なのが、はっきり判った。

急いでT市の自宅マンションに戻ったひかるは、剣持に自宅に来てくれるよう頼んだ。自分の部屋に呼ぶのは抵抗があったが、これから確認するのは他人に聞かれて良い話ではない。かといってホテルの部屋では、剣持が余計に誤解するかもしれない。

ひかるが電話すると、剣持はすぐ行くと返事して、実際、すぐにやってきた。

「やあ、退院おめでとう！」

祝いを述べる剣持に、ひかるはドアを開けるなり、いきなり糾弾の言葉を浴びせた。

「どういうことですか？　嘘の情報を、しかもネットで広めようとするなんて。ジャーナリストとして恥ずかしくないんですか、あなたは？」

なんのことだと首を傾げる剣持に、彼女は『まとめサイト』の事を話した。

「ああ、あんなのは、所詮ネットでのことじゃないですか。ネットは便所の落書きだと言い切った有名なジャーナリストがいたけど、結局そういうことですよ。きちっとした検証よりも、その場限りの、派手で面白い書き込みの方がウケるんですよ」

キッチンの椅子に座った剣持は、得々と説明をし始めた。

「どうせみんなタダで読み飛ばすわけだし、ウソかマコトかは読んだ人の責任で判断すればいい。ネットの情報なんてそんなもんでしょ。大多数の連中はどうせ、どこの店が美味しいとか、そんな情報しか見てないんだし」

剣持はハナから真面目に考えていないという態度だ。これが本心なのか、それともポーズなのかは判らない。しかし、ネットをバカにしているという態度は伝わってきた。

「剣持さん。私はあなたをジャーナリストの先輩として尊敬してきたけど……あなたには誇りとか矜持《きょうじ》というものはないんですか？」

「誇りとか矜持？」

剣持は目を丸くしてみせた。

「いきなりナニを言い出すんだ？　今日は退院祝いじゃないのかい？　どこかで美味しいものでも食べませんか」

「いいえ。今夜はこの話をしたいからあなたを呼んだんです」

ひかるは、ノートパソコンを開いて、例のサイトの例の書き込みを見せた。

「ああ、このことか……さっきから何のことかと思ったら」

な～んだ、と剣持はことさらに軽い態度を取った。

「だから今言ったとおりだよ。ネットなんかお遊びです。お遊びにマジになることもない」

「でも、本当に『お遊び』なんですか？」

ひかるは疑いの目を向けた。

「剣持さんは、記事を書いても全然取り上げられないので、それで、サイトに投稿してるんじゃないんですか？　それは仕方ないと思うんです。知り得た事を誰かに伝えたいと思うのはジャーナリストの本能だと思いますし」

「そうでしょう？　そう思うでしょう？」

それまでネットなんかお遊び、とことさらに軽くあしらう様子だった剣持だが、ここで態度を一変させた。

「今やネットは重要なメディアです。中間にいて編集する人間がいない分、情報はストレートに伝わります。だからボクは、ネットに知り得た事を流すんです」

「それはよく判りました。でも、ウラも取らず、適当な情報を流すのは何故なんですか？　それと、ネットを重要だと言うくせにネットはお遊びだとも言うのは、凄く矛盾してませんか？」

「矛盾は……してない」

「どうして？」

ひかるに鋭く突っ込まれて、剣持は黙ってしまった。

「私が一番問題だと思うのは、佐脇さんの病院での行動をデタラメに投稿したことです。どうしてそんなことをしたんですか？　なにか意図があってのことなんですか？　それとも、そういう情報が誰かから入ったからなんですか？」

「なんだよ！　キミは。デタラメなんて人聞きの悪い！」

剣持は、言い逃れが出来なくなった途端に逆ギレした。

「だいたいキミはボクよりも、あんな冴えなくて悪い事ばかりやってる、おまけにタチが悪くてウダツの上がらない、ダメ刑事のほうがいいって言うのか！」

「それとこれとは話が違うでしょう？　どうしてわざとネットに誤った情報を流すのか、その理由を聞いてるんです！」

「誤ってなんかいない！　ボクは嘘は報じない！」

「でも、当の佐脇さんは絶対に熊谷君のお姉さんを脅したりしてないと言ってましたよ？」

「だから、どうしてボクの言うことよりあの刑事の言うことを信じるんだ？　え？」

剣持の顔が醜《みにく》く歪んだ。危険なものを感じたひかるは咄嗟《とっさ》に逃げようとしたが、剣持のほうがわずかに早かった。気がつくと痣《あざ》が残るほどの強さで二の腕を掴まれていた。

「いつもいつも、佐脇の肩を持つんだな！」

腕を掴んだまま、剣持はダイニングキッチンから寝室に続く扉を開けた。

「それでいてそんなオッパイをいつもいつもボクに見せつけて……佐脇には吸わせているんだろう、こいつを」

そういいながら剣持はひかるの、ピンクのアンゴラのセーターを持ち上げている、たわわなバストを思いきり鷲掴みにした。息づかいが荒く、目が据わっている。体臭も変わったようで、野獣のような匂いが、ひかるの鼻をついた。

「乱暴は止めてよ！　私は事実を言っているだけなのに」

エリート記者としての剣持の常識を信じて、二人きりで会ってしまったことをひかるは後悔した。一応何かあれば逃げ出せるように、玄関ドアのロックはさっき解錠しておいたが、これでは身動きが取れない。

剣持はひかるのバストを思うさま揉みあげ、こねあげながら、彼女を力まかせに寝室に押し込み、ベッドの上に突き飛ばした。

「このオッパイをあの中年男にいつも好きにさせているんだな？　こうして好きなだけ触らせて、吸わせているんだな？　パイズリとかもさせているんじゃないのか？」

目の色が変わっている。このままではレイプされてしまう。何とか逆転の糸口をつかもうと、ひかるはわざと蓮っ葉に出まかせを言った。

「そうよ。佐脇さんのをいつも挟んであげてるの。私の谷間の具合は最高で、アソコよりもいいくらいだって、佐脇さんは言うわよ」

「くそっ、なんてことだ！」

剣持は狂乱してひかるに馬乗りになると、ピンクのセーターをまくりあげ、白いブラをずらそうとした。あんな中年男がこの生乳を触ったのなら、おれにだって権利はあるはずだ、などとうわ言のように口走っている。

仰向けに押し倒されても形のくずれないひかるのバストはツンと上を向き、細いアンダーバストにぴったりフィットした特注のブラは、簡単にずらすことは出来ない。

もうちょっとでナマの乳房にじかに触れられる……その焦りに目がくらんだのか、剣持は両手でブラを外しにかかった。

そのチャンスをひかるは逃さなかった。

思いきり上体を起こし、その勢いのまま力一杯、剣持の胸を突き飛ばしたのだ。

ごん、と鈍い音がして、剣持はベッドの後ろにあるカラーボックスに頭をぶつけた。

「なによ。私をレイプしてしまえば口封じ出来るとか？　力で自由にしてしまえば私が言うなりになるとか？」

だが、おいしそうなご馳走を目前にしてお預けを食らった苛立ちと、ぶつけた頭の痛みが、剣持の怒りに完全に火を点けてしまった。

「巨乳しか取り柄のないバカ女が、生意気なんだよ！」

逆上した剣持が飛びかかってきた。がっしりした両手が、ひかるの首にかかった。今度はレイプではなく、殺意があった。

「あんまりいい気になるな」

剣持は低い声で言うと、両手に力を込めた。

「な、なにをするの……」

気管と頸動脈を押さえられ、ひかるは息が出来なくなった。行き場を失った動脈血が、わんわんと渦巻く音が聞こえる。

首を絞められながら、またベッドに押し倒された。剣持はひかるの首に巻きつけた手に全体重をかけ、ぐいぐいと絞めつけてくる。

男の目は完全に据わり、殺意に満ちていた。これほどまでに気味の悪い顔を生まれて初めて見る……いや、生涯最後になるのかも……文字通り空前絶後というやつか……。

これで死ぬんだ、と観念しかけたひかるの耳に、かすかに玄関ドアの開く音、そして誰かが声をかける気配が聞こえたような気がした。

「なにやってるんですか！」

女性の、悲鳴のような声が、今度はひかるの耳にもはっきりと聞こえた。

ぎくっとした剣持が、思わず手を緩めた。

ひかるは残された力を振り絞って剣持の腕からすり抜け、ベッドの下に倒れ込み、激しく咳き込んだ。

部屋の入り口に立っているのは、熊谷陽子だった。

「剣持さん……ですよね？　なにやってるんですか？　女性の首を絞めるなんて！」

ひかるを殺し損《そこ》ない、おまけに陽子に目撃までされた剣持は、ふらりと立ち上がった。さながらフランケンシュタインの怪物の歩みのような足取りで、陽子の方に進んで行く。

「な……なにする気!?」

後ずさりした陽子は、とっさにキッチンの洗い場にあった包丁を摑んで前に突き出した。

「磯部さん！　警察に電話して！」

陽子が叫んだが、咳き込み続けているひかるは、とても電話など出来る状態ではない。

「……まあ、ちょっと待ってくださいよ」

そう言ったのは剣持だった。彼は、自分の声で我に返ると、そのまま床に座り込んだ。

「ちょっと待ってください……穏やかに話しましょう」

彼は降参するように両手を挙げた。

「何をしようとしてたんですか、あなたは？」

陽子は警戒を解かないまま、訊いた。

「磯部さんを殺そうとしてたでしょう？」

「いや、ちょっとした痴話喧嘩です。いわゆるプレイというか。アナタなら判るはずだ」

剣持は、陽子の職業を当てこするようなことを口走り、その直後にまずいと悟った。

「イヤ、失礼。一般的な意味合いで言ったんです。彼女とちょっとエキサイトしたやり取りがありまして。ですから、外に助けを呼ばないで……話し合いましょう」

陽子は、落着きを取り戻した様子の剣持と、ようやく咳き込むのが収まり、頷いてみせるひかるを交互に見て、握りしめた包丁の刃先を、やや下に向けた。

「しかし……熊谷さん、どうしてアナタがここにいるんです？」

「磯部さんに来るように言われたんです。そうしたら……」

「……私が頼んだの」

ひかるがやっと声を出した。剣持の横をすり抜けてキッチンに来ると、水道を捻《ひね》ってコップに水を注ぎ、一気に飲んだ。

「病院で脅された当事者として陽子さんから事情を聞きたいと思って。脅したのが剣持さんなのか、佐脇さんなのか、ハッキリさせたかったの」

いやいや、とヘラヘラ笑いかけた剣持に対して、陽子は表情を硬くした。

「陽子さん。病院で佐脇さんという刑事があなたを脅したというのは本当なんですか？」

ひかるに訊かれた陽子は、首を激しく横に振り、剣持を指さした。

「違います。私を脅したのは……この人です」

「おいおい……それは」

剣持はごまかすような笑みを浮かべて、わざとらしい明るい声を出してみせた。

ここで、ひかるが剣持に激怒した。

「剣持さん。あなたって……どこまで最低な人なんですか！」

そう叫ぶと、手にしたコップに残っていた水を、剣持の顔にびしゃっとかけた。

「おいおい……なにを、やってるんだぁっ！」

剣持のストッパーはまたも完全に外れ、瞬間湯沸かし器のように激高した。

「熊谷陽子、お前もお前だ。余計な口を出しやがるくせに肝心なところでは何にもしない。被害者のくせして、先頭に立って警察を糾弾もしないお前は腰抜けの臆病者じゃないか！」

剣持は立ち上がると、包丁など目に入らない様子で陽子に向かってきた。

「何の被害も受けていないボクでさえ、白バイ事故の隠蔽《いんぺい》にかかわった警察関係者の情報を調べあげて提供したんだぞ？　そうやって正義を実現しようとしているのに、お前はいったいなんだ？　何にもしないで泣き寝入りか？」

その勢いに凍りついた陽子は、包丁を持ったまま固まって、助けを求める事も出来なくなっている。

ひかるはひかるで、剣持の言っている意味が、瞬時には理解出来なかった。

「まさか、剣持さん、警察内部の情報をリークしていたのは……あなただったと？」

「それが悪いか？　ああ。もちろんリークしてやったよ。ボクが東署の鑑識によく出入りしていたのは仕事熱心だからと思われてたようだが、それだけじゃない。徳永さんが有罪になった白バイ事故。あの件で現場のブレーキ痕を捏造したのが鑑識の工藤だったからだ。実際にはかけてもいないブレーキを白バイがかけた、などといい加減な作文しやがって。しかも清涼飲料水を刷毛で道路に塗って、それを写真に撮ったんだぜ。世間を舐めるにも程があると思わないか？　上からの、交通部長からの命令が絶対だった？　そんなことを言えばユダヤ人殺しのアイヒマンだって上から言われただけなんだよ。工藤が少しは自分を恥じるかと思って、捏造に使った『ダリオ』の缶を何度も工藤の机の上に置いてやった。だがあいつは悩んではいたが、内部告発まではしなかった。だからボクが天誅を下した」

感情が激してきたのか、剣持の熱弁はとどまるところを知らない。だが、その聞き捨てならない言葉尻をひかるは聞き逃さなかった。

「天誅って……剣持さん、もしかして、あなたが手を下したんですか？　鑑識の工藤さんが二条町で殺された件」

剣持の顔を一瞬、しまった言い過ぎたという表情がよぎった。だが、今まで心の内に封じてきた彼の怒りと正義感は、ついにはけ口を見出して、もはや留《とど》めようがなくなっていた。

「誰かが手を下さなきゃいけないんだ。正義の実現のためには。警察と司法が何もしないのなら、誰かがやるしかないんだ。ネットの連中は腹を立てて理屈を捏《こ》ねることだけは一人前だが、実際に動いて情報検索する力も意欲もない。要するに野次馬でしかないんだ。鑑識の工藤だけじゃない。警察の言いなりに作文した検察官に、何も考えずに判決を書く裁判官。そいつらの名前だってちょっと調べれば判ることなのに、誰も調べることを思いつかなかった。だからボクが調べて、連中のパワーというか憎しみを正しい方向に向けてやっただけじゃないか」

「そんな……それは完全な煽り……殺人教唆じゃないですか！」

ひかるは叫んだ。

「検事さんや、裁判官までが、あなたのせいで重傷を負ったり……殺されたのが工藤さんだけじゃない事も、知ってるんでしょう！」

「うるさいな。どっちみちボクが全員に手を下したわけじゃない。検事や判事については簡単な手口で、誰にでも出来る犯行だ。おまけに全員が殺されて当然のクソ野郎ばかりだ。だから、やつらをやったのは、いわば『顔のない正義』だよ。神と言い換えてもいい」

「あなたは……あなたの言っている事もやっている事もおかしいです」

ひかるは震えながら言った。数時間前に寺岡が、匿名掲示板に徒党を組もうとする不穏な書き込みがあったと言っていたのを思い出した。

「正義と言いさえすれば、あなたは何をやってもいいんですか？　何様のつもりなの？」

「うるさい。巨乳なだけで頭の中は空っぽなリポーターの分際で何を言う。田舎限定の人気者の姉ちゃんがエラそうにするな！」

剣持は歯を剝き出して嘲笑した。

「そうですか。たしかに私は巨乳を売り物にして仕事を取っているけど、田舎の姉ちゃんをバカにしないでくださいね。巨乳にも五分の魂があるんですよ」

ひかるは、テーブルの上から小さな機械を取り上げた。

「今までの事は、全部このICレコーダーに録音しましたから。あなたをT東署鑑識係の工藤警部に対する殺人、ならびに殺人教唆、脅迫その他で告発します！」

「私も証言しますから」

陽子も震える声で口を添えた。

「ナニを言ってる……」

剣持はぽかんとした表情になった。

「殺人に殺人教唆……ボクのキャリアも終わりってことか。スクープをモノにして、田舎新聞から全国紙に成り上がろうと思っていたのに……ローカルじゃ人気者でも全国区にはなれないオマエとは違ってな！」

「この事件を手土産にキャリアアップ、ですか？　あなたみたいな腐ったヒトは東京でも使い物になりませんよ。私と同じようにね」

剣持の顔が蒼白になった。

「ナニを言ってる……巨乳ねえちゃんの分際で」

「剣持さん。私は自分で自分の限界を知ってる。あなたは薄々判っていても否定したい。自分の能力に限界があると認めたくない。そうなんじゃないんですか？」

「もういい。黙れ」

剣持は、上着のポケットから何かを取り出した。

「これが何か判るか？」

ひかるが、彼が手にしたものから発する火花の正体を悟った時は、遅かった。

彼女はスタンガンの電撃ショックで倒れていたのだ。

＊

もう一度マサルをつかまえなければと思いながら、佐脇は、事情通の八幡が言っていた噂がふと気になった。

白バイ警官・森に会ってみた感じでは、深く悩んでこそいるが、八幡のいうように若い女と遊んでいるようには見えなかった。しかし既婚者である森に敢《あ》えて近づく、若い女がいないとは言えない。森に弟を植物状態にされた熊谷陽子なら、充分にその動機はある。あれこれ考えても仕方ないので、ここは直《じか》に当人に問い質《ただ》すのがいいだろう。

佐脇は病院で聞いておいた陽子の携帯電話の番号にかけてみたが、電源が切られているらしく留守電に接続されるばかり。病院に問い合わせてみたが、今日は来ていないと答えられた。

夕方になって陽子の勤める店に電話してみたが、そこも無断欠勤していた。

不安になってさらに確認してみると、白バイ隊の森も欠勤している。同じく無断欠勤だ。

無性に、悪い予感がする。陽子が早まったことをしているのでは、という可能性が頭から離れない。

電話をかけるだけでは埒《らち》が明かない。出かけようとしたところに、内線電話が鳴った。

徳永理恵が署の受付で、佐脇に面会を求めているというのだ。

平井の白バイに乗り合いタクシーをぶつけて死亡させたとして有罪判決が下った父親の娘としては、警察に訪ねてくるのは苦痛だろう。ましてやそれは不当な判決で、警察が徳永に冤罪を着せた疑いが濃い。それでも理恵がやって来たという事は、何か相当の事情が出来たのではないか。

佐脇は、すぐに特捜本部を出て階段を駆け下り、受付から理恵を連れ去るようにして、近くのコーヒーショップに入った。

「署内じゃ落ち着いた話も出来ないと思ってね」

セルフサービスの店でカフェラテを買って、理恵に渡した。少女は血の気のない顔色をしていたが、それは勇気を出して警察署に来たからだけではなさそうだった。

「あの、私、大変なことを聞いてしまって……早く刑事さんに知らせなければと思って」

佐脇は小さく頷いて、先を促した。

「幼なじみのマサルがさっき、全部、話してくれました。ダンプで刑事さんを殺そうとしたのは自分だって」

佐脇は、飲みかけたコーヒーを噴きそうになった。

「おれを殺そうとしたって？　パトカーにぶつかってきた、あれか？」

はい、と理恵は硬い表情で頷いた。もちろん彼女は冗談を言うような少女ではない。

「マサルはよく無免許で車を運転してたし、バイトでダンプも動かしたって自慢してたし……でも、彼は見た目ほど悪くないんです。悪く見せてるっていうか……父の事に本当に一緒になって怒ってくれて……でも、刑事さんを殺そうとまでしたのは行き過ぎです」

「そうか……とにかく、協力してくれて有り難う」

佐脇は少女に頭を下げた。

「で、もっと詳しい話を聞かせてくれないかな」

そう言われると、理恵は困った顔になった。

「警察もさ、君にとっては信用なんかないとは思うんだが、一応、何でもかんでも捕まえるわけにはいかないだろ？　噂とか又聞きとか、そういうことでは動けないんだ。だから」

「私は、詳しく聞くのが怖かったので、それ以上のことは聞いてません。でも、オレがやったんだ、って、彼……」

「そのことを、おれにも話すだろうか？」

理恵は佐脇をじっと見つめると、しばらく考えて小首を傾げた。

ついさっきマサルに会った時もしらばっくれていたのだ。佐脇には話さないだろう。

「あの……マサルが言うには、ほかにも何人か仲間がいるって」

「仲間って？」

「その、人に危害を加えた……警察の人たちが続けて襲われたでしょう？　それをやった」

理恵は、佐脇たちが追っている警察官連続殺傷事件の犯人のことを言っているのだ。マサル以外にも仲間がいる。やはりこれは、集団での犯行ということだ。

「仲間がやったことだって……たとえば二条町で警察の人が殺されましたよね。あれの犯人も知ってるって、マサルはそう言うんです」

「待ってくれ。犯人を知ってると、そう彼は言ったんだな？」

自分でやったわけではなく？　と聞きたかったが、それは呑み込んだ。

「はい。あの、たとえばその場に居合わせただけでも、マサルは罪になるんでしょうか？」

理恵は不安そうだ。マサルが犯人ではなく、ほかに実行犯がいる。そう言っているのだ。

「罪になるかどうか、共犯が成立するかどうかは状況次第だが……彼は、何をやったと？」

「ある人に言われて車を用意して、その人が『天誅』ですか？　それを下したら思いきり足音を立てて走って逃げろと。そして車に乗って二条町から遠ざかれって。マサルはその人から言われたとおりにしたそうです。ただ走って囮《おとり》になって、車を運転しただけだって」

では、あの晩、土地勘がないと走り抜けられない二条町を俊足で逃げ、その後エンジンをかけたまま放置されていた車に乗って走り去ったのが、マサルだったのか。

『けど、仮に、オレがあの晩、二条町のあの辺を思いっきり全速力で走ったとして、それが罪になるのかよ？』という彼の言葉の意味が、これで判った。

だが、実行犯ではないというのは言い逃れではないか？　佐脇に目をつけられ不安になったマサルが理恵を使って、少しでも罪を軽くしようとしているのではないか。

一刻も早く正式にマサルの事情聴取をしなければ。

だが佐脇の逸《はや》る心に気づいた様子もなく、理恵にはまだ言いたいことがあるようだ。

「それと、私の幼なじみなんですけど、刑事さんも会ったことありますよね？　和美、平井和美までがなんだかおかしくなってしまって……」

凄く雰囲気が変わっちゃって目の光がおかしくて、なにか変な薬飲んでるし……と、理恵は和美の様子がおかしいことをひどく心配する様子で言葉を並べた。

「誰も和美を責めたり、和美が悪いだなんて思ってないのに」

理恵は和美のことを心配しているが、佐脇はもはやそれどころではない。たしかに和美については佐脇も幾許かの責任は感じている。だが今は、マサルが理恵に打ち明けた犯行の方が遥かに大きいし、重要だ。

ちょっとトイレ、と席を立った佐脇は、個室に入ると携帯で水野を呼び出した。

「今からおれが言うことを最優先でやってくれ。飯田マサルのアリバイを徹底的に洗え」

佐脇は、徳永理恵に聞いたことをそのまま伝えた。

「マサルからはさっき非公式で話を聞いたが、またおれが行っても、マトモな話にはならない。早急に任意同行を求めよう」

「それがいいでしょう」

水野も同意した。

「別件の調書を洗ってウラを取って攻めるより、パクる方が簡単でしょう。それに、新たな犯行を食い止めることにもなります」

それで頼む、と電話を切って席に戻ると、理恵は蒼い顔のまま佐脇を待っていた。

「とにかく、マサルも、君の友達の平井和美もみんな若い。若いと、なにかの拍子に自分でも思いがけないことをしてしまうもんだ。だから、我々も、万が一のことがないように、注意を払うから」

「あの、ですから私、和美のことが心配で」

「それも含めてきちんとやる。だけど、いきなりは出来ない。それなりの手続きを踏まないと動けないんだ。だから少々時間がかかるんだが」


いくらなんでも、裏付けがなければ事情聴取は出来ない。その書類は水野が作るにしても、特捜本部の副本部長を納得させて地検に根回しすることを考えると、動けるのは早くても明日の午後以降だ。それまでマサルが妙な行動を起こさないことを祈るしかない……いや、マサルを監視すればいいのだ。自分がやれば手続きも報告も必要ない。

「その件についてはこれからおれが責任を持ってやるから、君はもう帰った方がいい」

送っていこう、と佐脇は理恵を自宅まで送り届けることにした。

その道中、彼の頭の中はマサルのことで一杯だった。理恵は、和美の事をしきりに訴えていたが、実際に佐脇を襲撃した一人がマサルで、しかも工藤殺しの共犯、あるいは実行犯なのであれば、まずはそっちを優先するしかない。

それにしても……幾つかの件については、たしかにマサルが嚙《か》んでいたのだろうが、理恵の言うように『仲間』の存在があって、彼らが分担して犯行に及んだとしても、一連の事件の首謀者がマサルであるとは考えにくい。

はっきり言って、高校中退の未成年では、この連続殺傷事件を計画して実行するのは不可能だ。だいいち、日本中に遠征する行動資金はどうする?

あの金髪少年に怒りと正義感はあっても、事件に関係した警察官や裁判官や検察官の個人情報を調べ上げる方法も手段も思いつかず、途方に暮れるだけだろう。あの手の不良少年は、鉄砲玉にはなれても頭脳にはなれない。さらに、佐脇を襲ったことはともかくとして、判事や検事まで死傷させた犯行には、単純な憤り以上の、もっと異様な、粘着質の悪意を感じていた。

＊

ひかるは、暗闇の中で意識を取り戻した。

ガタガタと振動する狭い空間に閉じこめられている。そして……排気ガス臭い。

道路を走る振動が伝わってくる。エンジンの音も聞こえる。対向車の音もする。

マンションでスタンガンの電撃ショックで気を失って……車のトランクに押し込まれたのだろう。

この車がどこに向かっているのかは、判らない。が、とにかく漫然とどこかに運ばれていくわけにはいかない。

だが、手足の自由が利かないことが判った。両手は後ろ手に手錠らしきもので拘束されている。両足首も手錠で繋がれている。

声を出してみたが、うーうーとしか音が出ない。口の中にピンポン球のようなものが入って革ベルトで固定されている。SMプレイに使う拘束器具の「ギャグ」というものらしい。以前、大人のオモチャの取材で見たことがある。

車のトランクは、大人が一人横たわればそれで一杯の広さしかない。という事は……マンションで一緒に襲われた熊谷陽子はどうなってしまったんだろう？　トランクの中に別の人間の気配はまったくない。

とにかく、何とかしなくては。冷静になれ、冷静に。

手足を拘束されて車のトランクに監禁されていると判った瞬間、パニックになりかけたひかるだが、深く何度か呼吸するうちに、何とか落ち着いて考えられるようになった。

とりあえず、今の状況は万事休すだ。このままだと、最悪、殺されるだろう。剣持はすでに、少なくとも一人を殺している。このまま車ごと断崖絶壁から落とされるかもしれないし、コンクリートの壁に激突して炎上するかもしれない。剣持と無理心中することになるのか。それとも剣持は逃げて自分だけ殺されるのか。

いやいや、そんな事を考えたらまたパニックになる。

ひかるは恐怖を呼び起こすような考えを頭の中から追い出して、なんとか助けを求める方法はないかと考えた。

そうだ……。携帯電話がポケットの中にあるはずだ。たしか、ジーンズの右ポケットに。剣持が身体検査をして抜き取っていなければ、そのまま入っているはずだ……。

ひかるは、自由が利かない手足を必死に動かして、なんとかポケットの中を探ろうとした。身体の右側を下にして、その感触で右ポケットに角張ったものがあることを確認した。

必死になって、後ろ手に拘束された右手を前に持っていって、ポケットの中身を取り出そうとした。しかし、自由が利かない手は前に持って来れない。どんなに力んでも、ポケットに指が届かない。

が、車に急ブレーキがかかった。かなりの衝撃で、ひかるはトランクの壁にぶつかった。

息が止まるかと思ったが、なんとかなった。車も無事で、赤信号の見落としか何かの急ブレーキのようだった。

が、これが幸いした。ひかるの身体がトランクの中で激しく動いた結果、ポケットの中のものが押し出される格好で外に出たのだ。

寝返りを打つ要領で身体の向きを逆にし、手探りで探すと、馴染んだ感触の携帯が、指先に触れた。

まだ使える状態なのか？　壊れていないか？　電源は入るのか？　バッテリー切れではないか？

必死になって、後ろに拘束された右手で何とか携帯を掴んだ。落とさないよう、慎重に折りたたみ部分を広げる。この状態では作動しているかどうか判らない。ただ、液晶のバックライトがついて、トランクの中をほんのり明るく照らし出したのは判った。

試しに、親指で177と押してみた。と、かすかに天気予報の声が、エンジン音と走行音の彼方から聞こえてきた。

携帯電話は作動している！

ひかるは、後ろ手のままで、キーを押して、メールを打った。

取材中にポケットの中で携帯電話のキーを押して、液晶画面を見ないままメールを打ったことが何度かある。キーの位置は頭に入っている。

ひかるは、手探りで、必死にキーを押し続けた。

＊

理恵を送り届けた佐脇は、その足でマサルの自宅に向かおうとしていた。

自宅に居るかどうかは判らないが、水野がマサルを任意同行する許可を上から取って正式に身柄を押さえるまで、佐脇自ら張り込み、及び行動確認を続けるつもりだった。

タクシーを拾って乗り込み、行く先を告げた時、携帯電話が振動した。

見ると、ひかるからのメールが着信していた。

『ケンモチ　ニ　サラワレタ　クドウ　コロシモ　カレ』

携帯の画面を見た瞬間、佐脇は運転手に叫んでいた。

「行き先変更だ！　東署までやってくれ。それも大至急。おれは刑事で、これは警察業務だ。速度制限は気にするな。ガンガン飛ばしてくれ！」

警察手帳を運転手に見せた佐脇は、競馬の騎手が馬に鞭を入れるように、後ろから運転席を苛々と蹴飛ばししつつ、水野に電話した。

「おい、判ったぞ！　犯人が判った。警察内部の情報をリークしていた人間の見当もついた。たぶんこいつがすべての事件の頭目だ。逮捕状の請求だ！」

「だから佐脇さん、誰なんですか、それは！　名前を先に言ってください」

「剣持だ剣持。うず潮新聞の剣持っ！　実行犯はともかく、黒幕はこいつだ。そう考えればすべてが符合する。今そっちに向かってるが、剣持の逮捕状を取る準備をしといてくれ！　直接の容疑は磯部ひかるの逮捕監禁」

「なんですかそれは？　どうして磯部ひかるが出てくるんですか！　話がとっちらかって、何がなんだか、全然判りませんよ！」

電話を受けた水野の声は混乱して裏返っていた。

「馬鹿野郎！　こんな時にテンパるな！」

「テンパってるのは佐脇さんですよ！」

それもそうだ。佐脇は何度か深呼吸をして、それから言った。

「うず潮テレビの磯部ひかるが、剣持に攫《さら》われたとメールしてきた。同じメールで、工藤は剣持がやったとも書いてきた。意味は判るな？」

はい、と水野は緊迫した声で答えた。

「で、今すぐ、携帯電話会社に緊急で、発信元解析を頼め！　磯部ひかるの携帯の電波で行く先が判るぞ！」

「判りました。至急手配します。で、佐脇さん。こちらからも重要な連絡があります」

水野は感情を抑えようとしてか、声を押し殺していた。

「こちらも、佐脇さんに電話しようとしていたところなんです。いいですか、白バイ隊員の森光男が、死体で発見されました。もう一つ、高砂交通部長が、本日の午後から行方不明です。誰にも行く先を告げずに姿を消したそうです。失踪か誘拐か、不明です。森警部に関しては、ラブホテルの客室で死体が見つかりました。死因は……司法解剖がまだですが、頸部圧迫による窒息と見られています。詳細は不明です」

森が死亡。交通部長は失踪。工藤を殺したのがエリート記者で、マサルはその共犯か？

長い間、手がかりの無かった事件が急転直下、動き出そうとしていた。

第七章　完全な破局

「これでいいんだよな」

森は電話を切った。

「何か言ってた？　交通部長は」

ベッドの上で森を見つめる若い女に、森は答えた。

「お前に言われたとおりに、場所と時間を指定した。もしも断ったらどうなるか、判りますよねと聞いたら、やっこさん、狼狽《ろうばい》してた。飼い犬に手を噛《か》まれたとか言ってたな。おれは別に高砂に飼われてたわけじゃないんだがな。県警の職員というだけで」

森は乾いた笑い声を立てた。

「言われたとおりにするってよ。そりゃそうだろう。テメエの不始末で県警全体、いや、警察庁《サッチヨウ》まで巻き込みかねないことになるんだからな」

森は、自分の力の意外な大きさに驚くとともに、喜んでいた。すべてを失う覚悟を決め、守るものの何もなくなった人間ほど強いものはない。その事実を目《ま》の当たりにしたのだ。

すべてを引き替えにすれば、その代償に凄《すご》い力を得ることが出来る。人生の最後でそれを知った森は、おかしくてたまらなくなった。

ベッドの上で自棄《やけ》になったように笑う森を、若い女は黙って見つめている。

この女は、思えば自分の人生に最後の輝きを与えてくれた。若い躰との燃え立つようなセックスは、彼が今まで想像もしなかったような歓びを味わわせてくれた。

高校生を廃人状態にしてしまったあの忌《い》まわしい事故のあとは、妻との交わりもなくなり、自分は不能になったのだと思った。他の女に興味を感じる事もなく、風俗で遊ぶ気にもまったくならなかったのだ。事故を起こすまでは世間の男たちと変わらない、いやそれ以上の性生活を送っていた。白バイ隊での緊張を強いられる勤務の後は、やたらと性欲が昂進して遊んだことも多かった。

熱烈な恋愛結婚をした妻とは、激務が続く警察生活の中で会話もなくなり、あの事故のあとは、心のつながりも切れてしまった。

だが、男として終わったと思っていた彼に近づいてきたキョーコと名乗る若い女とのセックスは、一気に森の男性本能を甦《よみがえ》らせた。

キョーコは、なぜだかは判らないが、一途に自分に関心を向けていた。なんとかして彼を悦ばせよう気を惹《ひ》こうと、必死なものが感じられた。

容貌も外見も、ごく普通。性格も平凡で中年を迎えた森には、ここまでの関心を誰からも向けられた経験がなかった。もちろん、女からも。

これは、『愛』なのかもしれないと彼は思った。自惚《うぬぼ》れかもしれないが、そう思える自分を幸福だと感じたのだ。これが本当の愛なのかどうか、それはどうでもいい。幻想でもいい。それに浸《ひた》ったままでいたい。

彼女はその若い肉体で何がなんでも森の心をこじあけようとする、体当たりのセックスをいつもぶつけてきた。キョーコの反応を見れば、演技ばかりではないことは明らかだった。彼女も充分その気になって、彼を必死に求めていたのだ。

何がこの娘にそうさせているのだろう？

淫乱というにはどこか痛々しくて必死な様子を見れば、それは不純異性交遊で生活安全課に補導される不良少女とも、また風俗で働く女とも違っていた。過激なセックスとはうらはらな、どこかスレていない、もっと言えば自分を壊そうとするような、不自然なものを強く感じていたのだ。

だが、その引っかかりは、解けた。高砂交通部長に呼び出しの電話をかけるよう頼まれて、ようやく森にも判ったのだ。

この少女キョーコは、自分が起こした白バイ事故の関係者に違いない。自分が殺したも同然の高校生の家族については極力考えないようにしていたが、きっとその身内なのだろう。

やっと、その時が来た。

森は、おくればせながら自分が当然の報いを受けて、曖昧《あいまい》に誤魔化されてきた罪を償《つぐな》う時が来たことを悟った。

このままキョーコの手にかかって死ぬなら本望だ。幸せなまま死ねる。夢を見たまま無に還れる。ずっと望んできた罪の償いにもなる。

だから電話を切って最後のセックスを終えたあと、彼女が馬乗りになって森の首に手をかけ、その小さな手と細い指で、必死に首を絞めてきた時にも、森は一切抵抗しなかった。

むしろ、彼女のあまりの力の無さが哀《あわ》れで、そんな生ぬるいことで人は殺せないよと言ってやりたかった。

それでも首を絞められ続けるうち、意識はゆっくりとだが、薄れていった。

ああようやくこれで終わりにできる……肉体的には苦痛でも、森の心はやすらかだった。甘美な苦しみのさなかに、彼女の声が聞こえてきた。

「おじさん。ありがとう。そしてごめんね。おじさんはそんな悪い人じゃないという気が今はしているけれど、でもやっぱり……こうしなければならないのよ」

やがて森は意識を失い、暗黒の中に堕《お》ちていった。

……だが、残酷なことに、それで終わりにはならなかった。

死にきれずに、森は意識を取り戻してしまったのだ。

ラブホテルの部屋に、すでにキョーコの姿はなかった。

取るに足らない灰色の人生に、わずかに薔薇《ばら》色の輝きを与えてくれたものが、永遠に失われてしまった……。

彼女の肉体が放つ甘い香りを感じながら死にたかった。だが、それはもう叶わない。

もうこれ以上、生きていくことが嫌だった。

県警の白バイ隊の詰め所で同僚の冷たい目にさらされることも、家に帰って能面のような顔をした妻から食事を出されるのも、もう、結構だ。

自分の拳銃が消えていたが、あれが彼女の役に立つなら、それでいいと思った。この後、どうなろうが、もう自分には関係のないことだ。

森は、いつか自ら死を選ぶ時が来たらと常備していたシアン化ナトリウムを飲んだ。

＊

「現在、磯部ひかるさんの携帯電話を追尾していますが、並行して、剣持の携帯電話も追尾してまして、この二つの携帯は、まったく同じ動きをしています。T県の山間部、勝山《かつやま》郡見分町《ぐんみわけちょう》方面に向かっているようです」

東署の特捜本部にいる水野が、携帯電話会社と佐脇を中継している。

「判った。おれもそっちに向かう」

タクシーに乗っている佐脇は運転手に、見分町方面に向かうよう命じた。

「で、本部としてはどうするんだ?」

「とりあえず磯部さんが剣持に拉致監禁された疑いがあるとして、所轄の勝山署に捜査協力を要請しました。しかし緊急配備や大掛かりな検問には、もう少し時間を要します。成人の、しかも男女のことで、誘拐であるかには慎重な判断が必要であるとのことで」

証拠が、問題刑事である佐脇の元に来たメール一通だけでは仕方がないのだろう。

「判った。県警が動くのを待っていられない。タクシーなら剣持も怪しまないだろう。タクシー代は特捜本部で落としてくれよ」

佐脇は運転手に大きく頷いてみせた。

「それで、ですね。剣持に関しては、まだうず潮新聞に身分照会などの手続きは取っていないんですが」

マスコミ社員の扱いは、警察では要注意となっている。無用な対立を避けるためだ。

「しかし、剣持の知り合いを通じて、やつの身辺については洗いました。それで……もしかしたらなのですが、剣持の実家が、勝山郡見分町に古民家を所有しています。狩猟が趣味の父親が、狩猟期間中に小屋として使っているそうなのですが」

「剣持ってお坊っちゃまか。その別荘がビンゴだろうな」

佐脇は詳しい住所を聞くと、運転手に伝えた。

「面倒なことになるのはイヤですよ、お客さん」

「大丈夫だ。捜査費で何でも弁償してやる。速度制限は無視でぶっ飛ばしてくれ」

タクシーが向かったのは、T市の中心部から車で九十分ほどのところにある、山間《やまあい》の集落の外れだった。田舎だから、車で一時間も走るとかなりの山里になる。

陽が落ちると、辺りは完全な闇に支配された。近所には民家もなく、街灯もない。通りがかる車もなく、佐脇を乗せたタクシーのヘッドライトだけが、唯一の灯だ。

剣持に気づかれないよう、目的地から少し遠くに車を止めて、歩いた。

空の月が、眩《まぶ》しいくらいに明るい。目が慣れてくると、月光だけで周囲の状況はよく見えた。

剣持の親が所有するという古民家は、狩猟小屋に使っていると言っても、かなり広い敷地を取った平屋の農家だ。古民家と言っても博物館のようなものではなく、茅葺《かやぶ》きの屋根にはテレビのアンテナも残っていて、つい最近まで人が住んでいたことが判る。

が、雨戸はすべて閉め切られて、広い敷地にも車はない。意外にも剣持はまだ到着していないようだ。

ここで佐脇は、自分が武器を何も持っていないことを思い出した。警棒も手錠も、もちろん出動中ではなかったから銃も持っていない。とは言え、元が農家なのだから、鎌とか鋤鍬《すきくわ》のようなものが見つかるかもしれない。後は当たって砕《くだ》けろだ。

外に車が駐められてはいないとはいえ、剣持が用心して隠しているのかもしれない。こういう古民家は土間が広いから、車庫代わりに車ごと中に入っている可能性もある。

佐脇は細心の注意を払って聞き耳を立てたが、辺りはしんと静まりかえったままで、古民家の中からもまったく物音は聞こえてこない。

それでも足音を忍ばせて屋敷に近づき、裏口を見つけた。

一応、昔の千両箱に塡《は》まっているような古い閂《かんぬき》錠がかかっていたが、手でいじるうちに簡単に外れてしまった。盗みに入る者もいないのだろう。

そっと板戸を開けると、中は真っ暗だ。

佐脇は小さなペンライトを点けて、足元を照らし、恐る恐る家の中を照らしてみた。

中には誰もいないし、人の気配もない。

板戸の隙間から入る月光は結構明るく、うっすらながら、ペンライトなしでも夜目がきくようになってきた。

家の中には、時代劇に出てくるような広い土間と、囲炉裏《いろり》のまわりの板間、そして奥に畳の部屋がある。土間の端には台所があって、ステンレスのシンクが場違いに設置されている。今の間取りで言えば1DKか。しかし全体がゆったりと広い。外から見た時に感じたように、土間も昔は農作業をしたのだろう、車が一台は余裕で入る広さだ。

逆に言えば、隠れる場所がない。どうしたものかと考えるうちに、ここは天井の梁《はり》に上がるしかないと決めた。茅葺きの屋根には天井板が張られておらず、梁が剝《む》き出しになっている。蚕《かいこ》を飼うこともなく、広い屋根裏を作ることもなかったのだろう。その代わり、梁の間には使われなくなって久しい農作業の道具が渡されていた。

よく見ると、裏口の上方の隅には板が渡されて、茶箱のような物が置かれている。その陰に隠れるしかない。

キッチンのシンクを足場にして、上った。

梁の上を移動しながら、ぎしぎしと音がしないか確認した。ロフトのようなスペースの、茶箱の陰にたどり着いたところで、外から音が聞こえた。タイヤが砂利を踏んでいる。

車が到着したのだ。

玄関の大きな引き戸がガラガラと開けられた。月光を背景にそこに立っている人影は、背恰好から見て剣持に違いない。

玄関口に立ったまま中の様子をうかがい、強力な懐中電灯で室内を照らし出した。

佐脇は茶箱の陰に隠れて息を殺し、状況を見守った。

異常なしと判断したのか剣持は一度外に出て、今度は車ごと古民家の土間に乗り入れてきた。表の引き戸を全開にすると車が入るなあと思っていたが、剣持もまさに同じことを考えていたのだ。

エンジンを切って運転席から降りた剣持は、室内から排気ガスが抜けるのを待って引き戸を閉め、土間の柱にあるスイッチを入れて明かりをつけた。

室内を見渡して再度異常がないのを確認した剣持は、助手席のドアを開けて、女性を一人、引き摺り出すようにして降ろした。長い髪は……ひかるではない。

着ている服に見覚えがある。地味な、今どき珍しいほどの、貧しげな服装。

あれは……熊谷陽子ではないか？　普段着の姿に見覚えがある。

佐脇は驚いた。今の今まで森を殺害し、交通部長を誘拐したのは熊谷陽子ではないかと疑っていたからだ。すると、森が付き合っていたという若い女は誰なのだ？　森が殺され、交通部長が誘拐されたとすれば、それは一体誰が？

いやいや、と佐脇は考えるのをやめ、目の前の光景に意識を集中させた。そんなことは後でいい。今はこの状況を把握し、解決しなければ。

陽子は口にギャグを入れられ、両手両脚を縛られた状態で、板の間に転がされた。

次いで剣持は、トランクを開けた。

「……生きてましたか。ひかるさん」

面白そうにそう言うと、中から女性をもう一人、両脇に手を入れて引き出した。

なんと、剣持は女性を二人、誘拐して監禁していたというわけか。

剣持は同じく縛られたままのひかるの躰を陽子と並べて転がし、さて、この獲物をどう料理するか、と思案するように二人の女を眺めていた。

「……さてと」

気を取り直したか、剣持は携帯電話を取り出して、ボタンをプッシュした。

物陰から覗いていた佐脇の携帯電話が、いきなり振動した。上着のポケットの中で猛然とバイブレーション機能を発揮し始めたのだ。

こいつ、どこに電話するのだろうと思っていたら、なんとおれに電話してきたのか！

驚いて声を上げそうになったが、かろうじて抑えた。

佐脇の携帯電話はマナーモードにしてある。まさかこの状況で応答するわけにはいかない。しかし、このバイブも無音で振動するわけではなく、ブーンという音を発する。

振動音を消そうと、佐脇はポケットに手を突っ込んで携帯を握りしめた。

やがて、携帯は留守番電話機能に切り替わった。

すぐそばにいる剣持が、メッセージを残し始めた。

「剣持です。アナタに是非見せたいものがある。アナタ一人で来るなら、見せて差し上げましょう。場所は……言わなくても判りますよね」

そう言って天井を見上げたので、佐脇はドキリとした。しかし剣持は隠れている彼を見つけたのではなく、ただ何となく室内を見回す過程で、天井を見ただけだった。

「ひかるさんの携帯電話の発信記録で判るでしょう。一人で来るなら、話をしましょう」

そう言って切った。

ここで佐脇が「おれはここにいるぞ！」と言って飛び降りたらヒーローそのものだが、この状況でそんなことをするのは馬鹿げている。とにかく、状況を見極めなければ。

剣持はしばらく携帯を見ていた。佐脇から返答が来るのを待っているのだ。しかし、いっこうにコールがないのを無視されたと感じたらしい。

「……じゃあ、余興ということで、ちょっと遊びをしようか」

剣持は素晴らしいことを思いついた、という表情で、不気味な含み笑いをした。

「ソドムの市、あるいは梅川遊びです。判りますか？　あんたたちは教養がないから知らないだろうけど」

そう言いながら、戸棚の一つを開けて取り出したものはライフルのような、銃身の長い銃だった。

鍵のかかっていないところで保管するのは完全に銃刀法違反だが、今それを言っても仕方がない。

「これは散弾銃。レミントンです。素人が適当に撃っても弾が広がるから、たぶん死ぬよ。もう、ボクの人生は終わったようなものだから、最後に今までやりたくても出来なかったことをします。ボクに逆らえば、容赦なく殺しますよ」

機能的な金属音を響かせ、馴れた手つきで銃身を二つ折りにして弾を込めた剣持は、ナイフを手にしてひかるに近づいた。

殺される恐怖にひかるは震え、張り裂けるほどに目を見開いている。

「ほう。キミでも怖いことがあるのかな。けど、考えてもみなさいよ。銃で言うことをきかせようとしてるんだから、この流れでキミを殺すはずがないでしょう」

そう言って、ひかるの口に填まったギャグのヒモを切り、両手を縛《いまし》めた手錠をはずした。

「これが鍵です。足の手錠と、そちらの熊谷陽子さんのロープも外してください。それ以外のことをしようとしたら、容赦なく、撃ちますよ」

ひかるは黙って、言われたとおりのことをした。

「よろしい。銃の前にはどんな人間も服従するんですよねえ……今更ながら、虚しいものがありますね。言葉とか理屈とかってものは、絶対的暴力には無力なんだな、と」

賢明なひかるは、言い返すことなく黙っている。

「ひかるさん。今キミに、熊谷陽子を殺せと命じたら、たぶん従うんでしょうね？」

剣持は銃口をひかるに向け、次いで陽子へと移動させた。

「キミはどうだ？　熊谷陽子」

剣持は、こうやって二人の女をいたぶっているのだ。しかしそれには殆《ほとん》ど意味がない事も、判っているようだ。

「さてと。つまらん時間潰《つぶ》しはやめにしましょう。本題に入ります。今からお前たち同士で、レズをやってください。先にイった方を生かしてやりましょう。後からイった方を生かすと言ったら、お互い手を抜いてイカないでしょうしね」

簡単にイった振りもできる生き物が女だとは考えが及ばないのか。まったくどうでもいいことを考える野郎だ、と佐脇はイライラしつつも、ひかると陽子のレズには興味がなくもない。こういう時にそういう邪心を抱くから真っ当な刑事にはなれないのだと、佐脇は自分でも判っている。

「さあ、服を脱いで、始めてください」

剣持はレミントンを突きつけて先を促した。

「ごめんね……。こうなったら、とにかく今はあの男の言うとおりにしましょう。そうすれば……」

言外の「助かるチャンスがあるかもしれない」というひかるのメッセージを受け止めた陽子は、小さく頷いた。

「あなたが謝ることなんかない。私だって、それなりのことをやってる女だから、本気でやっていいわよ」

二人はあっさりと服を脱いだ。ひかるの小柄だがはちきれそうなボディも、陽子の、スレンダーだが出るところは出た妖艶な躰の線も、二人並ぶと、なかなかに見ごたえがある。

「まず、ひかるさん。あなたの、その自慢の巨乳で陽子さんの全身にいわゆるパイズリというものをしてあげてください」

ひかるは、いい？……ごめんね、と目で陽子に許しを求め、あおむけになった陽子の裸体を、釣り鐘のようにたわわな自分のバストで愛撫し始めた。その刺激でひかるの乳首はすぐに硬く勃《た》ち、ルビーのように紅く色づいた。だがこの状況で感じられるわけもない。

剣持はからみ合う女たちに近づき、両脚を広げるよう、二人に命じた。

「なんだ。全然濡れてないじゃないですか。もっと気分を出してやってよ！」

剣持は銃口でまずひかるの、そして陽子の叢《くさむら》をかきわけ、ひかるの、下の唇に銃口を突きつけ、ほとんど埋め込むようにして脅した。

だがそれは恐怖に二人の女を萎縮させただけだった。

「声を出しなさい。お前たち雌犬が、いつも男とさかる時に出すような声を出すんだ！やれといったら、やれ！」

剣持は、猟銃のトリガーに指をかけた。

「言うとおりにしないと、撃ちます」

「ああ……いいわ」

「もっと……もっとよ」

ほとんど同時にひかるも陽子もとってつけたような喘ぎ声をあげた。だが、残念なことに棒読みも同然で、演技であることが丸判りだ。

それでも自分の命令どおりに女たちが反応するのが面白くなったようで、剣持は自分が口にする卑猥なせりふを、ひかると陽子に繰り返させて楽しんだ。

「もっとおっぱいを吸って」

「あなたの指を……私のおまんこに入れて……三本とも、全部」

剣持はさらに銃口をひかるの巨乳の脇に食い込ませたり、ひかるのたわわな尻たぶのあわいの、菊のような肉ひだを銃口で突《つつ》いたりして遊んでいたが次第に飽きてきたようだ。

「キリがないな。結局、自分が参加できないのではあまり意味がない。それより……もっといいことがある」

どうやら新たな悪巧みを思いついたらしい。

「お前らメス犬にも、ボクが言うことをそのまま繰り返す知能があるという事は判った。だから、陽子。アナタに命じます」

剣持は携帯電話を取り出した。

「今から電話をかける。で、陽子、お前はその電話でボクがこれから言うとおりに喋るんです。……私は白バイ事故で罪を被せられた、冤罪を負わされた者の身内です。どうしても警察と、本当のことを何も報道しないこの県のマスコミが許せなくて、マスコミ関係者二人を人質にとりました。警察との対話を要求します。交渉人にはT県警鳴海署の佐脇刑事を、現場に寄越してください、と」

剣持は諳《そら》んじるように言った。

「判ったか。繰り返すんだ。今言ったとおりの事を先方に伝えなさい。今から東京のキー局の報道に電話しますから。判ったね」

なるほど、と天井裏にひそむ佐脇は少し感心した。剣持はマトモではないし、ことセックスに関しては中学生レベルの妄想丸出しの変態だが、頭は悪くない。事ここに及んで、どうやら自分が窮地を脱する方法を考え出したようだ。

剣持自身が誘拐された被害者になりすまし、熊谷陽子をすべての犯人に仕立てあげたうえで、事情を知るひかると陽子を殺し、ついでに憎っくき佐脇も道連れにすれば、うず潮新聞のエリート記者の地位は保たれる。そういう姑息な保身を編み出したのだ。

「さあ、ボクの言った通りのことを繰り返してみなさい」

剣持は陽子に復唱させ、間違うと容赦なくレミントンの銃身で頭を殴った。

「お前は頭が悪いな！　世の中、ダメな奴はとことんダメな人生を送るっていう、見本みたいなバカだな！」

剣持は苛ついて、暴言を吐いた。

何度か復唱させて、まあいいだろうという水準に達したので、剣持は携帯電話の発信ボタンを押して、陽子に渡した。

「余計なことを言った瞬間、お前の頭をふっ飛ばすから、そのつもりで」

剣持は散弾銃の銃口を陽子の頭に向けた。

「携帯から耳を浮かせなさい。そうすれば相手の声がボクにも聞こえるから」

しばらくコールしたあと、相手が出た。

「はい。こちらテレビ太平洋《たいへいよう》報道局、鹿山《しかやま》ですが？」

「あ、あの」

出た相手の、いきなり急き立てるような早口にうろたえた陽子だが、銃を突きつけられて、なんとか言葉を継いだ。

「あの……私は白バイ事故で罪を被せられた、え……冤罪を負わされた者の身内です」

「は？　何の事件ですか？　どこでいつ起きた事件ですか？」

「あの、T県で起きた……」

「ああ、剣持さん？　いや、剣持さんのお知り合いの？」

どうやら相手は、剣持とは旧知の関係らしい。同じ記者としてか、もしくは取材情報を渡していたか。いずれにしても先方に番号登録してあったから、剣持の携帯電話からの通話だと判ったのだろう。

「私は、白バイ事故の関係者の身内です。マスコミ関係者二人を人質にとりました」

「は？」

相手の鹿山という記者は、間の抜けた声を出した。

「ええと……状況がよく判らないのですが、あなたは、剣持さんが追っていた事件の当事者で、人質を取っているって、誰をです？」

「あ、あの……剣持さんと、もう一人……地元の局の人を」

剣持が陽子に、小さな声で耳打ちした。

「言うとおりにしないと人質を殺す、と言え」

陽子はオウム返しに言った。

「言うとおりにしないと、人質を殺します」

ようやく状況が判ったのか、電話の向こうのキー局の社員が息を呑む気配があった。

「あなたは白バイ事件の身内の方だと……で、どうしろと言うんですか？」

陽子は助けを求めるように剣持を見た。

剣持は、小さな声で耳打ちし、彼女はそれを繰り返した。

「はい。け……警察と、本当のことを何も報道しない地元のマスコミの対応が許せないので、多くのマスコミが取材しているところで、警察との対話を要求します。交渉人にはT県警鳴海署の佐脇刑事を、指名します」

「T県エリアに、ウチのネット局はないんですが……」

「とにかく、取材に来てください。私が現在いる場所は、警察に聞いてください」

陽子が叫び出しそうになったところで、剣持が手を伸ばして通話を切った。

「犯人のお前が、そんなに取り乱すなよ。怪しまれるでしょうが」

「心配するな。もう充分に怪しまれてる」

上から降ってきた声に、剣持がぎょっとして見上げた。

「さっきからずっと見物させて貰ったぜ。手間を省いて出て行ってやろうか」

天井の、茶箱の陰から、佐脇は顔を出した。

「陽子さんを犯人に仕立てあげようたぁ、いかにもお前さんらしい姑息で卑怯な計略だな」

「すぐ降りてこい！　言うとおりにしないと、この女の頭が……」

「ふっ飛ぶんだろ。判った判った。言うとおりにしてやる」

佐脇は子供をあやすような口調で言いながら、下に降りた。剣持は震える手で、レミントンの銃口を陽子の頭に押しつけている。

「どうやってここに入った？」

「裏口から。お前が来る前に先回りしたんだ」

ひかるは賢明にも知らん顔をしている。佐脇もひかるの携帯メールについては触れない。

「こういう事に使うんなら、せめて鍵ぐらいキチンとかかる場所を確保しておけ。これ、プロとしてのおれのアドバイスな」

軽い口調で言ってはいるが、さすがに佐脇の表情は硬い。何と言っても、これまで自分の命を狙っていた張本人を目の前にしているのだ。

「佐脇。アンタはそこで服を脱げ。身体検査をする」

「言っとくが、おれは出動態勢じゃないから、銃も何も持ってない。丸腰だ。とは言っても信用出来ないよな」

佐脇は、剣持に逆らわずに服を脱ぎ、シャツとパンツだけの姿になった。

その様子を剣持は心ここにあらずといった風情で眺めていた。

「計算違いだろ。おれがこんな早く登場するとは思わなかったんだろ？　それに、マスコミの登場も遅れるぜ。今ごろ警察にここの場所を問い合わせてるだろうが、ウチの連中がほいほい教えると思うか？　県外の、しかも好き放題報道して言うことをきかないマスコミに」

ここの地元にネット局を持たない民放は、一応支局にカメラマンは置いているが、手薄で機動力も弱い。さらに現場からの中継となると、本社から中継車を呼ばなければならない社もある。唯一の地元局・うず潮テレビはと言えば、この一連の事件を今まで完全に黙殺してきた以上、こうして人質監禁事件に発展しても即出動、とはならないだろう。

いずれにせよ、マスコミがここに来るには時間がかかるということだ。

「薄汚い県警は、マスコミが到着する前に片付けてしまおうとするかもな」

「……それは、どういうことだ?」

焦りを見せ始めた剣持に、佐脇は余裕の笑みを見せた。

「おれをここに呼んだことで、お前はとんでもない墓穴を掘ったかもな」

剣持には、佐脇の言っている意味が判らないようだ。佐脇はかまわず続けた。

「お前がどのくらい県警内部の事情に通じてるかは知らんが、県警にとっておれは疫病神だ。白バイ事故の真相を蒸し返し、つつき回してたんだからな。こっちとしてはお前と協力出来ればと思ってたのに、こういう形になって非常に残念だねえ」

「その手には乗らないぞ。ボクを混乱させようとしてるだろう? それがミエミエだ」

「なあおい、剣持さんよ。社会部の記者を真面目にやってりゃ知ってそうなもんだが、おれは県警の鼻ツマミなのさ。ずっと前から邪魔な存在なんだ。そういう下地があるところに今度のことだ。上の連中はもっけの幸いとばかりにお前もろとも、おれを消してしまおうと考えるかもしれんな」

「ひっ、人質がいるだろ！」

剣持の顔が引き攣《つ》った。

「最近、日本の警察も荒っぽくなってるからなあ。人質の無事救出より犯人の身柄確保を優先する傾向にある」

佐脇が自信満々に言い切ると、不安を隠せなくなった様子の剣持は、板戸の隙間から外を窺った。

「……誰もいないぞ」

「遠くに車両を置いて、赤色灯もヘッドライトも消してエンジンも切ってるんじゃないか？　で、狙撃班だけが足音を忍ばせて接近中、とかな」

剣持の顔は蒼くなった。

「佐脇。あんたにボクと協力する気があったなら、どうしてもっと早く言ってくれなかったんだ？」

「馬鹿かお前。ハナからおれを敵視してたのはお前だろうが。まあ、そう言いつつお前はおれを結構利用してたよな。平井和美がカラオケボックスで輪姦されそうになった時、お前がおれに知らせてきたのも魂胆があったからだろ？　あれで平井和美が『完全な被害者』の立場になって世間の同情が集まると、お前が思い描いた『加害者、イコール警察』の図式が崩れる。そこでおれを動かして、和美を救わせた。そうだろ」

「さあね。いずれにせよ、罪のない一般市民を救うのは警察の仕事でしょう」

シラを切りつつ、剣持は大きな計算違いを悟ったのか悔しい感情を露わにした。

「刑事をやるにも記者をやるにも悪党をやるにも、誰が味方で誰が敵なのか、はっきり見定めることが出来なきゃ、ダメじゃねえのか？」

入り口に向かって動こうとした佐脇に、すかさず剣持が銃を向けた。

佐脇は両手を挙げてみせた。

「今お前には刃向かわない。外の状況がどうなってるか、おれも見たいだけだ」

「外には何もない」

「お前が見ただけじゃ判らないこともある」

佐脇は一喝すると、板戸の隙間から外を観察し、耳を澄ませた。

「岡目八目ズバリだぜ……この家の周りは固められてる。策を弄《ろう》して嘘をついてるんじゃない。なんせおれも、いつ味方に殺されるかもしれない身の上なんでな」

佐脇は剣持を見た。

「仲間がいるんだろ？　追い込まれたこの状況を、お前の仲間は救いに来ないのか？」

そう問われて、剣持は自嘲の笑みを浮かべた。

「彼らは助けになんか、来ない。そんな関係じゃないんだ」

「ほう……じゃあ、どんな関係なんだ」

それは……と剣持は考えた。

佐脇は、その隙を逃さない。

剣持の足元にすかさずタックルし、足払いをかけた。だが剣持は倒れながらも猟銃は決して離さず、暴発を恐れたのか銃身をしっかり両手で抱えた。

「伏せろ！」

ひかると陽子に声をかけた佐脇はキッチンシンクに飛び乗り、梁に渡してあった古い農具に手を伸ばした。得物を掴むことは出来なかったが、鍬や鋤がガラガラと土間に落ちてきた。その中の鍬を拾うと、剣持めがけて突き進んだ。

研いではいないが、まともに当たれば大怪我をする。

剣持はごろごろと転がって、佐脇が地面に振り下ろした鍬の刃先から逃れた。

「止めろ！　首が切れる！」

「知ったことか。税金を使ってお前を死刑にする手間が省ける」

しかし佐脇の振り下ろした鍬は、勢いの余り板間の端にがつんとめり込んだまま、抜けなくなってしまった。

佐脇はすかさず、これも落ちていた金属の熊手を手にした。今度は熊手を振りかぶり、土間で転げ回る剣持めがけて振り下ろす。

凶器をかわすのが精一杯の剣持には、抱きかかえた散弾銃の引き金を引く余裕がない。

しかし熊手も、もうかなり古いもので、何度も土間の固い地面に突き立てるうちにフォークの部分が何本も欠けてきて、武器の用をなさなくなってきた。

状況有利と見たのか剣持は、必死になって佐脇に銃を向け、トリガーを引いた。

耳を聾するような轟音が室内に響きわたり、あちこちに散弾がめり込む音が聞こえた。

咄嗟に身を伏せた佐脇は辛くも被弾を逃れ、散弾の威力に呆然とする剣持へ、すかさず反撃に出た。

突き出した熊手の刃先が、剣持の首筋をとらえた。

熊手の歯が新聞記者にして犯人の首を貫き、頸椎を砕いてしまった。

佐脇はもちろん、誰もがそう思った。しかし……。

「た、助けて……」

剣持の泣きそうな声がした。

欠けた熊手の歯の隙間に、首がちょうど挟まっていた。

「……命拾いしたな」

首筋を熊手に挟まれた剣持はショックのあまりか身動きもしない。

「てっきり、お前をぶっ殺しちまったかと思った」

佐脇は、陽子が縛られていたロープを使って、剣持の両手両脚を縛ってしまった。

「さてと。これで勝負はついたな」

「ボクをどうするつもりだ？　逮捕して手柄にするのか？」

「いいや」

佐脇は土間に転がる剣持を見下ろした。

「おれはこのままお前を外の警官隊に引き渡すつもりはない。さっきも言ったろ。おれは県警の鼻つまみ者というか獅子身中の虫というか、要するに邪魔者なんだ。邪魔者が生き残っていく条件、それは連中がヤバいと思う材料を幾つか持っているということだ」

「……これが、その材料になると？　悪漢刑事のアンタの延命に使われると？」

剣持は、とんでもないという顔をした。

「アンタも局の上の連中と同じか。上と話をつけて、何もかも闇に葬る気なんだな」

「馬鹿かお前は。おれの材料になるって事は、この件は絶対に闇に葬らないって事だ。連中は自分の保身のために闇に葬る。おれは自分の保身のためにこれを広く公《おおやけ》にする」

それを聞いたひかるは、頷いた。

「それが、佐脇さんのやり口よ」

「そこで訊いときたいんだが、お前さんの仲間は、どうなってるんだ？」

「彼らは彼らです。自分の身を危険に晒して、ボクを救いに来たりはしません。というか、そういう関係じゃないんです。ボクも彼らの正体を知らない。連絡はプリペイド携帯だけで取っていたから、携帯の番号から彼らに辿り着くことも出来ないですよ」

「そういう彼らとは、どうやって知り合ったんだ？」

「ネットですよ。彼らはみんな用心深かったから、ネットのIP記録をたぐっても、当人に行き当たるかどうか……とにかく、我々は、白バイの平井と森が起こした事件に激しい憤りを共有するだけの関係でね。やり取りをしているうちに、交換殺人じゃないけど、繋がりのない者が平井と森、そしてこの二つの事件に関係するキーパースンに天誅を下すべきじゃないかと盛り上がって」

「きれい事だな。本当のところは、お前さんが金で釣ったんじゃないのか？」

「違う！　身元が絶対にバレず、警察にも捕まらなければ、悪い奴に天誅を下したいと思ってる奴はいるんだ！」

「天誅と言えば聞こえはいいが、要するに、捕まらなけりゃレイプでもカツアゲでもやるってのと、どう違うんだ？　実行犯にとっちゃ同じことだろ」

「正義を遂行したことにはなっても、自分の利益にはならないだろ。そこが違う」

「……剣持さんは、うず潮新聞もうず潮テレビも、地元マスコミが県警と癒着して全然報道しないから、それに腹を立てて、行動で示したわけね？」

ひかるが口を挟んだ。

「そうだ。この二件をまるで報じようとしないうず潮グループには大きく失望したし幻滅したよ。だが、それだけでこんな事をやろうという気にはならない。人に歴史ありだ」

それから剣持が語ったそもそものきっかけとは、権力と癒着し腐敗が堂々罷《まか》り通る、地方新聞社の根深い体質ともいうべきものだった。

「入社早々、大きなネタを掴んだんだ。県知事や県警本部長にまつわる大きなスクープだ」

「そんなネタ、ゴロゴロ転がってるがな」

詰まらなそうに言う佐脇に、剣持は食ってかかった。

「だから県警は腐ってると言うんだ。腐敗についての情報は転がってるのに、誰もウラを取って記事にもしないし、警察も事件にしない。警察が動かないのは判るよ。親玉が絡んでるんだから動けないってのはね。でも、うちの県で唯一の言論機関である、うず潮グループはそうじゃないだろ。きっちり新聞やテレビで報道して、腐敗を正すべきじゃないか。それが報道の使命だろ」

「……それが、握り潰された、と？」

そう訊いたひかるに、剣持は頷いた。

「完全にね。『ウチではそういう報道はしないことになってる』と、まるで社訓みたいに言われたよ。ボクを懐柔《かいじゅう》するためか、五年間の東京勤務を命じられて、逆島流しだ。記者としての現場の仕事から外されて、頭をふやかそうとでも考えたんだろうな。で、久々に本社に戻って、粘った末に社会部に復帰して、平井の事件を知ったわけだ。案の定、やっぱり記事にはして貰えない。しかし、だからといって、事件の真相を知ってしまった以上、放置出来るわけがない」

「それで、最初は県外のマスコミ各社にネタを渡してたんだな？　自社で記事に出来ないなら他社でと。うず潮新聞を辞めてライターになる手もあっただろうが？」

剣持は困ったような恥じ入るような、微妙な顔をした。

「そうは言うが、今のままだとこの県の住人は、地元で起きてる腐敗を全然知らないままなんだぞ。それでいいと思うのか？」

ふたたびムキになって佐脇に反論してくる。

「そうかそうか。警官が連続して殺されれば、うず潮グループも報道せざるを得なくなる。お前はそう思った。しかし現実はそうじゃなかったんだよな。いっそお前が政治家になればよかったじゃないか」

「政治家っていっても、県会議員レベルじゃなーんにも出来ない。国会議員は保守しか当選しないし、保守の連中はみんな県知事とつるんでるんだ。まったく出口なしなんだよ」

「困ったねえ」

佐脇は完全に他人事《ひとごと》のように言った。

「だからおれは、自分の趣味の世界で暮らそうと思ったんだがな。酒に女に、ヤクザいじめに……」

「だからそういうのを腐敗と言うんだろうが！」

「で？　お前さんのお仲間は、手分けして決めたターゲットを狙ったってわけか。おれを何度も襲ったのは誰だ」

「アンタのアパートに放火した奴については、正直想定外だった。あの犯人の榎戸は、我々とはまったく無関係な便乗犯です。あとはボクが」

それを聞いたひかるが驚きの声を上げた。

「剣持さん、あなたは、佐脇さんもろとも私まで殺そうとしたのね！」

イヤイヤそうじゃない、と剣持は手を大きく振った。

「キミの部屋に佐脇が転がり込んでると聞いたんだ。キミはいないと思ってた。それで、ガス湯沸かし器の排気ダクトに詰め物をして……その後で、キミが部屋にいると判って、慌てて駆けつけて、取りあえず外気を入れなきゃと窓ガラスを割って……」

「同じように一酸化炭素中毒死した富山地裁の判事がいたな。あれは？」

剣持は頷いた。

「やりましたよ。ボクが。木炭ガス発生装置という名の、一酸化炭素を効率よく作り出す機械があるんです。主に理科の実験とかに使うためのモノですが。それを使って、官舎の新聞受けにホースを突っ込んで大量の木炭ガスを部屋の中に注入したんです。ひかるさんの部屋の場合は、大型の湯沸かし器があるので、それを利用した方が足がつかないと判断しましたがね」

剣持は場所柄も弁《わきま》えず、自慢げに話した。

「この白バイ疑惑はネットで全国に流れていて、たくさんの人が怒っています。日本各地に協力を申し出てくれた人がいたんで、それぞれ、仙台と福岡の件は任せました」

「仙台地検の検事と、福岡高裁の判事の分だな。この二件は死には至っていないが」

「やっぱり本気度が違うんで、最後の最後で腰が引けてしまったんでしょう。実行犯の実名などはまったく知りません。拷問されても知らないんだから、自白も出来ませんよ」

剣持は批判的に言った。

「しょせん、連中は野次馬です」

「じゃあ、剣持、お前を中心とした四人が……もう一人はマサルだな？　平井和美を襲った輪姦未遂グループに嚙んでいるマサルが、自分も協力したと漏らしたらしいんだが、マサルはどの件をやったんだ？」

「鑑識の工藤をボクがやったとき、捜査を攪乱《かくらん》させるために、現場をわざと走り回らせました。それと、あんたをダンプで襲った分です。警察無線を傍受しつつアナタの乗ったパトカーを追ったボクが指示を出して、彼に先回りさせたんですが……彼には荷が重すぎました。他の件は他人に任せて失敗されるのが嫌で、ボク自身が手を下しましたよ」

「白バイ隊長・湯西の首をピアノ線で撥ねたのは、平井に有利な取り計らいをしたからか？　白バイ隊員の後藤をやったのも、乗り合いタクシーの方が平井にぶつかってきたという、ウソの証言をしたからか？　鑑識の工藤をやったのは、現場の状況を白バイ側が有利になるように、ブレーキ痕を巧妙に細工したからか」

「そうです。すべてその通り」

「しかし今、名を挙げた三人は、当人の意志で動いたと言うよりは、組織のコマとして上から命じられたことを粛々とこなしただけだぞ。警察は上意下達の組織だ。組織のためだと言われて動いた下っ端まで殺してしまうことが、あんたの言う『正義』なのか？」

佐脇は、剣持を睨みつけた。

平井の事件に憤りを感じ、県警関係者を「殺してやりたい」と思っただけか、本当に殺してしまったかではまったく違う。それに殺人の矛先は佐脇にも二度、向けられたのだ。

「どうせやるならまず、この件の直接の元締めである交通部長をやるべきだろうが？　県警べったりの裁判をやった法曹の三人については、やられて当然という気はするがな」

「だから実際にウソの証言をしたり現場を偽装した当事者も処刑しなければ、筋というものが通らないでしょう。やったこと自体、許されるべきではないし」

このへん、剣持の言い分が判らないでもない。仲のよかった工藤の死は絶対に許せないが、他の『犠牲者』については、正直、あまり憤りを感じない。いや、むしろ……。

佐脇が自家撞着を起こしかけていた時、脱ぎ捨てた服に埋もれた携帯がうなりを上げた。

出るぞ、と剣持に断ってから携帯電話を広げてみると、幾つもの着信があった。ずっと振動していたが取り込み中だったので判らなかったのだろう。

最初のメッセージを聞くと、それは徳永理恵からだった。

「和美が……白バイ事故でお父さんを亡くした平井和美が、ますますおかしくなっちゃって……さっき、突然連絡があったんです。『理恵、ごめんね。私が謝って済まされることじゃないけど、できるだけのことをしたから。謝りたいから。それと、もう一人、理恵に謝らせたい人がいるから、私のうちに来て』って。様子がおかしかったから家族の人に……和美のお母さんのパート先に連絡したんだけど、昨日から休暇を取って、和美のお母さんは旅行だと」

そこで時間切れとなったのか、メッセージは途切れていた。

周囲の住宅街から浮きまくっていたあの家に、平井和美は一人でいるのか？　白バイ事故で有罪にされ、免許まで取り上げられた徳永健一の娘である理恵に、和美が『謝らせたい人』とは一体誰か。

とてつもなく悪い予感が、佐脇を襲った。最悪の事態が進行しているのではないのか。

その思いは、ここに陽子がいることでいっそう濃厚になってきた。

森が溺れていた若い女とは、陽子のことだと思っていたのだが、陽子はずっとひかると一緒にいたはずだ。時間的にも、陽子は森と会うことは出来ない。

そこに、今度はひかるの携帯が鳴った。

「な、なんだ?」

ひかるが携帯電話を持っていたことに初めて気づいた剣持はビックリし、それで佐脇がここにいるのかと納得した。

「……なるほどな。キミらの団結にボクは入り込む余地はなかったという事か」

ひかるに電話してきたのは、『まとめサイト』管理人の寺岡だった。

「うちのサイトに不審なメールが来たので、確認出来ればと思ったんですが、そちらの県警の交通部長が、今どこにいるか、判るでしょうか?」

ひかるは、そのメールについて訊いた。

「ええとですね、『T県警の交通部長を拘束している。これから、すべての過ちの償いをさせ、間違いを正すことによってけじめをつける』という内容です。でも、このメールは知らないアドレスからだし、使い捨ての、いわゆる捨てアドってやつみたいで」

発信者がどこの誰なのか、寺岡には心当たりがないという。

「ヒマにあかしてこの事件についていろいろ調べている若い連中……仲間内ではスネーク

って呼ばれているみたいですが、とりあえずそいつらに連絡して、いろいろと事情を探らせています。しかし交通部長の所在すら判らないのでは何とも。磯部ひかるさんはマスコミの人だから、何かご存知かもしれないと思って連絡しました。警察に連絡したほうがいいですか?」

森を殺害し、交通部長を誘拐したのは、今、同じ部屋にいる熊谷陽子ではない。さっき佐脇に電話をかけてきた徳永理恵でもなさそうだ。

……とすると。

そこまでのやり取りの説明を受けた佐脇は、ひかるから携帯を取ると、寺岡に言った。

「そのメールの送り主と、交通部長の居所に心当たりがある。アマチュアの記者みたいな連中を知ってるのなら、今すぐ、そこに向かわせてくれ。場所は……」

おれもすぐその現場に向かう、と言って佐脇は通話を切った。

どういうことになっているか見当もつかないが、こうなった以上、一刻も早く平井和美の家に行かなくては。

佐脇は焦った。だが、今、この古民家は警察に包囲されている。今出て行けば、全員が警察に拘束され、事情聴取されることは避けられない。しかし、そんな時間の余裕はない。

考え込んでいる佐脇に剣持が声をかけた。完全に敗北しているくせに、ニヤリと笑った。

「何だか面白いことになってるみたいじゃないですか。協力してあげましょうか？　佐脇さん、アンタはここから抜け出したいんでしょう？」

「ああ。撃つなとか叫んで出ていけば殺されることはない……ような気もするが、ここにいる者全員が殺されてしまうかもしれんし、事情聴取で足止めを食ってる暇《ひま》はないんだ」

「我々の安全を保証してくれるんなら、この古民家から抜け出すルートを教えてあげます」

剣持が言うには、この古民家は元は庄屋の持ち物で、幕末には脱藩してきた志士を匿ったこともあるらしく、奥の畳部屋の押し入れの下に裏山への抜け道が存在するという。

言われたとおりにその部屋の押し入れを開けて床板を剝がしてみると、確かにトンネルとおぼしき細い穴が延びていた。

「穴の終点はどうなってる？」

「涸《か》れ井戸に繋がっていると聞いたことがあるんだけど……」

剣持は罠《わな》にかけようと舌なめずりしているのか、それとも気紛れで協力してやろうというのか。佐脇は頭を巡らせた。

「こんな抜け穴があるのを知ってるんなら、どうしてお前が使わないんだ？」

当然の疑問に、剣持は絶句した。おそらく、この抜け穴の安全は確認していないのだ。

涸れ井戸に繋がっているという確証もないに違いない。それどころか、途中で落盤が起きて生き埋めになるかもしれない。

「……判った。お前は、おれが無事に脱出出来たのを確認してから自分も使おうって魂胆だろ。実にお前らしい」

剣持は微妙な表情のまま、目を伏せた。

「まあいい。おれが実験台になってやろう。その代わり、時間稼ぎに少しばかり銃撃戦でもやって貰おうか」

「約束が違う！」

剣持が叫んだ。

「こっちから撃ったら、警官隊も撃ってくるだろ！　ばりばりマシンガンで撃ってきたら、こっちは皆殺しじゃないか！」

「心配するな。日本の警察に機関銃は配備されてない。アメリカ映画みたいに連射されることはない。ただまあ、立ってると弾に当たるから、腹這いになって、撃て」

しかし、と剣持は納得しない。

「だから、おれが抜け穴から脱出して、和美の家に向かえるようになった時点でおれが警察に連絡する。そこで撃ち方《かた》止めだ。おれがこの中にいないと判れば、バカ県警も無茶はしないだろう。その頃には県外のマスコミも集まってくるだろうしな」

佐脇は散弾銃をひかるに渡して使い方を剣持に説明させ、剣持のスタンガンは陽子に渡した。

「陽子さん、あなたはこの剣持を見張っててください。こいつは狡猾《こうかつ》な野郎だから、目を離してはダメだ。おれがここから消えたあと、なにか上手いことを言い出すかもしれないが、一切耳を貸さないこと。いいね?」

二人の元人質はこくりと頷くと、言われたとおりに腹這いになり、ひかるは自分の近くに予備の散弾を集めて、連射する態勢になった。

「剣持。お前はロクでもないやつだが、これに関しては一応、恩に着る。じゃあな」

一度脱いだ服を着直した佐脇は、そう言い残して押し入れからトンネルに入った。剣持の言うことを一〇〇%信じたわけではない。これは大きな罠かもしれないが、とにかく今はこの抜け穴を使うしかないのだ。

彼の頭上で、銃声が響いた。ひかるが撃ったのだ。まさか警官隊も中の様子も判らないまままむやみに撃ち返してくることもないだろう。中が見えなければ、狙撃班も出番がないはずだ。

人一人がやっと匍匐《ほふく》前進できる細いトンネルだった。幕末に掘られたと言っていたから、もう百年以上、手入れがされていないのだろう。なにかの拍子で落盤が起きて生き埋めになるかもしれない。

佐脇が這い進む振動で、ぽろぽろと土が落ちてくる。昔こういう場面をアメリカ兵が脱走する洋画で見たなあと思い出した。

なにやら怒号が響いて、大勢が走ってくる気配があった。佐脇の頭上がどしどしと揺れて、落ちてくる土の量が増えた。

このまま落盤して生き埋めになるか⁉

佐脇は閉所恐怖症ではなかったはずだが、急にこの細いトンネルの中にいるのが怖くなった。心臓がドキドキして、嫌な脂汗がダラダラと流れてくる。

うしろでどさっと音がした。振り返ると落盤が起き、見事に穴が埋まってしまった。

恐怖にかられるまま、必死になって先を急いだ。こうなったら前進するしかない。

気のせいか酸欠になってきたようにも思え、息が詰まる。

落ちてくる土を掻き分けて無我夢中で進んでいると、やがて、外からの空気を感じるようになってきた。二百メートルほど進んだのだろうか。

横穴が、縦穴にぶつかった。石組みしてある縦穴は、まさしく井戸にほかならない。

どうやら助かったか。

佐脇は大きく深呼吸して落ち着くと、突き出た石を足場にして、音を立てないように、ゆっくりと登った。埋まってしまった以上、剣持にもこの抜け道は使えない。

涸れ井戸には蓋がされていたが、幸い固定はされていなかったので、手でずらして開けることが出来た。

そこは、警官隊が古民家を囲んでいる、はるか後方だった。警官隊は、じりじりと包囲を狭めて前進しているようだ。

古民家の方からは数発の銃声が響いてきたが、慎重を期しているのか、警官隊の方からは応戦はしていない。

佐脇のいる井戸と、前進する警官隊の中間あたりに黄色の封鎖線が張られて、そこに報道陣が集まっていた。一番前にいてカメラを構えているのが、さっき陽子が電話したテレビ太平洋のT支局だろう。うず潮テレビもいるようだが、どこにいるのか判らない。

佐脇は泥まみれな全身から土を落としながら、使えそうな車を探した。パトカーを拝借して和美の家まで乗っていくと、誰だか判らない犯人を刺激するかもしれない。一見、普通の乗用車の、刑事が使う車両が一番いい。

目についた一台のドアを開けると、エンジンキーが差さったままだ。そりゃそうだろう。事件現場に出動したんだから、いちいちキーを抜いてドアロックはしない。

佐脇はその車を拝借すると、マスコミが集まってくる中をすり抜けて、道路に出た。しばらく走って、T市に入ったところで、佐脇は警察無線を使った。

「おれだ佐脇だ」

警察無線らしい応答は一切省略して佐脇は続けた。

「何号車か判らないが、覆面パトカーに乗ってる。例の古民家の中にはおれはいない。人質の磯部ひかるが、犯人に命じられて散弾銃を撃たされてるだけだ。『佐脇から話は聞いた。判ったから撃つのは止めろ』と言いながら古民家に入れ。言っておくが、もうマスコミが現場にいる。皆殺しとか馬鹿なことは考えるなと上の連中と現場には言っとけ」

用件だけ言って無線を切ると、佐脇は次に、ひかるの携帯に電話を入れた。

「今、警察にはかいつまんで説明した。もう撃たないで、やってくるお巡りたちを入れてやれ」

通話を切った佐脇は、和美の家に急いだ。

＊

平井和美の家は、静まりかえっていた。一見、何事も起こっていないかのように見える、平和な住宅街の夜だ。

車を止めた佐脇が歩いて近づくと、家の中から、蒼い顔をした徳永理恵が出て来た。

「和美は普通じゃないんです……」

理恵は、家の中の様子を佐脇に説明した。

「二階の和美の部屋に、太った人相の悪いおじさんが、和美と一緒に居るんです。そのおじさんは、なんか朦朧《もうろう》とした感じで縛られて、和美の部屋の椅子に座らせられていて、和美がそのおじさんを指さして、一番悪いのはこいつよ！　今、謝らせるからって……」

理恵は震えていた。

「私、怖くなって、そんなのもういいから、お願いだから落ち着いてって頼んだんだけど、和美がそのおじさんを小突いたり、水をかけたり、叩いたりし始めて」

「人相の悪い男？」

佐脇は理恵に、高砂交通部長の外見を説明した。

「あっ……その人でした。私、交通部長って人の会見、テレビで見たことあるんでした。その時は髪の毛もきちんとしていたし、制服を着ていたから、見違えてしまって」

交通部長はランニングシャツにズボンだけの姿にされ、椅子に縛りつけられて、着衣も髪も乱れ、ひどいありさまになっているらしい。

これでようやく判った。

県警への復讐心に取り憑かれ、森巡査部長に近づいて、さらに、どのようにしてかは判らないが交通部長を拉致して暴行を加えているらしい「若い女」の正体は、実際に県警の犠牲となった徳永理恵でも熊谷陽子でもない、平井和美だったのだ。

殉職ということにされた白バイ警官の娘である彼女は、良心の呵責と世間からの非難の視線に耐えられず思い詰めた結果、とんでもないことを引き起こしてしまったのだ。いわば県警が身内から自壊作用を起こしてしまったようなものだ。

佐脇はあの夜、誰もいない家にはどうしても帰りたくないから抱いてくれ、といった和美を思い出した。自分の腕の中で震えていた弱々しい肩の感触を、指が覚えていた。

なんとか、これ以上罪を重ねる前に助けてやりたい、いや、助けなければ。

「君の携帯で、彼女を呼び出してくれないか。おれからじゃ受けてくれないかもしれない」

その頼みに応えた理恵は、携帯で和美を呼び出した。

「佐脇だ。是非、君と話をしたいんだ」

佐脇と名乗るだけで和美にはすぐ判ったようだ。

「判りました。家に入ってきてください」

玄関には、新築したときにつけたのだろう、最新で強固なセキュリティが装備されていた。遠隔のオートロックで塀と一体になった玄関が、ビーというブザーの音とともに解錠される。まるで刑務所か拘置所の出入り口だ。

中に入ると、すぐに背後で再び鍵がブザーの音とともにロックされる音がした。

家の中は、高級そうな家具が整然と配置されて、きれいに片づいている。きれいすぎてどこもぴかぴかだが、ショールームのようで、暖かみも生活感もない。

この広い家に、きょうだいのない和美は、母親と二人きり、いや事件以降は外出ばかりしているという母親も不在のまま、ほとんどの時間を、ひとりで過ごしていたのだ。不登校は続いていたらしいと理恵が言っていたから、他人と会って話すこともなかったのだろう。

佐脇は、何度も和美から連絡を受けていながら無視し続けたことを悔《く》やむしかなかった。

「二階に来て」

上から声が降ってきたので、それに従って階段を上がった。

そこは大きなバルコニーに面した部屋だ。それはあくまでも『バルコニー』であって、ベランダなどというチャチなものではないと主張するかのようなシロモノだ。この家の周囲は小汚い、中流以下のごみごみした住宅街で、眺めもよくないだろうに。

室内は、おそらくは和美のものなのだろう、ピンクのベッドカバー、男性アイドルのポスター、可愛いぬいぐるみなど、ごく普通の少女の部屋であるところが妙に痛々しい。

そんな部屋の中に、乱れて片寄った薄い髪に悪党面、上半身はランニングシャツ一枚の初老の男が、学習机そなえつけの回転椅子に縛りつけられている光景は極めて異様だった。

この見苦しい男は、高砂交通部長だ。目を閉じているが、でっぷり太った腹が上下しているから死んではいない。なにかクスリでも飲まされて眠っているのだろうか？

そのすぐ横に、蒼い顔をした和美が立っていた。

「……君が、これをやったのか？」

和美は黙って頷いた。梱包用のビニールヒモで何重にも手首を巻いた縛り方が、いかにも素人の仕業だった。

森を使ってここに呼び出した交通部長の頭をうしろから鈍器で殴り、気絶したところを口移しで、酒に溶かした薬を飲ませた。拳銃は森から奪った。問わず語りにそう言った。

和美は、もともと線の細い少女だったが、青白い顔の中で、大きな瞳が憑かれたような光を湛えてぎらぎらと光っている。

彼女は拳銃を握りしめ、椅子に拘束した交通部長の頭に突きつけていた。細い指の関節が、力が入りすぎて真っ白になっている。

表情の凄まじさにくらべれば、髪にも着衣にも乱れはない。むしろ、きちんとしすぎるほどきちんとしている。黒いワンピースを着ているが、それは父親の葬儀で身につけた喪服なのかもしれない。襟ぐりのあたりが緩くなってしまっているのは、痩せたからだろうか。

「今ごろ何しに来たんですか？　何度も会ってとお願いした時は無視したくせに！」

佐脇の姿を見るなり和美の顔は歪《ゆが》んだ。溢れ出す感情を必死に抑えているのが判る。

「刑事さんだとしても、あなたは私の気持ちを判ってくれるかもって思ったけど、そうじやなかった。やっぱり……警察の人なんですよね。この人と同じで」

和美は交通部長の座っている椅子を蹴った。その衝撃で、高砂の頭がぐらりと揺れ、交通部長のぶ厚いまぶたが、ゆっくりと持ち上がった。

「連絡出来なかったことは悪かった。ずっと気にはなっていたんだ。しかし、本当に忙しかった。君があんな目に遭った、その原因を突き止めようと動き回っていて」

「原因は、全部この人よ！」

和美は、高砂の座る椅子を再び蹴り上げた。縛られた交通部長の醜い身体が大きく揺れた。

「この人が滅茶苦茶《めちゃくちゃ》なことをして、理恵のお父さんにやってもいない罪を着せて、免許まで取り上げて生活出来ないようにしてしまって……そして私のお母さんにすごい額のお金が入って……それで私は大勢の人に憎まれて」

張り裂けるほどに見開いた和美の大きな瞳からは、涙が溢れ出した。

「誰にも判らない。私の気持ちなんて、何を言っても書いても弁明しても、一切聞いてもらえない。お金目当てで理恵のうちを滅茶苦茶にしたみたいに思われて、モンスターみたいに言われて。私が何をしても、お医者さんに行くのだって、誰かがずっと見ていて、すぐにケータイサイトに書き込まれる。ずっと見張られて。許してもらえなくて。学校でいじめられるだけならまだ我慢出来るけど、でも、もう学校だけじゃなくて……」

日本中の人間が自分を憎んで石を投げているると、和美は感じているのだろう。それを若さゆえの未熟な錯覚と言うことは間違いだ。どんな人間もそういう状況に追い込まれれば参ってしまう。

わずか数週間ですっかり面変わりしてしまった和美の様子は、あまりに痛々しかった。

佐脇は、和美が拳銃で交通部長を殺害してしまう前に、なんとか説得しようと試みた。

「もう生きていられないと君が思うのは判る。今は信じられないだろうが、そういうことも時間が必ず解決するんだ。たとえば、この県から出ていって、誰も知らない遠くで生活をやり直すとか……演歌じゃないけど、君はまだ若い。いくらでもリセット出来る」

「……そういうことだ……」

眠っていたように見えた高砂が口を開いた。

「そもそもあれは、君の将来を考えて用意したカネじゃないか……」

高砂の口調は、やや呂律《ろれつ》は回らないながら、声はしっかりしていた。

「この娘に精神安定剤みたいなのを飲まされたらしい……ここにノコノコやってきたのが間違いだったんだが、森に呼び出されたものだから」

目は半分眠っているように見えるが、クスリの効果が弱まってきたのだろう。

「この佐脇の言うとおりだ。あんたは、殉職した平井警部の娘だな。県警はみんな身内だ。同じ釜のメシを食った仲間だ。その家族も同じだ。な、判るだろう？」

高砂は、どんよりした目で和美を見た。

「森巡査部長を殺したとあんたは言ってたが、そのへんは何とでもなる。未成年だし、身内だし、ウチがちょっとやれば、検察も裁判所も、どうにでもなる。家庭裁判所から検察に逆送されるかもしれんが、形だけのことだ。心配するな。森の事だって検視結果をちょっとやって、自殺だということにすればいい。あとはみんなが口を噤《つぐ》んでいればいい」

だが、その言葉が和美を激昂させることになった。

「あんたがそんなだから……あんたたち全員がそんなことばっかりやってるから……私がみんなから憎まれて、憎まれて、こんなことになるのが判らないの！」

和美は交通部長を滅茶苦茶に蹴った。手を出さないのは、さすがに抵抗があるからか。

「やめろ！　今君は、圧倒的に有利な立場だ。憎いだろうが、抵抗出来ないオッサンを暴行するな。とにかく、人生は長い。無茶なことをするより、これから先、どうやって生きるかの方が大事じゃないか？」

佐脇はなんとかこの場を収めようとした。

「人間ってもんは世間からうしろ指さされても、けっこう生きていけるもんだぜ。現に、このおれがそうだ。県警じゃワルデカと言われ上の覚えはまったくめでたくない。そうだよな、高砂サン」

　交通部長は和美に殴られてかなり痛みも感じているだろうに、虚勢を張った。

「そうだな、佐脇。貴様は県警にとっては、実に迷惑な存在だ。今回の件でも貴様さえ余計なことを嗅ぎ回らなければ」

「こういうことにはなってない、と。さすが責任転嫁と責任の所在の隠蔽《いんぺい》はお手の物だ」

　佐脇は交通部長の言葉を引き取って、和美への説得を続けた。

「百聞は一見にしかずだ。君の目の前にいる、こんな薄汚いオッサンでも、のうのうと生きていけてるどころか、なんと出世して、県警の最高幹部だ。それが世の中だ。結構、いい加減なもんだろ」

　オッサンと巡査長に言われた警視正が佐脇を睨みつけたが、無視した。

　佐脇としては、なんとか和美を説得するしかない。全員がここから無事に出る。それが和美を救うことにもなる。

「君は今、居場所がないと思ってるだろうが、居場所ってものは自分で作るもんだ。もう駄目だと思えば学校なんか辞めればいいし、家は出ればいい。仕事ならおれが紹介する。君は自分で思ってるよりずっと可愛くて美人だ。そういう女は生きていけるようになっているんだ。たくさんの女に力を貸したおれが保証する。間違いない！」

「佐脇さん、それ本当ですか？　私が家を出たら、仕事と住むところとか、見つけてくれますか？……というより、佐脇さんのところに私、しばらく住んだらいけないですか？」

和美の声が心なしか変わった。

「ああいいとも。おれも今宿無しの身の上だが、君と住めるようなところを探そう」

「いいんですね？　ほんとうに佐脇さんのところに行ってもいいんですね？」

悲嘆《ひたん》と怒りにこわばり、蒼ざめていた和美の顔が少し明るくなり、表情がややほどけてきた。これで、なんとかうまく行くかもしれない。

「ああ本気にしていい」

「佐脇、貴様どういうつもりだ？　警官が未成年と同棲する気か。だったら辞職しろ！」

馬鹿かこいつは。

佐脇は場の流れを弁《わきま》えない交通部長に心底腹が立った。

その一方で、高砂の言葉も声もしっかりしてきた様子なのが少し気になった。

「とりあえず、ここを出よう。そして一緒に部屋を探そう。警察の方はそのオッサンが適当にやってくれる。たった今、そう言ったんだから」

和美の、拳銃を握りしめる手から、ゆっくりと力が抜けていった。交通部長の頭に突きつけられていた凶器がだらりと下がった。少女は緊張の糸が切れたように泣き始めた。

「あたし……あたし、こんなことしちゃって」

和美は、我に返ったようだった。

すかさず佐脇が近づき、彼女の肩を抱き寄せようとした、その時。

外から、何もかもを台無しにする音声が聞こえてきた。

「和美、どういうことなの？　鍵も開かないし、電話にも出ないし、一体中で何をやっているの！」

女の声だった。ハンドマイクでも使っているのか、窓を閉めているのに、はっきりと聞こえてくる。

「……おかあさん」

和美が呟《つぶや》いた。

どうやら和美の母親が旅行から戻ってきたらしい。あるいは、異状を察知した警察に急遽探し出されたのか。

「会社のほうにも、いろいろご迷惑をおかけしているそうじゃないの！　今すぐドアを開けて、出てきなさいッ」

『会社』という言い方は、警察官やその家族が警察を呼ぶ時に使うものだ。母親の声は興奮のせいか、それとも地声なのか、きんきんと甲高《かんだか》い。

ようやく穏やかになりかけていた和美の顔色が変わった。一瞬にして表情筋がこわばり、夜叉の形相が戻ってきた。

「いつもいつも会社会社って……私のことは何も考えてくれないのね！　おかあさん」

和美はキャスターつきの椅子を交通部長ごと引きずり、窓を開けてバルコニーに出た。

「おい、何をする！」

佐脇は慌てたが、和美の握った拳銃は、再びしっかりと交通部長の頭に押し当てられた。

「来ないで、佐脇さん。これはうちの中のことだから。私、おかあさんに言わなくちゃならないことがあるから」

完全に逆上して理性を失った和美は、交通部長と一緒にバルコニーに出て、声のかぎりに、母親に向かって叫び立てた。

汚いお金をもらったせいで、自分が大勢から憎まれてしまった辛さ、凄い額のお金が入ってから外を出歩き遊び呆けているばかりで、何も気づかなかったことに対する怒り。

和美は、佐脇にぶちまけた恨みつらみを、すべて母親に突きつけていた。

バルコニーの下には、かなりの数の警官隊に混じって、和美の母親らしい派手な格好の中年女が、ハンドマイクを持って見上げていた。

「ちょっと和美……何を言い出すの。ご近所に恥ずかしいことを言わないで！」

「おかあさんはそうやって、いつも世間体がとかご近所がとか言って。外面ばっかりよくしても、近所の人が陰で何を言ってるのか知らないくせに！　あぶく銭ババアとか死んだ亭主のカネで遊びまくってるとか、無実の人を罪人にしてのうのうと暮らしてるとか、そんな風に言われてるんだからね！」

「バ、バカなこと言わないで！」

「知らないのはおかあさんだけよ！　みんな、顔じゃ笑ってるけどその笑いはバカにして笑ってるってこと、いつになったら判るのよ！」

母親に怒鳴るのに夢中になっている和美の後ろから、佐脇はじりじりとバルコニーに近づいた。

すばやく確認しただけでも、近くの五階建てマンションの踊り場に、銃身の長い銃を持つ狙撃班が待機しているのが見えた。和美が拳銃を持っているとはいえ、ものものしすぎる。

路上にはこの界隈を封鎖するようにパトカーが配置され、サイレンを消したパトカーも続々とやってきている。救急車もサイレンを消して、やってきた。レスキューに備えてか大型の消防車も配置されているが、布陣の物々しさに比べて音を立てまいとしているため、不気味なほど静まりかえった辺りには、和美母子の声だけが響き渡った。

寝静まっていた周囲の家々の窓に、一斉に明かりがついた。

「ここに警察の人もたくさん集まってるけど、警察って、自分たちが間違ってないことにするために、何にも悪くない人を捕まえて裁判にかけて、刑務所に入れちゃうんだからね。それでウチには慰謝料とか見舞金とか保険金とか、いろんなお金が入ったんじゃない！　それって半分は口止め料みたいなもんだよね！」

「いや、待ちなさいよ」

和美の横で、高砂が口を挟もうとした。

「部下が可愛いし、部下の残した家族を心配するのは、仲間として当然……」

やめてよ！　と和美は高砂の足を蹴った。

「この人は、部下が可愛い部下が大切だとか言うけど、ホントはそうじゃないんでしょう！　部下が下手《へた》こいたら上司の立場がヤバくなる。だから部下の不始末を消してしまう。そうでしょう！　そんなの部下思いなんかじゃない。自分が可愛いだけ！」

図星を大声で公表されて、高砂の顔が引き攣《つ》った。

「やめなさい！　こちらはT県警だ。いますぐ、人質を解放して降りてきなさい！」

バルコニーの下からスピーカーの声が飛んできた。しかも、かなりの大音量だ。

「警察を誹謗《ひぼう》中傷するのは止めなさい！」

説得すると見せかけつつ大音量を浴びせて、和美の警察批判を、周囲に聞かせないようにしているのだ。奴らの考えることは、いつも姑息だ。

「やめません！　私はもう、どうなってもいいの！　警察って、自分が可愛いっていうか、警察が警察であることが一番大事なんでしょ！　警察とか言って威張ってられることが一番大事なんでしょ！　だから、白バイは絶対に悪くないし、警察は絶対に間違えないし、警察の言うことはいつも正しいって言うんでしょ！」

「やめなさい！　早く人質を解放しなさい！」

女子高生の必死の叫びをかき消そうとするラウド・スピーカーからの大音響。

この騒ぎを報じるマスコミはいるのか？　と佐脇が覗くと、どうしたことだろう、中継車もカメラの放列も見あたらない。マスコミの連中は警察無線も傍受せず、馬鹿面を古民家の前で晒してるままなのか？

これはまずい。最悪のことになる。

マスコミの目があっても暴走する警察だ。その目がなければやりたい放題になる。騒ぎが大きくなる前に、狙撃班が口封じに交通部長もろとも和美を撃つかもしれない。バルコニーに出ている彼女を守るものは何もない。

意を決した佐脇は前に出て、バルコニーから身を乗り出した。

「おい、やめろ。そこにいる馬鹿、デカい音で喋るな！　もうちょっと時間をくれ。おれは佐脇だ。おれが彼女を説得する」

怒鳴ると、大音響が止んだ。だが佐脇は最悪の事態が思い浮かんだ。

交通部長も含めて県警に都合の悪いことを知っている関係者三人が、ここに揃っている。この三人がいなくなれば、県警にとっては都合がいい。だが、そこまで考えるような人間がこのT県警にいるとは思えない。ふと入江の言葉が脳裏を掠《かす》めた。狙撃の理由はなんとでもつく。交通部長に至っては完全に殉職だから、手厚い補償がされるだろう。白バイ事故にまつわる県警の不祥事をまず徹底的に隠蔽する。連中はそう考えるかもしれない。

とりあえず佐脇は姿勢を低くし、交通部長を盾に取る形で話しかけた。

「警視正殿。あんたはすでに警察にとっては邪魔な存在になってる。その自覚はあるよな？　あんたは組織を守ろうとして組織に切り捨てられたんだ。切り捨てられた人間がどういう扱いをされるか判ってるな？」

佐脇は、ここで失策を犯した。高砂に反省をさせて和美に謝罪させ、なんとか事態を収拾したいと思っていたのだが、交通部長はまったく違うことを考えていた。

後ろ手に縛られていた高砂の手から、ヒモがぱらりと落ちるのが見えた。

この狡猾な男は、タイミングを計っていたのだ。さっきから縛めは解けていたのに、縛られたままの状態を演じていたのだ！

まずい！　佐脇がそう思った瞬間、マンションの方向に、キラッと光るものが見えた。

次の瞬間、轟音がして、バルコニーの壁面に穴が開いた。

狙撃班が撃ってきたのだ。

しかも狙撃は単発ではなかった。

乾いた銃声が連続し、ぼすぼすと壁面に着弾が相次いだ。

「きゃあぁっ！」

和美が叫ぶと同時に高砂が椅子から立ち上がった。

逃げるのかと思いきや、驚いたことに高砂は和美を捕《つか》まえた。しかも、彼女を捕らえてこの騒ぎを終わらせるのではなく、女子高生を盾に取った。

自分の弾よけに、和美を使ったのだ。自分が消されると悟ったのか。

その読みが正しかったのか、あるいは高砂の動きが誘発したものか、狙撃班だけではなく、数ヵ所に配置された警官までが、発砲を開始した。

「止めろ！　撃つな！　止めろ！」

目の錯覚か、和美の全身ががくがくと揺れたように見えた。

佐脇は無我夢中で飛び出して、崩れ落ちる和美を抱きとめると、部屋の中に引き摺り込んだ。

脇腹に数回、衝撃と同時に熱いものを感じた。

痛みは感じない。撃たれたことは判ったが、とにかく今は和美を救うのだ。

あっという間の出来事だった。

弾よけを奪われた高砂はさらに数発の弾丸を受け、バルコニーで身体をくるくると回転させると、そのまま倒れ込んだ。

＊

「諸悪の根源野郎はどうなった？」

「ええと、それは高砂警視正のことですか？　あの人は、命はありますが、右半身不随です。左側頭部に被弾したようで……」

回診に来た若い医者に、佐脇は毒づいた。

「ウチの連中は射撃が下手なくせに頭なんか狙うからだ」

心臓を撃てば一発で殺せたのに。

しかし、高砂に関しては、生かしておく方がいいのかもしれない。生き恥を晒させるという意味においても。

「しかし、平井和美さんは……」

若い医者は言いよどんだ。

「残念ですが、平井和美さんは、頭部に銃弾を受けて、昏睡状態です。専門医の意見では、状況はなかなか難しいものがあると……」

「という事は……あの子は植物状態ってことか？」

佐脇の受けた弾は、腎臓付近を貫通していた。臓器には損傷がなかったので、傷口が塞がれば治る。だが、脳に損傷を受けた和美は……。

「脳については、判っていないことの方が多いのです。絶望視されていた患者さんが意識を回復して日常生活に復帰した症例も少なからずありますから」

ショックが佐脇の顔に表れたのだろう。医者はフォローを口にしたが、とってつけた言葉にしか聞こえない。

和美は何も悪いことをしていなかったのに、警察による隠蔽工作のいわば犠牲となる形で世間のねたみを受け、陰険に攻撃され、思いつめてあんなことをしてしまった。

そして警察は無力な少女を二度までも犠牲にしたのだ。和美の身体を、文字どおり盾にした高砂。和美の必死の訴えをハンドマイクの大音響で、次には銃弾の雨で封じたT県警。

それなのに、自分はまた生き残ってしまった……。

自己嫌悪と無力感のあまり佐脇は絶句した。自分がやったことは何もかも無駄だったのか。いや、無駄どころか罪の無い少女を破滅に追い込んだだけだったのか……。

医者と入れ違いに、県警本部長付の高田《たかだ》と名乗る、佐脇も顔を知らない男がやってきた。いかにも官僚風の、エリート族に連なる空気を漂わせた、中年一歩手前の男だ。

当たり障りない見舞いの言葉を口にしたあと、その男は早速佐脇を懐柔にかかった。

「どうですか。佐脇さんにもいろいろお考えはあると思いますが、このへんで、自由になってみるのは如何《いかが》でしょう。組織の中で生きる人間と、組織が殺してしまう人間がいるでしょう。佐脇さんは、組織の中では生きにくいタイプなんじゃないですか？」

「つまり、おれに辞めろと言うんだな？」

高田は黙って佐脇を見返した。

「高砂を撃つ命令を出したのは、オタクか？」

「……なんのことでしょう？」

「ウチの連中は高砂を処分しちまうって発想はないと思ってな。それで白バイ関係のすべてをチャラにしようって魂胆だったんじゃないのか？」

「一身上の都合ということでいいのなら、書類は用意してきましたよ」

高田はそれには答えずに、ブリーフケースから一枚の書類を取り出すと、佐脇に渡した。

それは、辞職願だった。

「これを破り捨てたら、どうなる？」

「それはそれで、県警としても、長年の佐脇サンの働きを考えたうえでの処遇をしますよ。気分を変えて風光明媚な場所で、のどかに仕事をするとか」

つまり、僻地の交番に行けということだ。酒と女とヤクザのいないところの、何が面白いんだ、と佐脇は内心毒づいた。

うことだ。

「もしくは県警本部に入っていただいて、後進の指導に当たって貰うか」

管理職という名目で、仕事をまったく与えず、監視だけはされて飼い殺しにされるとい

「それとも……白バイ隊にでも入って、道路をかっ飛ばしませんか?」

そう言った男の目が笑った。

佐脇を慣れない白バイに乗せて、事故で殺してしまおうという魂胆なのだ。

「ま、ゆっくり考えさせて貰いますよ。自分の人生は自分で決めたいもんでね」

佐脇は男を見据えて、ニタリと笑ってみせた。

「アンタ、高田さんって言いましたよね。ご高配、マコトに痛み入ります。お忙しいでしょうから、どうぞお仕事に戻ってくださいな」

このニタリ笑いは、歴代の上司を震え上がらせてきたものだ。アンタの足をすくうのは簡単なんだぜ、という意思表示かつ宣戦布告でもあるからだ。

今まで顔も見たことがなかったこの高田という男は、入江が言っていた警察庁《サッチョウ》から来て一連の不祥事に幕を引こうとする新顔か。だとしたら、このニタリにも効果がないかもと思ったが、高田はそそくさとパイプ椅子から立って、帰って行った。

あの男の弱みを早速探すか。

一瞬、警察を辞めてもいいかと迷った佐脇だったが、なんとなく、あの男の鼻を明かし

てから辞めても遅くないぞという気になっていた。

「あの野郎、見舞いに来たくせに手ぶらだったか」

本部長付だという高田は、辞職願の書類を持ってきただけだった。しかしまあ、あいつが持ってきたフルーツとかをうっかり口にしたら、司法解剖でも検出できない毒が仕込まれてるかもしれない。

そんな空想とも妄想ともつかないことを考えながら、ぼんやりテレビを眺めていると、意外な見舞客が来た。

「初めてお目にかかります。まとめサイトの寺岡と申します」

暇つぶしの相手としては格好の相手がやってきたので、佐脇はベッドを起こして向き合った。

「この件、世間ではどうなってる？　この病院、県外のテレビが映らなくてな。うず潮テレビは例によって気味が悪いほどまるでなにも報じないし……警察が人質もろとも全員皆殺しをはかった大事件を、一般市民は知ってるのかね？」

「その件です」

寺岡は身を乗り出した。

「県警は、かなりな手を使って、県外を含めたマスコミを抑えたようです。継続的に平井事件を取り上げていたテレビ太平洋でさえ、剣持の古民家籠城と平井和美の件を、ほんの少ししか報道しませんでした。まあ、同じ日に株価が暴落したり衆議院が解散したり外国でクーデターがあったりして、大ニュースが山ほどあったんですけどね」

「県外のマスコミまで抱き込んだとなると、相当な事をしたんだろうな」

「ええ。中央官庁が動かないと、無理ですね」

中央官庁と言えば、警察庁だ。今度の白バイ事件には、警察庁の通達が大きく影を落としている。そこから警察庁の責任が追及されるのを避けようとして、この件を丸ごとすべて抑えにかかったということか。

「まあ、中央のマスコミは、抑えられてもその時は黙るけれど、雌伏《しふく》して時期を待つ、という執念深いところもありますから……でも、今の時代、頼りになるのはマスコミだけじゃありませんよ！」

寺岡は、勝利の笑みを浮かべると、カバンからノートパソコンを取り出した。

「あの現場、平井さんの家の前には、マスコミの取材は来なかったですよね」

「ああ。見たところ、カメラは一台もなかったな」

「でもね、あそこには、佐脇さんに言われて私が呼びかけた素人記者が結構いたんですよ。最近の携帯電話の動画撮影機能はバカに出来ませんからね。おまけに近所の人も騒ぎを聞きつけてビデオを回していたりして、あの事件の画像が多数、ネットに流れてるんです」

たとえば、と寺岡は画面に表示して再生した。

その画像には、和美の告発をかき消す大音響の警察の説得と、和美と高砂が狙撃される様子が克明に映っていた。

「これ、いろんなバージョンがあって、どれもが同じものを撮ってることがハッキリ判るので、捏造ではないと誰もが認めてまして」

「……凄いね。こいつは」

佐脇は自分の思惑以上の効果に素直に驚き、ノートパソコンの画像に見入った。

「県警は、所詮ネット上のことだ、とか言って最初は取り合わない態度だったんですが、大手マスコミがこれらの映像をぽつぽつと取り上げるようになってきて、さすがに、なんらかの対応を迫られることになりそうです」

「なんらかの対応ねえ……どうせそのへんの奴が首を切られてオシマイなんじゃないの？」

佐脇はあくまでシビアだった。そういう意味では、彼にはロマンのカケラもない。だが、それだからこそ、生き延びてこられたのだ。

「水野さんは、佐脇さんの穴埋めをしなきゃならないというんで、ムチャクチャ大変みたいです。磯部ひかるさんは、局の上の方に、どうして報道しないのかと突き上げてるし」

だから二人とも見舞いに来ないのか、と佐脇は納得した。

「で、肝心の剣持は？　無事に捕まったのか？」

「ええ。古民家の地下で半分生き埋め状態で逮捕されて、取調中です。最強の弁護団を編成して主張すべきは主張していくという態度のようです」

寺岡は、剣持の弁護団が開いた記者会見の画像を再生して見せた。

「あの男は、どこかネジがうまくハマってないんだよなあ……」

この事件に関して、判らないことはまだまだたくさんある。自分が入院している間に、おかしな処理をされて終わったことにされてはたまらない。

佐脇はすぐにでも退院したかった。

エピローグ

「次は……今が旬の果物の話題です。渡海岬《とかいみさき》にいる、磯部さ～ん！」

「はいはい、磯部です。ここ太平洋に面した渡海岬は温暖で雨も多く、熱帯の植物が自生していることで知られていますが……おやおやぁ？　熱帯の果物、ドリアンがこんなところに生えててますよ～。ちょっと食べてみましょうね」

磯部ひかるが、カメラに向かってドリアンを割り、その匂いにうわ～っと顔をしかめたところで、佐脇はテレビを切った。

「なんだよ。こんなクソの役にも立たない話題ばっかりか」

横には、浮かない顔のひかるがいた。

「だいたいお前自身が人質だったのに。うず潮テレビはお前で特集組んでもよかったろ！」

「……そんな、剣持さんみたいな事言って……」

ひかるは渋い顔になった。

「まあ、ある意味、あいつの言うとおりなんだよな。新聞は申し訳程度に、『深夜の人質騒ぎ』とか、まるで酔っぱらいの騒動みたいな扱いで載せたけど……」

退院した佐脇は、そのままひかるの部屋に転がり込んでいた。

県警幹部は、『人心一新』を理由に大幅な人事異動という形で、本部長を含む幹部を総入れ替えした。馘《くび》になった部長級の幹部は、めでたく天下り先に再就職して、事件は完全に収束した。

地元マスコミのうず潮テレビもうず潮新聞も、こんな大事件を完全に黙殺したままだ。県外のマスコミにも、大きく扱おうという姿勢はない。

平井および森の白バイ事故捏造疑惑は以前からの流れもあって、そのまま継続して報道されているが、それに伴って発生した連続殺人事件は、それぞれ単独の事件事故として扱われ、『連続殺人事件』として扱う新聞社もテレビ局も皆無だ。主犯の剣持に至っては、私怨で取材先の判事や検事、そして刑事に傷害を負わせたという粗暴犯扱いだ。

「この前、週刊ニューウェーブが事件を一連のものとして取材に来たけど……一つ一つが地味な事件だから、載るかどうか判らないって記者さんは言ってたし……」

「おれンとこにも来たぞ。やっぱり週刊誌だ。週刊談春《だんしゅん》とか言ったかな。こっちは地元マスコミと警察の腐敗って線で取材されたけど……全然載らないしな」

佐脇も、ひかるも、今回は徒労感しか残らなかった。

いっそ警察を辞めて、正規の退職金にプラスしてごっそり口封じ名目の裏金をせしめて、ハワイかどこかでのんびり暮らしてやるか、とも考えてみた。しかし、仕事もしないで遊ぶだけでは、全然張り合いがない。ハワイのヤクザをいたぶろうにも、警官でもない一般観光客ではいたぶる武器も口実もない。そんな人生、何が面白い？

ひかるも、巨乳タレントとして芸能界で売り出すには、巨乳の度合いが不足しているし、飛び切り美女でもない。喋りが上手いかと言えば、そこそこでしかない。東京や大阪に出てタレント活動が出来るほどのポイントがないのだ。

「結局、こうやって人間というのは夢とか理想を失っていくのかね。安楽な生活と引き替えに」

二人して暗くなっているところに、ひかるのマンションの玄関チャイムが鳴った。

ひかるが出てみると、訪れたのは、徳永理恵と、その父親の健一だった。

「磯部さん、このたびはいろいろと」

有り難うございました、と健一が深々と頭を下げた。

「ええと、あの」

「今日、父の裁判の再審請求を出してきたんですが、東京のマスコミが大きく取り上げてくれて」

おお！　と佐脇は声を上げて部屋の奥から飛んできた。

「再審請求の方は、出しただけの段階ですから、すべてはこれからなんですが……最初は、引き受けてくれる弁護士さんもなかなか見つからなくて。殺人事件とか、話題になったような事件しか再審請求は通らないらしいし、警察相手の裁判で地元の弁護士さんはみんな腰が引けていたんですが……他県の先生が、これは勝てますと言ってくれて。それに」

理恵は顔を紅潮させて一気に話した。

「東京のテレビ局がきちんと取り上げてくれるそうなんです。全国紙も、『警察の完全犯罪』というキャンペーン連載を始めるとかで……」

「そうなると、形勢は一気に逆転するかもしれん。警察も検察も裁判所も、みんな東京には弱いからな。田舎で勝手な事をしてるのが東京で問題になったら大事だ。連中はみんな東京に首っ玉摑まれてるんだから」

「はい……私もなにか、いろいろ変わってきたのを感じます」

理恵は涙ぐんでいる。

「それもこれも、和美が犠牲になってくれたから……」

「ま、ま、立ち話もナンだ。中に入ってください」

佐脇とひかるは、徳永父娘《おやこ》を部屋の中に招き入れた。

「本当にこれからなんです。仮に再審請求が通っても地検が特別抗告というものをすれば潰されるかもしれませんし、再審で無罪判決が出たのは、これまでたった十三件しかないんだそうで……全然喜べないのですけど」

「たしかに、これからではあるけれど……まずは、よかった」

「後は……熊谷さんの件もきちんとなればいいんですが……正式な処理が終わらないままの状態が、まだ続いているわけでしょう?」

自分たちだけがなんとかなるのが申し訳なくて、と徳永健一は言った。

「何一つ罪を犯していなくても、我々がその気になれば逮捕出来る。有罪に出来るんです」

突然、佐脇の口をついて出た言葉に、徳永健一と理恵は戸惑った表情を見せた。

「いや、これは、警察の不正を明るみに出して愛媛県警と戦ってる、ある警察官が言った言葉です。でも、まさにその通りなんだ。その気になれば警察はなんでも出来る。それだけの力がある。だからこそ、その『力』をどう使うかが問題じゃないのか。私は、そう思うんですがね」

世の中、捨てたものでもないのかもしれない。

だが、再審請求への第一歩を踏み出したに過ぎない、今の状況にすら、辿りつくために払った犠牲は、大きすぎたのではないか。

佐脇は、繰り返しよみがえってくる蒼ざめた顔と、今にも泣き出しそうな大きな瞳、自分の腕の中で震えていた、細い肩を思い出していた。

その一時間後。

徳永理恵は、T市民病院のICUに来ていた。白い病室のベッドには、頭部に銃弾を受けて意識が戻らないままの平井和美が、横たわっている。

意識を失った身体に酸素を送り込む、ポンプの音だけが響き、蒼ざめた顔は人工呼吸器の透明なマスクで下半分が覆われている。

その傍《かたわ》らに座った理恵は和美の手を取り、黙って握りしめた。

「あら、今日も来てくれたのね」

医療機器のモニターをチェックしに来た看護師が、理恵に微笑《ほほえ》みかけた。

「話しかけてあげてね。意識がないように見えても、聞こえていることがあるから」

看護師はクリップボードへの記入を終えて、忙しそうに出ていった。

「和美。私たちはなんとかなりそうよ。世の中、悪い事ばかりでもないかも……。だから、和美も早く元気になって、小学校の時みたいに一緒に……一晩中おしゃべりしようよ」

理恵は努めて笑顔を作り、和美の手を握り、髪に触れながら明るい声で話しかけたが、まったく反応のない幼なじみの姿に、気がつくと涙が頬を濡らしていた。

世の中の穢《けが》れなど知らぬげに、安らかな表情で眠り続けている和美。

どんな夢を見ているのだろう？　父親を失う前の幸せな頃を思い出しているのだろうか。

時折り、夢見るように瞳をかすかに開く様子が、微笑んでいるようにも見える。だが、その無垢《むく》な様子が、逆に胸を締めつけた。

たまらなくなった理恵は、堪えきれずに涙をぬぐった。溢れた涙が和美の手にも落ちた。

「ああ、ごめんね……ごめんね和美。手が汚れちゃったね」

そう言いつつ友人の手を拭ううちに、涙の雫《しずく》がまた一滴、今度は和美の頬に落ちた。

と……。

「り……え？」

か細いその声が、友人の唇から洩れている。そのことが、最初は信じられなかった。

「り、え……ごめん……ね……ゆるし……て」

警察のかわりに、今も必死に謝ろうとする言葉が、和美の喉から出ている！

気がつくと理恵はナースコールのボタンを連打していた。

「和美が……和美の意識が戻ったんです！」

平坦だったモニターの脳波が、次第に複雑な曲線を描き始めていた。

なかば閉じられていた瞼《まぶた》が、ゆっくりと持ち上がった。

瞳にも、はっきりとした光が宿っていた。

「和美っ！」

理恵は和美の両手を取り、しっかりと握りしめた。

弱々しいながらも、握り返そうとする力が伝わってくる。

「戻ってきたんだね。戻ってきてくれたんだね？　心配しないで和美。何もかも良くなるから。もう大丈夫だから」

看護師と医師が駆け込んできた。ベッドサイドから引き離された理恵の視界は涙に霞《かす》み、何もかもがぼやけていた。泣きじゃくる声は、理恵自身のものだ。あの事故以来、耐えてきた辛さのすべて、悲しさのありったけが流れ出て、消えてゆく……。

重荷を降ろしていいんだ。自分の泣き声を聞きながら、理恵はようやくそう思っていた。

この作品はフィクションであり、登場する人物および団体は、すべて実在するものと一切関係ありません。

警官狩り

一〇〇字書評

切り取り線

購買動機（新聞、雑誌名を記入するか、あるいは○をつけてください）

□（　　　　　　　　　　）の広告を見て
□（　　　　　　　　　　）の書評を見て
□ 知人のすすめで　　□ タイトルに惹かれて
□ カバーが良かったから　　□ 内容が面白そうだから
□ 好きな作家だから　　□ 好きな分野の本だから

・最近、最も感銘を受けた作品名をお書き下さい

・あなたのお好きな作家名をお書き下さい

・その他、ご要望がありましたらお書き下さい

住所	〒				
氏名		職業		年齢	
Eメール	※携帯には配信できません	新刊情報等のメール配信を 希望する・しない			

この本の感想を、編集部までお寄せいただけたらありがたく存じます。今後の企画の参考にさせていただきます。Eメールでも結構です。

いただいた「一〇〇字書評」は、新聞・雑誌等に紹介させていただくことがあります。その場合はお礼として特製図書カードを差し上げます。

前ページの原稿用紙に書評をお書きの上、切り取り、左記までお送り下さい。宛先の住所は不要です。

なお、ご記入いただいたお名前、ご住所等は、書評紹介の事前了解、謝礼のお届けのためだけに利用し、そのほかの目的のために利用することはありません。

〒一〇一‐八七〇一
祥伝社文庫編集長　坂口芳和
電話　〇三（三二六五）二〇八〇

祥伝社ホームページの「ブックレビュー」からも、書き込めます。
http://www.shodensha.co.jp/bookreview/

祥伝社文庫

警官狩《サツが》り　悪漢刑事《わるデカ》

平成21年6月20日　初版第1刷発行
平成25年7月10日　　　第10刷発行

著　者　安達瑶《あだちよう》

発行者　竹内和芳

発行所　祥伝社《しょうでんしゃ》
東京都千代田区神田神保町3-3
〒101-8701
電話　03（3265）2081（販売部）
電話　03（3265）2080（編集部）
電話　03（3265）3622（業務部）
http://www.shodensha.co.jp/

印刷所　萩原印刷
製本所　ナショナル製本

Printed in Japan ©2009, Yo Adachi　ISBN978-4-396-33504-5 C0193